KB125006

장영실

초판 1쇄 인쇄 · 2020년 1월 5일
초판 1쇄 발행 · 2020년 1월 10일

지은이 · 이재운
펴낸이 · 이춘원
펴낸곳 · 시그널북스
기 획 · 강영길
편 집 · 이경미
디자인 · 배기열
마케팅 · 강영길

주 소 · 경기도 고양시 일산동구 무궁화로120번길 40-14(정발산동)
전 화 · (031) 911-8017
팩 스 · (031) 911-8018
이메일 · bookvillagekr@hanmail.net
등록일 · 2008년 4월 24일
등록번호 · 제2008-000037호

ISBN 979-11-85474-26-7 (03810)

이 도서의 국립중앙도서관 출판예정도서목록(CIP)은 서지정보유통지원시스템 홈페이지(http://seo-ji.nl.go.kr)와 국가자료종합목록 구축시스템(http://kolis-net.nl.go.kr)에서 이용하실 수 있습니다. (CIP제어번호 : CIP2019050026)

조선 최고의 과학자, 장영실
역사 속으로 사라지다

이 재운 역사 소설

시그널북스

차례

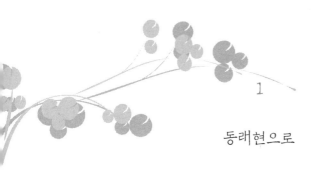

1

동래현으로

개나리 꽃망울이 수줍게 눈을 뜨는 따스한 봄이다.

경상도 동래 마을은 이른 아침부터 새로운 소문이 돌기 시작
했다.

"아니 어떻게 키우려고 여자 혼자 몸으로 사내아이를 데리고 다
닌담, 원."

동래현에 새 관기가 왔는데, 아홉 살 난 어린 아들만 달랑 데리
고 왔다는 소문이다.

동래현은 다 합쳐 290여 호쯤이다. 그러니 한나절이면 소문이
돌아, 말이 섞이거나 살이 붙어 되돌아오는 데도 하루면 넉넉하다.

동네 사람들은 소문이 가장 먼저 들리고 또 밖으로 튕겨 나가는
주막집에 모여 수군거렸다. 모두 관기 수란이가 사내아이 하나를
데리고 마을에 들어왔다는 이야기로 열을 올리는 중이다.

수란은 동래현에 딸린 기생, 즉 관기다. 온 지 며칠 안 되다 보니 입방아에 올랐다.

"아이 아버지는 누구랍디까? 관기가 어떻게 아비 없이 아들을 낳아? 아비가 있으면 주고 올 일이지 굳이 끌고 다닐 게 뭐람."

개똥 어멈이 묻자, 동네 사람들은 귀를 쫑긋 세우고 궁금해했다. 모두 막동이 어멈의 입에서 나올 아이 아버지의 이름을 기다리고 있었다.

관아에 들락거리는 아전을 남편으로 둔 막동이 어멈은 사람들의 기대를 저버리고 머리를 가로저었다. 그러고 나서는 자신 없는 목소리로 살짝 말을 덧붙였다.

"그거야 난들 알 수 있나. 귀화인이라는 말이 있긴 합디다만. 관아에서도 워낙 비밀로 하니 알 수도 없고."

"아니 그럼 우리나라에 살러 온 중국 사람이란 말이오, 아비가?"

"원나라면 몽골 사람인가?"

"예전에 왔다니까 송나라 사람이겠지."

"글쎄, 더 이상은 나도 모르겠소. 관기란 게 본시 주인이 없으니 아비가 어느 놈인지 어떻게 알겠어? 올라탄 놈이 아비지."

막동이 어멈은 더 이상 소식을 알려줄 수 없는 것이 못내 아쉬운 눈치다.

사람들은 모두 아이 아버지가 누구일까 궁금하게 여겼지만, 수란은 그 점에 대해서는 일절 입을 떼지 않았다.

동래현 관기 수란은 누가 물어도 아이에 대해 말하지 않았다. 그 이름이 장영실(蔣英實)이라고만 말할 뿐 아이 아버지가 누구고, 어디서 왔는지도 일절 발설하지 않았다. 말투로 보아 개성에서 왔나 보다 하는 거지 그마저도 말하지 않았다. 동래현의 아전들이 현령 몰래 흘깃 본 자료에는 아산인이라고 적혀 있다는 말이 돌기도 했다.

수란은 누가 뭐라든 가부를 말하지 않고 소문이 커지든 줄어들든 내버려두었다. 개성인이든 아산인이든 그런 건 하나도 중요하지 않다. 아이 성은 장씨다, 이것만 말할 뿐이다.

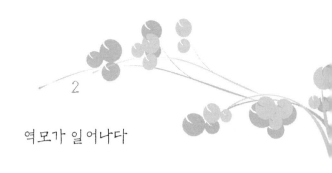

2

역모가 일어나다

수란은, 누군가 가죽 채찍을 내리치며 자신을 몰아대는 듯한 모진 운명 앞에 속수무책으로 이곳까지 달려왔다. 아, 몇 달 전만 해도 장영실은 어엿한 아버지를 두고 있었고, 수란 자신도 대갓집 아녀자로서 품위를 잃지 않은 채 언제나 목을 반듯이 세우고 있었다.

사실 그의 남편은 어엿한 고려의 정3품 전서(全書) 장성휘(蔣成暉)다. 개성에서라면 알 만한 사람은 다 아는 정몽주(鄭夢周)의 측근이다.

정몽주는 고려 말의 개혁을 이끌었다. 이성계(李成桂), 정도전(鄭道傳)과 더불어 수구세력 이인임을 물리치고 최영(崔瑩)을 죽이는 등 개혁의 선두에 섰던 사람이다. 장성휘도 이성계, 정도전을 잘 안다. 한때는 어깨를 나란히 하며 말 달리던 동지들이다.

그러던 중 장성휘가 병으로 아내를 잃은 뒤, 장영실의 어머니와 재혼했다. 모든 것이 순조롭고, 개성 하늘을 지나는 흰 구름마저 그의 이웃처럼 느껴지던 시절이었다. 세상은 평화롭고 행복은 넘쳐 담을 넘어 길 밖으로 흘러나갔다.

장영실이 걸음마를 떼고 개성 거리를 제법 뛰어다닐 다섯 살 무렵, 묘한 일이 일어났다.

명나라를 치러 갔던 이성계 장군이 돌연 말머리를 돌려 개성으로 들이닥친 것이다. 적을 치라고 했는데 그만 왕궁을 들이친 것이다.

장영실은 이때의 기억이 전혀 없다.

아버지 장성휘는 1388년 5월 24일(양력 6월 28일) 아침, 가족들을 개성 교외 기전(畿甸: 고려의 경기도)으로 피신시켰다. 잘못되면 고향 아산으로 내려가 숨어 살 것을 지시하고, 패물까지 정리해주었다. 그때 남편의 그 비장한 표정을 장영실의 어머니 수란은 지금도 잊지 못한다.

가족을 숨긴 장성휘는 정몽주, 정도전 등의 밀지를 받아 몰래 가병과 가노를 집결시켜 놓았다. 정몽주와 정도전도 그러했고, 두 사람을 따르던 조정 관리들이 모두 그러했다. 그들은 반역자였다.

그리하여 개성 왕궁에 이성계 장군이 명나라 정벌군을 이끌고 회군하여 돌아온다는 소문이 돌았을 때 이성계를 지지하는 관리들은 저마다 대문을 굳게 걸어 잠그고 비밀 연락을 주고받았다.

궁을 지키던 최영은 혼비백산하여 군사를 수습했지만 군사들이 모이지 않았다. 그의 가병들만 가까스로 집결하여 궁성을 드문드문 지킬 수 있을 뿐, 어느 누구도 가병을 보내지 않았다. 이성계를 지지하는 사람들뿐만 아니라 이미 대세가 기울었다고 판단한 조정 권신들은 가병을 보내라는 어명을 듣고도 모른 척했다.

이 당시 군대는 조정 관리들이 가병이란 형태로 개별적으로 보유하고 있었다. 나라에 변고가 생기면 가병들을 모아 전선에 보내는데, 가병을 두면 왕실에서 군대를 보유하는 데 들어가는 비용을 줄일 수 있다는 이점이 있었다. 또한 문무 관리들 입장에서는 대규모 농장을 지키면서 이익집단으로 나뉘어 자신들을 보호할 수 있다는 이점이 있었다. 가병제도는 곧 작은 군벌을 이루어 고려 군제를 지탱하는 원동력이었다. 국난이 생기면 왕명으로 이 가병들을 소집하는데, 지금까지는 아무 문제없이 잘 소집되었다. 하지만 왕권을 놓고 다투는 이번 사태에서 조정 대신들은 눈치를 보았고, 결국 이성계를 지지해야 살아남는다는 걸 깨닫고 왕명을 거부해버린 것이다. 충성, 그런 건 없다. 사느냐 죽느냐 앞에서 충이니 대의는 시커먼 먹물일 뿐이다.

마침내 이성계의 명나라 정벌군이 개성에 들어오자 정도전, 정몽주의 가병들이 일제히 일어나 맞이하였다. 왕궁은 그대로 무너졌다. 숱한 전쟁에서 승리해온 이성계의 군사들은 왕궁을 가볍게 제압해버리고, 최영과 우왕을 체포했다.

위화도회군이라고 한다.

이들은 원나라를 배반하여 명나라 홍무 연호를 쓰고, 복식도 명나라 식으로 바꾸었다. 오랜 원나라 지배가 공식적으로 끝났다.

왕은 일단 창왕으로 바뀌고, 최영은 죽임을 당했다. 또 최영을 따르던 사람들도 모두 죽임을 당하거나 죄가 가벼운 사람들은 멀리 유배를 보냈다. 졸지에 최영 등 국왕을 지키던 신하들의 가족은 관노가 되었다. 우왕도 이리저리 유배랍시고 돌리다가 막판에 쳐 죽었다. 살아 있어 불편한 목숨은 언제고 죽어야 한다.

장영실의 아버지 장성휘는 새로 선 권력의 중심부에 들어갔다. 정몽주는 이성계, 정도전과 더불어 새로운 고려 개혁의 3인방에 들어갔으니, 그 측근인 장성휘의 권력도 대단했다. 세상은 그렇게 도도하게 흘러갈 줄 알았다.

이성계가 실권을 쥐면서 정도전, 정몽주 두 사람이 마음껏 고려를 개혁해나갔다. 성균관에서 목청 높여 떠들던 개혁안을 그대로 실천에 옮겼다. 예전에는 쥐뿔도 아닌 작은 제도 하나 고치는 데도 그처럼 어렵더니 지금은 생각만 나면 고칠 수 있고, 생각이 안 나도 관리들이 찾아와 무릎 꿇고 물어봐준다. 들은 척도 안 하던 관리들이 뭐라고 말만 하면 얌전히 귀를 기울여 경청한다.

그야말로 힘이 넘쳤다. 우왕과 창왕은 왕씨가 아닌 승려 신돈의 자식이라는 핑계를 만들어 폐가입진(廢假立眞)이라는 논리를 만들고, 이 핑계로 창왕까지 없애버린 뒤 멀고 먼 왕씨 자손이던 왕요(王瑤)를 데려다 공양왕으로 옹립하였다. 왕요는 허수아비일 뿐이다. 저도 알고, 고려 백성이면 다 눈치로 안다.

이때까지만 해도 고려의 개혁은 다 잘되는 듯했다. 다 잘되고 있다고들 말했다. 장성휘도 정몽주를 만나든 정도전을 만나든, 만나면 웃었다. 허허허, 저절로 웃음이 나왔다. 부족함이 없었다.

하지만 공양왕이 즉위하면서 이상하게도 정몽주와 정도전은 길을 갈라섰다. 장성휘도 이런 일에는 끼지 못한다. 주인들이 길을 갈라서면 아랫사람들도 갈라서는 것뿐이다. 장성휘는 정몽주가 가는 길로 따라갔다. 그뿐이다. 오라는 사람도 없고, 가라는 사람도 없지만 장성휘의 줄은 언제나 정몽주의 뒤였다.

수문하시중이 된 정몽주는 고려 왕실을 보존하면서 세상을 개혁하는 길을 갔고, 이성계와 정도전은 고려 왕실을 무너뜨리고 새 왕조를 세우려 했다. 여기서 내분이 생기기 시작한 것이다. 이제는 정도전을 만나도 웃을 수 없고, 이성계를 만나도 굳은 표정을 지어 보여야 한다.

이때부터 장성휘는 정몽주를 따라 왕실을 굳건히 지키면서 역성혁명을 꾀하는 정도전 일파를 압박하는 데 앞장섰다.

"개혁은 좋다. 그러나 고려 왕실을 거역하는 것은 반역이다!"

폐가입진만큼이나 어설픈 논리지만 어쨌든 자기들끼리는 통했다. 정몽주가 이렇게 외칠 때면 다들 그게 맞는다고 소리쳐주었다.

혁명의 동지들이 갈라져서 서로 감시하고, 의심하고, 탄핵하는 긴장 국면으로 돌아선 것이다.

정몽주는 이성계 일파에 밀려 궁지에 몰려 있던 공양왕의 신임을 한 몸에 받으며 이성계 일파를 하나하나 제압해나갔다. 모든 군권은 이성계에게 가 있었지만 다만 그것은 함흥 출신 군대일 뿐이고, 정몽주 세력도 각기 자신들의 가병을 보유하고 있었다. 개성 내 권신들은 그래도 정몽주 편이고, 고려 편이다.

설사 전투를 치르게 되는 일이 있더라도 막상막하의 혈전을 벌여야만 하는 상황이기 때문에 이성계도 정몽주를 제압할 수단이 별로 없었다. 일전을 각오하면 개성이 피바다가 되고, 그러지 않아도 위화도회군 때 죽은 사람이 많아 이성계를 은근히 원망하는 민심도 있는데, 또 피바람을 일으키는 것은 큰 부담이 되었다.

'여진족인지 몽골족인지 근본도 없는 불쌍놈이 주제 모르고 나댄다!'

'이성계 본명이 아가 바토르라며!'

'누가 아니래. 정도전 그놈도 종의 자식이라잖아.'

정몽주는 빈틈을 정확히 찌르고 들어갔다. 고려의 힘은 오로지 왕명에서 시작한다. 그 왕을 정몽주가 보호하고, 왕은 정몽주에게 의지했다. 공양왕과 정몽주의 연합으로 이성계와 정도전 일파는 금세 위축되고 말았다.

정몽주는 한 발 더 나아가 이런 세력균형을 인정하지 않았다. 이성계 일파를 제압하고, 고려를 명실공히 공양왕이 다스리는 나라로 만들려고 했다. 무신 정권, 몽골 정권이 아닌 성리학으로 무장한 선비들이 이끌어가는, 공자와 맹자가 와도 칭찬할 만한 모범적인 군신의 나라로 만들려고 했다.

그는 위화도회군파의 가장 중요한 두뇌인 정도전부터 치기로 했다. 정도전이 이성계를 조종하고 있는 실질적인 두뇌이기 때문이다. 정도전은 정몽주가 아끼는 후배이자, 전날 썩은 고려 조정을 일신하기 위해 이성계의 무력을 이용하자고 둘이 의기투합한 적도 있다. 이성계에게 정도전을 소개해준 사람도 정몽주다. 하지만 지금은 서로 적이 되었을 뿐이다. 지난 얘기는 피차 할 필요 없다. 상대를 죽여야 내가 사는 지경에 우정이니 추억이니 다 필요 없다.

정몽주는 정도전만 죽이면 이성계는 단지 일개 무부(武夫)에 지나지 않는다고 읽었다. 그리고 살수(殺手)를 보내 끝없이 정도전을 노렸다.

정몽주는 사간원을 동원해 정도전이 천민의 자식이라는 혐의를 만들어 상소를 올리게 하고, 우왕과 창왕을 폐위시킨 책임 등을 물어 집요하게 처벌을 요구했다. 장성휘가 이 일에 또 앞장섰다. 여론은 정도전에게 우호적이지 않았다. 누가 보아도 고려는 공양왕이 장악하고, 정몽주가 지탱하는 것으로 보였다. 정몽주는 최영처럼 우유부단하지 않았다. 적이 숨도 못 쉴 만큼 매섭게 몰아쳤다. 목숨을 끊어놓아야 한다, 그래야 승부가 끝나는 것이다, 이런 다부진 결기가 그에게 있었다. 마침내 정도전 일당을 체포하여 동서남북 산지사방, 그들의 힘을 분산시켰다.

결국 목숨을 겨우 구한 정도전은 평양부윤으로 좌천되었다가 끝내 머나먼 봉화(奉化)로 유배되었다. 정도전을 죽이려다 죽이지는 못하고 개성에서 멀고도 먼 봉화로 유배를 보내놓고, 군사를 풀어 지키게 했으니 일은 다 끝난 줄 알았다. 정도전의 아들 정진과 조카 정담을 폐서인시켜도 누구 하나 대드는 자가 없었다.

정몽주와 장성휘 등 공양왕을 감싸는 근왕파는 개성에 남아 있던 남은(南誾) 등 정도전의 수하들을 잡아 전라도로 충청도로 마구 찢어놓았다. 이후 정도전의 세력은 꿈틀거리는 미동조차 보이지 못했다. 그렇게 모든 것이 끝난 줄로 알았다.

장영실이 아홉 살 나던 해였다.

마침 명나라에 갔다 돌아오는 세자(공양왕의 아들)를 맞이하러 나간 이성계 장군이 말을 타다 낙마하여 크게 다치는 사고가 일어났다. 그의 수하인 정도전 일파가 모두 좌천되어 있는 상황이긴 하지만 이성계는 여전히 삼군도총제사였다. 그러니 세자를 맞이하지 않을 수 없어 나갔다가 그만 낙마한 것이다.

이성계가 크게 다쳐 개성으로 돌아오지 못하고 황주(黃州: 황해도 북쪽 지방) 현지에서 운신하지 못한 채 끙끙 앓는다는 소문이 돌았다.

이성계, 낙마로 중상. 운신 못함.

이런 급보가 고려 왕실로 날아들었다.

정몽주는 이 호기를 놓칠 수 없었다. 급히 자객단을 꾸려 황주로 급파했다. 하지만 이성계의 아들 이방원은 가병을 이끌고 아버지 이성계를 개성 사가로 빼돌렸다. 그래놓고 군사들을 둘러쳐 울타리로 삼았다.

정몽주가 보낸 자객단은 이성계를 죽이지 못한 채 빈손으로 돌아왔다.

하는 수 없었다. 공양왕이 시킨 것으로 하여 어의를 보냈다. 치료차 보내는 것이지만 실은 부상 정도를 알아 오라는 것이다.

문병차 다녀온 어의가 말하기를, 이성계 장군은 이삼 년은 말에 오르기 어려울 것이라고 보고했다.

"사실이냐?"

"장군께서 연로하셔서 부러진 뼈가 붙으려면 시간이 많이 걸립니다. 절대 안정이 필요합니다."

공양왕 왕요와 정몽주 두 사람은 입이 쭉 찢어져 귀에 걸려버렸다. 그렇다면 굳이 죽일 필요도 없다. 기분 좋게 술 한 잔씩 나누었다. 공양왕은 진짜 고려 왕이 되고, 정몽주는 고려의 수문하시중으로서 전날의 이인임보다 더 큰 실력자가 되었다.

장성휘도 이때는 자신들의 세상이 온 줄 알았다. 장영실도 귀여움을 독차지하며 자랐다. 집 안은 줄을 대려는 선비들로 장사진을 이루었다. 장영실이 뒤뚱뒤뚱 마당으로 내려서면 가노며 가비들이 오리처럼 따라다녔다.

평화는 지속되었고, 지속되어야만 했다.

정몽주는 이제 이성계쯤 걱정할 일도 아니라고 판단했다. 낙마하기 이전에도 이성계 장군은 정도전에 대한 참소며 유배, 파직, 폐서인 조치에 묵묵부답이었다.

"이성계, 이 칼잡이가 정도전 없는 무용지물이로군. 크하하하!"

"전하, 이성계 따위는 죽일 가치도 없습니다."

왕요와 정몽주는 손뼉을 치며 좋아했다. 삼군도총제사라는 벼슬도 실은 조정 대신들이 가병을 몰아줘야 힘을 쓰는 벼슬이지 그대로 두면 그의 가병이나 다름없는 함흥 병사들만 손에 쥐고 있는 것이다.

정몽주는 이성계와 정도전의 난이 이제 어느 정도 진압되었다고 판단했다. 싸움질밖에 모르는 이성계는 이제 필부다, 일개 칼잡이 무부에 지나지 않는다, 해동장량[1]이라던 정도전이 저렇게 쭈그러들었는데 그가 무슨 수로 덤비랴, 그렇게 안심했다. 실제로 머리 없는 이성계가 무슨 일을 저지른다고 보는 사람은 아무도 없었다.

정몽주는 상황이 종료되었다고 믿고 마지막으로 이성계를 문병하기로 결심했다. 국정 최고책임자인 정몽주 스스로 직접 가서 이성계가 아주 쓰러져 일어나지 못한다는 소문을 확인하고 싶었다. 정도전이 봉화로 유배된 뒤 늘 술만 마시며 고주망태가 되어 지낸다는 보고가 있었다. 그뿐만 아니라 괴수인 이성계마저 운신이 불가능하다는 낭보가 잇따른 것이다. 이성계, 정도전이 사라진다면 고려 하늘 아래 정몽주에게 도전할 사람은 아무도 없다, 그는 그렇게 믿었다.

"내가 문병을 가장하고 가서 이성계의 동태를 살피고 오겠네."

---

1) 유방을 도와 항우를 격파하고 한나라를 건국한 참모.

정몽주는 대담하게도 직접 이성계의 집을 방문하였다. 장성휘 등 정몽주를 따르는 사람들도 아무런 의심을 하지 않았다. 그저 이성계와 정도전의 난에 마침표를 찍는 것으로 이해했다.

"아, 날씨 좋다. 붉은 진달래가 피기 시작하는군."

정몽주가 이성계의 사가에 가 문병을 하니 과연 이성계는 운신을 하지 못하였다. 심지어 자리에서 일어나지도 못했다.

"수문하시중, 어서 쾌차하셔야지요. 전하의 근심이 크십니다."

정몽주와 이성계는 공동 수문하시중이고, 그러면서 이성계는 삼군도총제사를 겸하고 있다. 이성계가 비록 수문하시중을 겸직하고 있지만 행정이든 학문이든 정몽주가 훨씬 앞서기 때문에 그가 할 일은 많지 않다. 정몽주는 선비들의 존경을 한 몸에 받고 있는 이색의 지원까지 받고 있었으므로, 성균관 출신을 비롯한 대부분의 사대부들로부터 적극적인 지지를 받고 있다.

이런 상황에서 상징적이나마 자리를 차지하고 있던 이성계가 낙상으로 운신을 못하는 지경에 이르렀으니 권력 싸움은 사실상 종지부를 찍은 셈이다. 정몽주가 그렇게 생각했고, 공양왕이나 이색 등 근왕파들은 다 그렇게 믿었다.

"시중, 나는 포은만 믿습니다. 국왕전하를 잘 모셔주시오. 나의 불충을 용서해달라고 전하시오. 아, 제발이지 여진족이나 왜구가 쳐들어오지 않아야 하는데, 참으로 걱정이오."

"아이구, 장군님. 걱정 마시고 어서 쾌차하십시오."

정몽주는 기분 좋게 이성계를 문병하고 나왔다. 중간에 상갓집에 들러 조문하고, 거기서 만난 조문객들과 고려를 함께 이끌어가자, 국왕을 모시고 일치단결하자 외치다가, 오후 느지막해서 꽃향기 맡으며 궁으로 들어가 공양왕에게 이 낭보를 전할 참이었다.

"좋고도 좋은 날이로다. 하늘은 맑고 푸르니 꽃향기가 간지럽구나."

그가 말을 타고 마부들과 함께 선죽교[2]에 이르렀을 때였다.

복면 자객들이 떼를 지어 나타났다.

"누구냐?"

복면 자객들은 대답은커녕 냅다 철퇴를 날렸다.

"퍽!"

묵직한 철퇴는 등을 찍고, 말에서 떨어져 내리는 그의 머리를 찍었다. 피가 낭자했다. 그를 시종하던 마부들은 자객들에게 걸려 죽거나, 몇은 그대로 내빼버렸다. 삽시간에 일어난 변고다.

복면 자객들은 이방원이 보낸 조영규, 고여, 조평이다.

정몽주는 그렇게 느닷없는 변고로 꽃향기 맡으면서 세상을 떠나버렸다.

이방원은 정몽주가 죽었다는 보고를 받은 즉시 아버지 이성계의 가병을 모조리 일으켰다. 그리고 미리 준비한 대로 정몽주 측근들을 들이치기 시작했다.

---

2) 이때 명칭은 선지교였다. 나중에 이 자리에 대나무가 났다 하여 선죽교로 바뀐다.

정몽주가 죽은 이후 가장 중요한 인물은 물론 정몽주와 정도전의 스승이기도 한 이색이다. 이색은 가장 먼저 체포되었다.

이어서 이색의 측근, 정몽주의 측근 순으로 차례로 체포되었다. 정몽주 측에서는 누구도 이런 변고를 상상하지 못했기 때문에 속수무책으로 당했다.

그도 그럴 것이 이 모든 전략은 처음부터 정도전이 꾸민 흉계였다.

봉화로 유배 간 정도전은 이성계 장군더러 낙마하여 부상한 듯 위장한 뒤 정몽주가 문병 오거든 지체 없이 쳐 죽이라는 깜짝 놀랄 밀계를 전해두었던 것이다. 과연 그는 해동장량이었다.

이쪽 개국파가 핵심 정도전의 유배로 힘이 빠졌듯, 저쪽 근왕파야말로 정몽주 하나만 죽여놓으면 나머지는 추풍낙엽이다, 정도전은 그렇게 계산했다.

그래놓고 정몽주를 살해하는 동시에 이성계의 가병을 총동원하여 아무 경계심 없이 한가하게 기다리고 있을 정몽주의 측근들을 일시에 들이쳐 한꺼번에 쳐 죽이기로 전략을 짠 것이다. 따라서 이성계가 낙마하여 부상당했다는 것은 그 사실 자체만 맞을 뿐 실제로는 그리 큰 부상도 아니었다. 이성계는 이날 정몽주가 죽은 즉시 병석에서 떨치고 일어나 말에 올라타고 개성으로 들이닥치는 선봉에 섰다.

이 모든 비밀 작전은 이성계의 아들 이방원이 봉화와 개성을 잇는 세작을 통해 수립한 것이었다.

"쾅! 쾅!"

갑자기 대문을 걷어차는 듯한 굉음이 울려 퍼지더니 이윽고 군사들이 우르르 몰려들었다.

"아니?"

누가 봐도 이성계의 가병들이다.

집 안에 있던 식솔들이 모두 놀라 뛰쳐나왔다. 장성휘도 정3품 고관이다 보니 노비며 가족들이 꽤 되었다. 물론 가병도 있다. 하지만 아무도 무장을 하지 않은 상태다.

"집 안을 샅샅이 뒤져 장성휘를 체포하라!"

가병을 이끌고 온 이성계의 부하 한 놈이 소리를 질러댔다.

마침 방에 앉아 책을 읽고 있던 장성휘는 밖에서 일어난 소란이 무슨 뜻인지 금세 알아차렸다.

'아차, 뭔가 잘못되었구나.'

정몽주가 이성계 병문안에 나섰다는 것쯤은 잘 알고 있다. 병문안이라기보다 이성계 일파의 반역 움직임이 완전히 종식되었다는 걸 확인하러 갔을 뿐이다. 그러니 두려울 일이 없었다. 이성계를 도와줄 측근들은 다 유배지에 묶여 있으니 낙상하여 쓰러졌다는 이성계가 무슨 힘이 있어 정몽주의 털끝 하나 다치게 하랴, 그런 생각이었다. 마음을 놓아도 아주 푹 놓고 있었다. 그 틈을 정도전이 꿰뚫고 들어온 것이다.

'필시 정도전의 군사들일 것이라.'

지금 밖에서 들려오는 목소리는 정몽주의 가병이거나 공양왕이 보낸 군사들이 아니다. 그렇다면 장성휘를 체포하라는 말을 할 리가 없다. 이 세상에서 장성휘를 체포하라고 소리 지를 수 있는 사람은 오직 이성계와 정도전의 반역도당뿐이다.

"드르륵."

문이 열렸다.

새파란 젊은 군사다. 오늘 중 개성 일대 정몽주 일파를 다 잡아야 하니 이성계의 가병들이 총동원된 모양이다.

"나오시오!"

문병 간 정몽주가 죽었다면 얼마 되지도 않은 시각일 텐데 적들은 이토록 치밀하게 준비를 한 것이다. 속았다. 다 속았다. 장성휘는 눈을 질끈 감으며 모든 걸 체념했다.

"잠시 기다려라."

장성휘는 의관을 차려입고 가묘에 절을 한 다음 군사들이 늘어서 있는 집 마당으로 내려섰다.

하늘이 푸르다. 일이 이쯤 되었으면 저 하늘로 정몽주가 먼저 올라가 있는지도 모른다. 아니, 그가 죽지 않았다면 이런 변고가 생길 리 없다.

이성계의 가병들이 우르르 몰려든다.

"역적 장성휘는 오라를 받으라!"

날벼락 같은 소리에 가솔들이 모두 놀라 어쩔 줄을 모른다. 장성휘에게도 가병 수십 명이 있지만 아무도 준비가 되어 있지 않다. 속수무책으로 당할 수밖에 없다.

장성휘는 무릎이 꿇린 채 내팽개쳐졌다. 오랏줄이 몸을 휘감는다.

여기저기에서 흐느끼는 소리가 들린다.

"여보. 이게 무슨 일이에요? 당신 같은 충신을 역적이라고 하다니요? 이자들은 대체 누굽니까?"

영실의 어머니도 갑작스런 일에 당황스러웠다.

장성휘는 어찌 된 일인지 생각해보았다. 정몽주가 이성계의 집으로 병문안 간 것까지는 안다. 잘못돼도 그 이후에 잘못된 것이다.

"이보게, 수문하시중은 안녕하신가?"

"무슨 소리십니까. 이미 하늘로 가셨습니다. 선죽교에 찢어진 시신이 널브러져 있으니 가시는 길에 보시오. 이색인지 뭔지 하는 영감도 이미 체포되어 구금된 줄 압니다."

짐작한 바다.

그렇지 않으면 고려 천지에서 장성휘에게 오라를 던질 군사는 없다.

"자네들은 누가 보낸 사람들인가?"

"우리는 삼군도총제사 이성계 장군 휘하에 있습니다."

"낙마하셔서 큰 부상을 입으셨다던데 도총제사께서 웬일이신가?"

군사들이 빙그레 웃는다.

고소하다는 표정이다. 아니면 통쾌하다는 것인가.

"뭐 일이 이렇게 됐으니 전말을 알려드리지요. 삼봉 정도전이 봉화에서 은밀히 계책을 보내와 삼군도총제사께서 일부러 말에서 떨어진 것처럼 소문을 퍼뜨린 겁니다. 그래놓고 군사를 숨겨 정몽주가 문병 오기를 기다렸지요. 과연 괴수가 덫에 걸려들자 일시에 쳐 죽이고, 오늘 동병하여 개성 내 정몽주 잔당을 소탕하는 중이올시다. 지금쯤 두목 급은 다 처단하거나 체포하여 가둬놓았고, 당신 같은 사람들을 잡아들이는 중이오."

"나는 어찌할 것인가?"

"묻지 마시오. 우리가 그런 걸 어찌 알겠소. 아마도 삼봉이 이삼 일 안에 개성으로 들어올 테니 그때 분별하시겠지요. 죽일 사람은 죽이고 유배 보낼 사람은 보내는 거지요."

장성휘는 이미 정몽주가 격살되었다니 그가 살아날 길은 없다고 판단했다. 지금 한번 대문을 나서면 귀신이라면 몰라도 산몸으로는 돌아올 길이 없다. 그게 참형이든 유배든 마찬가지다. 유배? 유배란 없다. 유배를 보내놓고 반드시 죽일 것이다. 최영 장군도 그렇게 죽었다. 우왕, 창왕도 그런 식으로 죽었다.

"잠시 작별 인사를 나눌 시간을 주시게나."

군사들은 서너 걸음 뒤로 물러났다. 군사들은 마음대로 해보라는 여유까지 가졌다. 그들은 완전한 승리를 확신하고 있는 듯했다.

"여보."

그의 부인이 아들 장영실을 데리고 가까이 다가왔다.

부인은 바들바들 떨었다.

"미안하오. 아마도 당신은 노비가 될 것이오. 우리 가족 모두 다 그렇게 될 것이오. 식솔은 흩어지고 이 집은 누군가 빼앗아갈 것이오. 내가 죽어야 내 형제들이 살아남을 것이니 나는 기꺼이 가겠소."

"여보."

"내 말 똑똑히 들으시오. 우리 영실이는 나의 유일한 아들이오. 노비가 되든 뭐가 되든 이 아이를 잘 지켜주오. 송곳은 주머니를 뚫고 나오는 법, 반드시 큰 인물이 될 것이니 모욕을 참고 견디며 이 아이를 잘 길러주오. 저승에서 당신 모자를 잘 지키리다."

부인 수란은 펑펑 울기만 했다.

"아버지."

장영실이 작은 입을 떼었다.

"오냐, 아들아. 어린 네게 이 아비가 못할 짓을 하는구나. 미안하다. 하지만 이제 너는 어린아이가 아니다. 네 어머니를 보살펴거라. 이제부터 이 집의 주인은 너다. 알겠느냐?"

"예, 아버지."

"아버지 이름이 무엇이냐?"

"장 성자 휘자입니다."

"알았다. 잊지 마라. 내게는 네 형제가 있다. 네가 훗날 노비 신세를 면하거든 아산의 친척들을 찾아내라. 알겠느냐?"

"예, 아버지."

식솔들은 일제히 엎드려 울었다.

장성휘의 노비와 가병들은 이성계나 정도전이 다 빼앗아갈 것이다. 사람이 흩어진 다음에야 전답과 재산은 말해 무엇 하겠는가. 고려 조정에 출사하고 있는 형제 넷을 위해서라도 기꺼이 엎드려 칼을 받아야 한다. 군말이 필요 없다. 그저 묵묵히 그들이 죽이면 죽고, 유배를 보내면 가면 된다. 그 유배길이 비록 암수를 놓은 덫일지라도 가야만 한다.

"여보, 우리 영실이 잘 부탁하네. 못난 남편, 이제 그만 가네. 나는 잊고 우리 영실이 바라보며 꿋꿋이 사시게. 미안하이. 하늘에 가 이 죄를 갚겠네."

장성휘는 이성계의 가병들더러 가자고 턱짓을 했다. 가병들이 앞뒤로 장성휘를 둘러싸고 집을 나섰다.

"아버지!"

영실은 외마디 비명처럼 아버지를 불렀다. 하지만 장성휘는 뒤를 돌아다보지 않았다.

그것이 영실이 아버지를 본 마지막이다.

장성휘가 끌려가고 난 당일에는 아무런 변화가 없었다. 개성 시내에는 밤새워 시끄러운 소리가 들리기도 하고, 불이 꺼지지 않았다. 그 밤으로 정몽주와 이색의 무리는 모두 체포되었다.

이튿날, 다시 군사들이 나타나 노비들부터 하나둘 끌어가기 시작했다. 가병들도 흩어져버렸다. 정도전이나 이성계 측근들이 다

투어 빼앗아가는 것이 틀림없었다.

남은 사람들은 바깥출입이 금지되었다. 밤이나 낮이나 군사들이 지켰다. 개성 시내에는 이성계 가병들이 물샐 틈 없이 배치되어 인마의 이동을 막았다.

며칠 후 재차 군사들이 몰려와 남은 노비와 가병들을 다 끌어가 버렸다. 미리 한둘 빼앗아간 건 보나마나 이성계나 정도전 같은 거물들 차지일 거고, 이제 가는 노비는 왕실에 몰수된 공노비가 되는 것이다. 가병들 역시 공노비가 되거나 이성계 쪽 누군가에게 배당될 것이다.

그러고도 며칠 뒤 장영실 모자에게는 경상도 남쪽 끝 동래현의 관노비로 가라는 명령이 떨어졌다.

장영실은 너무 어린 나이라 무슨 일이 벌어졌는지, 일어나고 있는지 자세히 알 수는 없지만, 분명 가족에게 큰일이 일어났다는 것만은 짐작할 수 있었다.

영실은 호송 군사들의 감시를 받으며 어머니와 개성에서 한양까지 걸었다. 개성을 떠날 때는 여기저기서 잡혀온 정몽주 측 노비들이 수백 명이나 되었다.

길을 갈 때마다 노비들은 몇 명씩 관아에 배속되고, 그래도 백 명이 넘는 노비들이 한양에서 충주까지 남한강 수로를 타고 내려갔다. 정몽주의 측근 가족들은 경기에는 배속조차 되지 않았다. 역적의 무리라 하여 가능하면 경상도나 전라도 험지로 배정

되었다.

　장영실 모자는 목적지 동래현까지 걷고 또 걸었다. 동래에 이를 때는 노비 30여 명이 남았다. 그 30명이 모두 동래현에 있을 건 아니고 또 주변 현이나 군으로 찢어질 참이었다.

　영실 모자는 난생 처음 끔찍한 여행을 했다. 식사가 형편없는 건 둘째치고 어린 영실마저 제 발로 걸어야 했기 때문이다. 그 고통은 이루 말할 수가 없었다. 영실 어머니를 노리는 검은 손길도 있었다. 어차피 관비가 된 신세이니 누가 건드려도 대항할 처지가 되지 못했다. 하루아침에 관비가 된 여자들이야 며칠 전까지만 해도 좋은 집에서 좋은 비단 옷 입고 분 바르던 아녀자들이다. 그러니 군사들이 그냥 보내줄 리가 없었다.

　장영실은 아픈 다리만 주무르며 길을 가느라 무슨 일이 생기는지 전혀 알지 못했다. 그가 아프다고 투정을 부리면 함께 끌려가는 건장한 노비들이 영실을 번갈아 업어주는 덕분에 큰 고생은 면했다. 하지만 영실도 발이 다 까지고 다리는 퉁퉁 부었다. 영실이 힘들고 아프다고 투정하면 어머니는 영실을 등에 업고 걸어야 했다. 어머니인들 그 먼 거리를 맨발로 걷기가 쉬운 일도 아니었다.

　장영실 모자는 개성을 떠난 지 20여 일 만에 동래현에 도착하였다.

　동래현 관아에서 간단한 인수인계 절차가 끝났다. 이제부터 장영실 모자는 물설고 낯선 이곳 동래에서 관노비로 살아만 한다.

어머니는 관비, 장영실은 관노다. 영실의 나이가 아직 아홉 살이니 한 해 정도는 집에서 더 묵어야 한다. 열 살은 돼야 관노로 갈 수 있고, 그래야 일을 하면서 먹고살 처지라도 된다.

장영실의 어머니는 노비 점고를 마친 다음 사태가 돌이킬 수 없다는 현실을 깨닫고, 개성에 있을 때부터 몰래 챙겨 온 패물을 팔아 주막에 딸린 뒷방 하나를 얻어 거기에 짐을 풀었다. 짐이라야 옷가지 몇 벌뿐이다. 개성 집에서 끌려나올 때 군사들이 하도 눈알을 부라려 짐을 제대로 싸지도 못했다.

오랜 동안 가슴 졸이다가 단칸방이나마 구해 모자가 다리를 뻗고 앉으니 모처럼 숨이라도 마음껏 쉴 수 있었다.

물론 남편 장성휘는 효수되었을 것이 틀림없다. 누구도 말해주는 사람은 없지만 보나마나 뻔한 일이다. 유배를 갔다면 장영실 모자가 관노비로 떨어질 리가 없다. 그러니 이미 이 세상 사람이 아니려니 여기면 그만이다.

장성휘에게는 형제가 넷이 있으니 장사는 알아서 치를 것이다. 다른 형제들은 다행히 정몽주와 가까울 만큼 직급이 안 되는 말단이라서 아무도 연루된 사람이 없었다. 그나마 다행이다.

어쩌면 역적의 일가라 하여 연좌되고, 그래서 버려질지도 모르지만, 형제들이 안전하기만 하다면 형의 시신을 버려두지는 않을 것이라고 믿었다.

며칠 뒤, 준비를 마친 영실의 어머니는 동래현 관아로 출근했다.

이제 무슨 일이든 시키는 대로 하여야 한다.

그런데 신임 관노비들을 접수한 이방은 다른 사람들에게는 일자리를 배속해 모두 내보낸 뒤에도 장영실의 어머니 수란에게는 아무 소임도 주지 않고 그대로 대기하게만 했다.

그러고는 관아를 몇 번 오가더니 엉뚱한 소임을 주었다.

"음, 그대는 아직 미모가 있으니 관비로 썩기에는 아깝소. 마침 우리 관아에 관기가 모자라는데 그 일을 해줘야겠소. 어쩌다 관비가 되었는지 내 알 바는 아니지만 다 잊으시고 현실에 충실하시오. 어쩔 수 없는 일이오. 아시겠소?"

"양반가 아녀자로서 어찌 그런 일을……. 그 일만은 하지 않게 해주십시오."

"어허, 아직 세상 변한 걸 모르는 모양이오? 고려는 망했단 말이오. 지금 이성계 장군이 새 임금으로 등극할 채비를 한다잖소? 당신 남편은 역적으로 잡혀 참형되었는데 양반가니 사대부니 이런 말씀은 마오. 우리도 이러고 싶어 이러는 게 아니고, 시절이 수상할 때는 그저 시키는 대로 하면 되오. 목숨이라도 안전하게 붙이려면 댁도 모나지 않게 굴구려."

"제발이지 살려주소서. 아홉 살 난 아들이 있사옵니다."

"그렇게 관기가 더 좋을 거 아니오. 먹을거리라도 더 챙길 수 있을 테니 말이오. 사실 관비보다야 관기가 힘이 덜 들어요."

"그 짓을 어떻게 하란 말씀이오?"

"이보시오. 지금 정몽주, 이색 같은 지체 높은 영감들도 다 죽고 왕도 잡혀 죽었소. 왕비, 후궁들도 죄다 노비가 되어 어느 놈 몸뚱이에 깔려 있는지 모른다 말입니다. 이렇게 한가하게 얘기할 처지가 못 돼요. 그저 운명이려니 받아들이시오."

사실이 그러하다. 왕조차 이리저리 유배지로 돌리다가 때려죽이는 마당에 왕비인들 온전하겠는가. 공양왕의 두 아들, 그러니까 왕자들까지 때려죽였는데 왕비들은 목숨이나마 붙어 있는 걸 다행으로 여겨야 할 지경이다.

영실 어머니는 아무 말도 못하고 이방이 시키는 대로 하기로 했다. 도리가 없다. 죽여도 할 말이 없고, 죽인들 누가 알 리도 없는데 달리 어찌할 도리가 없다.

관기는 동래 관아에 들르는 개성의 고관대작, 혹은 심부름 오는 관리들을 맞아 춤추고 노래 부르는 일을 담당하는 관아 소속 기생이다. 관기가 모자랄 때는 관비 중에서 미모가 있고 재능이 있는 사람으로 충당하는 것이 오래전부터 이루어지던 관행이다. 그러니 관기가 관비고, 관비가 관기인 셈이다. 관비 중에서 얼굴 좀 반반하게 생기면 그게 관기지 달리 관기가 아니다.

해보지 않던 노역을 감당하는 것도 힘들겠지만, 춤추고 노래하며 비위를 맞추는 것은 더 힘든 일이다.

그날부터 영실 어머니는 앞서 관기가 된 사람들에게 이끌려 춤과 노래를 배우기 시작했다. 몇 달이고 춤과 노래에 재능이 붙으면 그때는 현령이 부르든, 다른 관리가 부르든 가서 기예를 보여야만 한다. 다만 외노비여서 집을 따로 마련하고 따로 살림해야 한다. 늘 일하는 것은 아니고, 비번일 때는 길쌈을 하거나 바느질을 해서 소득을 올릴 수도 있다. 또 관기의 경우는 따로 돈을 벌수 있는 기회도 있었다. 기본적으로 급여가 없는 공직자인 셈인데, 그런 만큼 수입을 만들어내는 방법은 각자 알아서 해야 했다. 능력 있는 관노나 관비는 아전을 대신해서 권력을 행사하기도 하고 이권에 개입하기도 했다.

이 무렵 장영실과 같은 공노비는 대략 12만 명 정도였다. 노비를 헤아릴 때는 구(口)라고 하였는데, 남성인 관노는 약 6만 명, 여성인 관비도 약 6만 명이었다. 이후 공노비는 35만 구로 늘어나는데, 조선 인구의 10분의 1에 해당했다. 사노비까지 합치면 인구의 절반 가까이 되었다.

공노비는 매매가 안 되었지만 사노비의 경우는 매매가 가능했다. 《경국대전》 기록으로는, 열여섯 살부터 쉰 살까지는 저화 4000장, 열다섯 살 이하 쉰 살 이상은 3000장이었다. 이때 말 한 마리 값이 저화 4000장이었다.

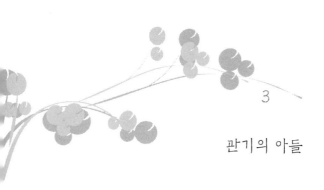

3

관기의 아들

영실의 어머니가 매일 관아에 출근하면서 영실은 늘 집에 머물러야만 했다. 아홉 살 나이로는 관아에서 생활할 수 없기 때문에 아직은 집에 남아 있어야 했다. 어머니 수란이 관아에 출근하고 나면 장영실은 주막집 주모를 따라다녔다.

그 뒤 어머니 수란이 관기로서 제법 인기를 얻기 시작하면서부터는 영실을 하루 종일 보살필 이모도 생겼다. 젖을 먹을 나이는 한참 지났지만 수란은 낯선 동래까지 내려와 아는 이 없이 있을 아들을 돌봐줄 여인네를 구해 이모라 부르라고 시켰다.

영실은 이 이모를 잘 따라다녔다. 어머니 수란이 관아에서 돌아오면 엄마 품에 뛰어들곤 했지만, 스스로 동네 아이들과 어울려 놀기도 하고, 제 손으로 팽이나 자치기 같은 장난감을 깎아 만들기도 했다.

영실은 저녁때만 보는 엄마라도 언제든 착 달라붙어 떨어지려고 하지 않았다. 그러면 이모는 입버릇처럼 말했다.

"핏줄은 가르쳐주지 않아도 안다니까, 어미인 줄 어찌 저렇게 잘 안담. 그러게 애 본 공은 없다고 하는구먼."

"아유, 아주머니도. 영실이가 얼마나 아주머니를 좋아하는데요."

"다 소용없는 일이라네. 저 이뻐 그냥 다독이는 거지 커서 날 기억이나 하겠어? 더구나 내년이면 관아에 들어갈 텐데, 그 생각을 하면 벌써 섭섭하다우. 녀석이 어찌나 귀여운지 꼭 내 자식만 같아."

이모는 일부러 샘이 난 듯 입을 삐죽거렸다.

이모가 영실이 손을 잡고 버드나무가 우거진 우물가나 산들바람이 시원하게 불어오는 고갯마루로 마실을 나가면, 어른이고 아이고 할 것 없이 전부 영실을 가리키며 뭐라고 쑥덕거렸다.

언제부터인가 영실이는 사람들이 손가락질하는 것을 눈치채기 시작했다.

아이들은 재주껏 손나팔을 만들어 크게 외쳤다.

"저기 기생 아들 간다. 야, 애비 없는 자식아!"

비록 영실이는 집안이 몰락해 노비가 되었지만 처음부터 그렇지 않다는 걸 잘 알고 있었다. 그래서 결코 주눅 들지 않으려 노력했다. 노비가 아주 드문 것도 아니었다. 그렇건만 일부밖에 안 되는 평민들이 그 난리였다.

동네 사람들을 굳이 분류하자면 양반이 한두 집밖에 안 되고, 나머지는 중인이나 평민, 나머지 절반 정도는 공노비나 사노비이건만 유독 장영실만은 관기의 아들이라고 손가락질했다. 처지가 어려운 사람들끼리 더 그런다.

장영실도 동네 사람들이 자기를 달가워하지 않는다는 것을 어렴풋이 느낄 수 있었다. 아무리 그래도 어머니 수란은 아무 말도 해주지 않았다. 아버지가 어떻게 되었는지 영실은 까마득히 잊고 말았다. 죽은 줄도 모른다. 왜 노비가 되었는지 그런 나라법에 대해서도 모른다.

영실은 동래에 정착한 지 몇 달이 지나면서 아버지에게 일어난 그 끔찍한 일은 잘 기억하지 못했다. 어머니는 그게 어떤 사건이었는지 잘 설명해주지도 않았다. 그게 힘든 일이고 어려운 일이라는 걸 어렴풋이 아는 장영실은 아버지에 대한 이야기는 엄마에게 감히 꺼내지 못했다.

'다른 아이들에게는 모두 아버지가 있는데 우리 아버지는 어디 가셨을까?'

영실은 아버지가 끌려가던 날을 기억조차 제대로 하지 못했다. 어른들이 일부러 눈을 감기고 보지 못하게 해서 그런 것도 있지만, 어머니는 기왕 관노가 된 마당에 옛날 일을 들춰봐야 더 힘들 뿐이라고 여겨 일절 말을 해주지 않은 것이다.

그러던 어느 날 저녁이었다.

영실은 더 이상 궁금증을 가슴에 품고 있기가 힘들었다. 다른 아이들이 아비 없는 자식이라고 놀릴 때마다 "우리 아버지 있어!" 하고 소리쳤지만, 언제나 자신이 없었다.

오늘은 어머니한테 아버지가 누군지, 어디 가셨는지 물어보기로 결심했다.

마침 어머니는 저녁 설거지를 마치고 앞치마를 풀어 손에 쥐고 들어왔다.

영실이는 턱을 괴고 앉아서 어머니를 물끄러미 쳐다보았다.

수란은 자리에 앉자마자 구석에 개켜둔 바느질감을 방 한가운데로 가지고 왔다. 어머니는 하루 종일 일을 하고 돌아와도 늘 밤늦도록 바느질감을 손에서 놓지 않았다. 관기는 기본적으로 봉급이 없기 때문에 따로 돈벌이를 해야만 한다.

영실은 조심스럽게 다가가서 어머니 곁에 앉았다.

막상 이야기를 꺼내려고 하니 자꾸만 목소리가 안으로 기어들어 갔다.

영실은 한참 동안 엄마가 바느질하는 손놀림만 쳐다보았다. 몇 번이나 입을 달싹거리다가는 다물었다. 아버지가 없어 엄마가 더 힘들 거라는 것쯤은 생각할 나이다.

"영실아, 왜 그러느냐? 엄마한테 무슨 할 말이라도 있는 게지?"

"아, 아니에요. 그냥……."

"왜 말을 못하고 우물쭈물하느냐. 사내대장부는 할 말이 있으면 당당하게 할 줄 알아야 하는 법이야."

영실은 옷고름을 손가락으로 친친 감아올리며 머뭇거리다가 드디어 용기를 냈다.

"저기……."

영실은 어머니에게 바싹 다가앉았다. 그러고는 혹시 어머니가 화라도 낼까 봐 조심스럽게 입을 떼었다.

"어머니, 우리 아버지는 어디 가서 안 오시는 거지요? 어디 멀리 가셨어요?"

수란은 영실의 물음에 깜짝 놀랐다. 기어이 그날이 온 것이다.

언젠가 그런 질문을 받을 것이라고 생각은 하고 있었지만 이렇게 빨리 올 줄은 미처 몰랐다. 무엇보다 그 생각으로 어린 영실이가 얼마나 마음고생을 했을까 생각하니 가슴이 미어질 것만 같았다. 내심 영실이 아버지 얘기를 안 해서 잊었는가 보다, 다행이다 생각하고 있었는데 그게 아니었다.

수란은 대답 대신 눈물을 뚝 떨어뜨렸다. 작년 4월에 들이닥친 악몽이 고스란히 되살아났다. 그 생각만 하면 자다가도 벌떡 일어날 만큼 아직도 눈에 선하다.

수란의 눈물이 저고리 동정에 뚝뚝 떨어져 내렸다. 바늘을 쥔 손도 조금씩 떨렸다.

영실은 말없이 눈물을 흘리는 어머니를 보니 더 이상 보챌 수가 없었다.

"엄마, 왜 울어? 아버지 어딨냐고 물어보면 안 되는 거야? 아버지가 어딜 가셨기에 아직도 안 오시냐고?"

영실은 어린 마음에 자기가 아버지 이야기를 꺼내서 엄마를 슬프게 한 것이라고 생각했다.

"엄마, 울지 마. 다시는 묻지 않을게. 없으면 없는 거지 뭐. 멀리 장사 갔는가 보다. 맞아. 그래."

영실은 바짝 다가앉아 눈물이 흘러내리는 엄마의 얼굴을 어루만졌다. 엄마의 눈물이 그치지 않는다.

영실은 엄마의 손을 꼭 잡았다. 다시는 아버지에 대해서 묻지 말아야겠다고 다짐하였다.

하지만 아버지에 대한 궁금증은 날이 지나도 영실의 마음속에서 떠나지 않았다.

'혹시 이모는 알고 있을지도 몰라.'

영실은 좀처럼 의문을 떨쳐버리지 못하고 그 다음 날 이모에게 물어보았다. 사실, 영실은 엄마보다도 이모하고 더 많은 시간을 함께 지낸다. 하루 종일 이모를 따라다니다 보니 그럴 수밖에 없다. 그런 이모라면 영실의 답답한 마음을 이해하고 풀어줄 것만 같았다.

하지만 막상 이모한테 물어보려고 해도 멋쩍었다. 엄마가 울면서 힘들어할 정도면 이모 역시 숨길 게 뻔한 것이다. 그러자면 대놓고 물어보는 것보다는 돌려서 알아보는 게 좋겠다고 생각했다.

"이모, 나도 이모 집에 가서 살 테야."

"뭐? 우리 착한 영실이가 왜 그런 소릴 하누? 그럼 엄마는 영실이 없이 혼자 어떻게 살게? 엄마가 영실이를 얼마나 좋아하는지 알면서 그런 소릴 하누. 그러면 영실이는 나쁜 아이지."

이모는 영실이 엉덩이를 토닥토닥 두드리며 말했다.

영실은 잠시 아무 말도 하지 않고 입을 꼭 다물었다. 그러고는 까만 눈동자를 끔벅거리더니 용기를 내어 입을 열었다.

"이모, 나 궁금한 게 있어."

"뭔데? 말해봐."

"동네 사람들 중에는 우리 어머니와 나를 싫어하는 사람들이 있어. 난 잘못한 게 없는데 왜 날 싫어하지? 아마 아버지가 없어서 그런가 봐."

"뭐?"

이모는 깜짝 놀라는 눈치였다. 기어이 질문이 나왔구나 싶은 표정이다.

이모는 뭐라고 대답해야 좋을지 얼른 결심을 하지 못했다.

"음, 말이다."

잠시 뜸을 들였다.

이모는 이대로 마음에 상처를 주는 것보다는 사실대로 알려주는 편이 낫겠다는 생각이 들었다.

수란과도 몇 번이나 말을 나누었던 문제 아닌가. 아이가 아홉 살이나 됐으면 궁금해할 것이니 차라리 말을 해주자고 몇 번이나 권했었다.

동네 아이들이 영실을 보고 아비 없는 자식이니 뭐니 하는 말을 이모도 여러 번 들었다. 그럴 때마다 수란에게 아버지에 대해 차라리 말을 해주자, 그렇게 말한 게 한두 번이 아니다. 그때마다 수란은 아이가 좀 더 클 때까지 기다리자고만 했다. 그렇게 서로 속만 끓여왔다.

이모는 큰 숨을 한번 쉬고 나서 마침내 영실이 원하는 이야기를 해주기 시작했다. 어차피 수란이 직접 말하는 것보다는 한 다리 건너 마음 편한 자기가 해주는 것이 낫다고 생각한 것이다.

"영실아, 아버지가 없는 사람은 없단다."

"그러니까. 나도 다른 애들처럼 아버지가 있어야 하는데 왜 없어? 그게 이상해."

"너희 아버지는 훌륭한 관리셨다. 개성에서도 아주 높은 관리셨지. 관리가 뭔지는 알지?"

"동래 관아에서 일하는 사람들처럼?"

"그렇지. 하지만 네 아버지는 그 사람들보다 훨씬 더 높은 분이었지."

"우리 아버지는 아주 멋진 옷을 입고 계셨어."

"아무렴. 지체 높은 분이셨지. 아마도 이곳 사또보다 훨씬 더 높은 분이었지."

"정말?"

"정말이고말고."

"그럼 난 원래 노비가 아니야?"

"그럼, 노비라니. 사대부집 도련님이었지. 아주 잘난 도련님."

"그런데 왜 내가 노비야?"

"영실이 아버지는 아주 높은 관리셨는데 난리가 나서 돌아가셨단다. 큰 싸움이 나서 고려가 망하고 조선이 새로 섰다. 너희 아버지는 고려를 지키려다 돌아가신 거고, 그래서 조선을 세운 사람들이 네 어머니와 너를 노비로 만든 거란다. 그렇게 벌을 준 거지."

"무슨 말인지 잘 모르겠어. 하여튼 우리 아버지는 훌륭한 분이었어?"

"그렇단다. 영실아, 때가 되면 엄마가 자세히 일러주실 거야. 아버지를 자랑스러워하거라. 대신 아무한테도 말하면 안 된다. 잠자코 때를 기다려라. 사내는 입이 무거워야 한다."

"응."

장영실은 어렴풋이 자기의 핏줄에 대해 이해를 하게 되었다. 아버지는 있었다, 높은 관리였다, 그러다 돌아가시고 그 때문에 어머니와 영실이 노비가 되었다, 이런 줄거리는 알아들었다. 기억도 있다. 군사들에 둘러싸여 우르르 대문을 나서던 장면이 어렴풋이 기억이 난다.

이때부터 영실은 어머니에게 아버지가 누구냐고 묻지 않았다. 그 대신 고개를 쳐들었다. 비록 노비 신분이지만 본래는 아니라는 걸 깨달은 뒤 뜻 모를 자신감이 생겼다. 누가 뭐라고 욕을 하든 웃어넘기고, 몇 번 들어도 화가 그리 나지 않았다.

이모는 그런 영실이 대견스럽고 기특하다가도 한편으로는 불쌍

해서 마음이 저렸다. 영실은 이따금 이모에게 투정을 부리기도 했지만 절대 억지를 쓰거나 조르는 일이 없었다. 아버지에 대해 이모의 설명을 들은 뒤로 장영실은 매사에 대견해졌다.

장영실은 이모가 병이 든 뒤로는 주로 혼자 놀았다.

나이 든 이모는 몸이 자주 아팠다. 영실이와 함께 있다가도 앓는 소리를 내며 드러눕는 일이 늘었다. 때로는 영실네로 건너오지 못하는 날도 있었다.

"영실아, 이모는 이제 널 돌볼 수가 없구나. 앞으로는 네가 너를 돌봐야 한다. 엄마도 관아에 매인 몸이라 낮에는 널 돌볼 수가 없단다. 어서 자라 어머니도 네가 돌봐야 하느니라."

"알았어요. 혼자서도 잘 놀 수 있어요. 이모나 아프지 말아요."

이모는 자식처럼 돌봐온 영실과 헤어져 그의 집으로 돌아갔다. 어쩔 수 없이 병치레를 해야 하기 때문이었다.

'우리 영실이가 양반 집안에서 자랐더라면 큰 인물이 될 터인데, 세상은 어째 이리 잔인하단 말인가.'

영실은 영실대로 어머니에게 걱정을 끼쳐서는 안 된다며 혼자서 씩씩하게 놀러 다녔다.

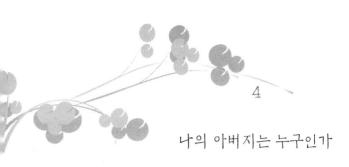

4

나의 아버지는 누구인가

"영실아, 너 연날리기 안 할 테야?"

"하고는 싶은데…… 난 연이 없는걸."

"참, 그렇지. 그럼 할 수 없구나. 난 우리 아버지가 이렇게 만들어주셨는데."

영실은 부러운 눈으로 연을 들고 있는 아이들을 바라보았다. 아이들은 아버지나 할아버지가 만들어준 방패연, 가오리연 등을 자랑스럽게 날렸다. 양반이든 노비든 평민이든 다른 아이들은 아버지가 있었다.

어떤 아이는 연싸움에서 이기라고 자기 아버지가 호랑이를 그려주었다며 자랑했다. 그림을 보니 과연 호랑이가 으르렁대는 것 같다. 또 어떤 아이의 연에는 풀 먹인 색동 끈이 달려 있어 아주 곱고 튼튼해 보이기도 했다. 모두가 '아버지'들이 해준 것이다. 장영실에게만 없는 것이다. 노비라는 신분은 아직 불편한 줄을 모르지만, 아버지가 없다는 건 뼈아픈 현실이었다.

아이들은 얼레와 연을 들고 언덕으로 뛰어 올라갔다. 바람이 잘 부는 언덕배기에서 연을 날리려는 것이다.

영실은 언덕으로 올라가는 친구들을 물끄러미 바라보다 집으로 발길을 돌렸다. 그에게는 연을 만들어줄 수 있는 아버지도 할아버지도 없다. 그러니 남들이 날리는 연을 구경하기도 싫다.

'나도 연을 날리고 싶은데.'

영실은 종종걸음으로 집으로 돌아갔다. 누가 뭐라고 타박한 것도 아니건만 언 볼을 타고 눈물이 찔끔 흘러내렸다.

영실은 전에 이모와 둘이서 연을 만들어본 적은 있다. 하지만 아버지들이 만들어주는 튼튼한 연이 아니라 싸움만 하면 졌다.

"영실아, 왜 그렇게 힘이 없니? 어디 아프니?"

이웃에 사는 분녀 누이다. 누이는 아픈 이모가 떠나간 뒤로 시간이 날 때마다 찾아와 영실을 친동생처럼 아껴주었다.

얼마 전 이모가 병을 앓다가 기어이 세상을 떠나버린 뒤부터는 거의 날마다 영실의 집에 와서 돌봐주다시피 하였다. 일부러 일감을 가져와 영실의 집에서 일하기도 했다.

때때로 밥도 짓고 빨래도 하고 영실과 함께 놀아주기도 하면서 마치 자기 집 일을 하듯이 영실네 식구를 도와주었다. 수란은 분녀가 너무나 고마워 먹을거리가 조금이라도 생기면 늘 분녀부터 찾아 나누어주었다.

영실은 연싸움을 못해서 풀이 죽어 있었지만 분녀를 보자 금방 생기가 돌았다. 영실은 이 누이와는 무슨 이야기를 해도 재미가 있고 마음이 편안했다.

영실은 축 늘어진 어깨를 펴고 씩씩하게 말했다.

"누이, 이제는 괜찮아. 누이가 내 옆에 있으니까."

"그래, 영실이답구나. 아까는 왜 고개를 푹 숙이고 걸었니?"

"⋯⋯."

"또 아이들이 뭐라고 놀렸구나? 신경 쓰지 마. 사람 팔자는 누구도 모른다. 재주만 있으면 무슨 일이든 할 수 있거든. 까짓것, 네가 얼른 커서 장가를 들어. 네가 스스로 아버지가 되면 되잖아."

분녀는 영실의 어깨를 토닥여주었다.

"누이는 재밌는 말도 잘하네? 내가 언제 장가를 가?"

"영실아, 네가 조금만 크면 누이하고도 결혼할 수 있다."

"에이, 거짓말. 사실 내가 운 것은, 나도 아버지가 계셔서 멋진 연을 만들어주셨으면 좋겠다고 생각하니 좀 속상해서 그랬어. 하지만 누이를 만나니 금방 기분이 좋아졌는걸. 그리고 아버지 없는 애라는 놀림쯤은 이제 이겨낼 수 있어. 빨리 커서 누이하고 결혼해야지. 헤헤."

영실은 침착하고 어른스럽게 말했다. 분녀는 그런 영실이 머리를 사랑스럽게 쓰다듬었다.

영실은 처음에는 아이들의 놀림을 받으면 이내 울먹거리곤 했다. 하지만 아이들 앞에서는 결코 눈물을 보이지 않았다.

영실은 집으로 돌아와 벽에 등을 기대고 앉아서야 눈물을 철철 흘렸다.

그때마다 분녀는 옷고름으로 영실의 눈물을 닦아주었다. 분녀는 어머니와 이모가 어린 영실이를 얼마나 정성스레 키웠는지 이야기해주곤 하였다.

"영실아, 이모가 돌아가시지만 않았어도 네가 덜 외로웠을 텐데……."

"이모 생각하면 너무 슬프지만, 그래도 내겐 분녀 누이가 있는걸 뭐. 저녁땐 엄마도 돌아오시고. 내 걱정은 하지 마, 누이."

"그래. 우리 영실이 참 장하구나. 어머니가 고생하시는 걸 생각해서라도 꼭 훌륭한 사람이 되어야 해. 알았니, 영실아?"

"응, 누이. 그런데……."

영실이는 뭔가 물어볼 말이 있는지 말끝을 흐렸다.

"왜 그러니? 뭔가 내게 물어볼 것이 있구나?"

"있잖아, 누이. 기생이 무슨 일을 하는 사람인지 알고 싶어. 사람들이 나한테 기생의 아들이라고 손가락질을 하는데, 누이, 기생이 뭐야? 우리 엄마가 기생이야?"

분녀는 영실이가 생각지도 않은 질문을 하자 잠시 이런저런 생각을 하였다. 어떻게 설명을 해야 좋을지 얼른 생각이 떠오르지 않았다. 어쨌든 설명을 하기는 해야 한다.

"그래, 엄마는 관기란다. 관기는 관아의 높은 어른들이 잔치를 할 때 시중을 드는 사람이란다. 관아에는 여러 행사가 있거든. 이곳 동래는 일본을 드나드는 손님들도 많이 오고, 일본에서도 손님이 오거든. 그러자면 시중을 드는 사람이 필요한데 아무나 할 수는 없잖아. 예법을 알아야 하고 절차나 음악, 가무도 알아야 하거든. 그런 일을 전문적으로 하는 분들을 관기라고 해."

"나쁜 일도 아니네?"

"그럼. 엄마가 그 일을 한다고 해서 부끄러운 게 아니야. 엄마는 누구보다 열심히 그 일을 하시잖아. 그리고 영실이한테는 둘도 없는 엄마잖아. 그러니 너는 그런 말에 신경 쓰지 말고 어서 커서 어머니를 잘 모실 생각을 해야지. 너희 집은 개성에서는 높은 사대부 집안이었대. 너희 아버지는 동래현령보다 한참 높은 분이었고, 엄마는 사대부집 부인이셨지. 자부심을 가져."

영실의 눈에는 핑그르르 눈물이 괴었다. 나중에 자신이 어른이 되면 꼭 어머니를 편안하게 모셔야겠다는 결심을 했다. 아버지도 어머니도 떳떳한 고려의 사대부 가문 사람이라는 말에 장영실은 큰 용기를 얻었다. 아버지 얘기를 들을 때마다 기운이 나는 것 같다.

영실은 어머니께 효도하고 훌륭한 사람이 되기 위해 무슨 일이든 열심히 하려고 노력했다. 머리가 영리하고 성실한 탓에 하나를 알고 나면 다음 것까지 알아내곤 하였다.

영실은 무엇보다 글공부를 열심히 하는 것이 중요하다고 생각했다. 글을 모르면 아무리 좋은 책이라도 읽을 수 없고, 또 자기가 생각하는 것도 정확히 표현하기가 어렵다는 것을 알았다.

안타깝지만 영실은 서당에 다닐 수 있는 처지가 못되었다. 신분이 천민이기 때문에 서당에서는 학동으로 받아주질 않았다.

이때는 사람마다 양반과 상민 그리고 천민 등 세 가지 신분으로 뚜렷이 나뉘어 있었다. 그중 양반의 자식들만 서당에 다닐 수 있었다. 양반들은 글도 배우고 벼슬도 할 수 있지만, 상민과 천민들은 아무리 지혜와 재주가 뛰어나도 글을 배울 수 없었다. 하물며 벼슬길에 오르는 것은 꿈도 꿀 수 없었다.

하지만 영실은 실망하지 않고 서당을 기웃거리며 어깨너머로 《천자문》을 익히기 시작했다. 일부러 서당 마루에 기대앉아 몰래 엿듣기도 하였다.

분녀 누이도 글을 배우지 못해 아무 도움을 주지 못했지만, 어디서 낡은 책이라도 발견하면 반드시 영실에게 가져다주었다. 분녀 누이는 영실이가 글을 배우려 애쓰는 걸 보고는 어떻게 해서든지 도우려 했다.

그런 영실을 보고 기어이 어머니 수란이 나섰다. 밤에 조금씩 글자를 가르친 것이다. 사람들은 수란이 전에 어떤 신분이었는지 모르기 때문에 글을 잘 안다는 걸 몰랐다. 수란도 글을 아는 척을 하지 않았다. 다만 영실에게만 몰래 가르쳤다.

어느 날.

영실은 저녁밥을 짓는 분녀 누이를 방으로 불렀다.

"누이, 잠깐만 방으로 들어와 봐."

분녀가 방으로 들어오자 영실은 보자기로 싼 물건을 내밀었다.

"누이, 이거 누이한테 주고 싶어서 내가 만든 거야. 받아."

분녀는 엉겁결에 물건을 받아들고는 영실에게 물었다.

"이게 뭔데?"

"응, 풀어보면 알아. 하지만 여기서 보지 말고 이따가 누이 집에 가서 봐."

분녀는 그 물건이 무엇인지 대강 짐작하고 있었다. 벌써 여러 날 전부터 영실은 사립문 곁에 쭈그리고 앉아 무엇인가를 열심히 만들고 있었다.

칼로 나무를 깎는 것 같아서 위험하니 그만두라고 일렀는데도 막무가내였다. 그때마다 영실은 걱정하지 말라며 만들던 것을 얼른 감추곤 했다.

그럴 때면 분녀는 무엇을 만드는지 궁금해 영실이가 나간 틈을 타 몰래 들춰보았다. 무슨 바퀴 같은 것이긴 한데, 아직은 무엇인지 알아볼 정도로 모양이 나지 않았다. 같이 놀아주는 친구 없이 워낙 혼자서만 자라온 터라 영실은 무엇인가 만드는 것을 즐겼다. 손재주도 있어 보였다.

사실 분녀는 그때부터 이 물건이 완성되기를 손꼽아 기다려왔다. 영실이의 재주가 얼마나 되는지 보고 싶었다.

'어린 녀석이 대체 무엇을 만들었을까?'

분녀는 기쁜 마음으로 영실에게서 받은 선물을 들고 집으로 돌아왔다.

분녀는 벌써 영실이한테 대나무를 깎아 만든 바람개비나 앙증

맞은 꼬마 지게 등은 여러 번 받은 적이 있다.

'제법 솜씨가 있단 말이야.'

보자기를 풀어보기 전부터 분녀는 마음이 설레었다. 궁금하면서도 기쁜 마음을 오래 간직하기 위해 선물을 풀어보지 않고 무엇일까 상상해보기도 하였다.

제법 묵직한 것이 나무 인형인 것 같기도 하고, 수레 같기도 했다. 분녀는 단정히 묶은 보자기 매듭을 풀었다.

"어머, 예뻐라. 물레방아잖아?"

분녀는 입이 함박꽃처럼 벌어졌다. 비록 손바닥에 올려놓을 수 있을 정도로 작지만 물레방아의 모양을 다 갖추고 있었다.

"아, 이런 시골에서 썩기 아까운 솜씨다."

분녀는 얼른 집을 나와 냇가로 달려갔다. 한시라도 빨리 이 물레방아를 흐르는 물에 놓아보고 싶었다.

"아니, 그게 뭐냐, 분녀야?"

냇가에서 빨래를 하던 삼숙이 어머니가 신기한 듯 분녀의 손에 들려 있는 물레방아를 쳐다보며 말했다.

"물레방아예요. 영실이가 만들어주었어요. 진짜 돌아가나 보려고요."

분녀는 콧노래를 부르며 물이 밑으로 흐르는 곳에 물레방아를 놓았다.

물레방아가 조금씩 돌아가기 시작했다. 물이 통에 고였다가 쏟아질 때마다 물레가 돌면서 방아를 찧었다.

"세상에, 잘도 만들었구나. 아니 그 어린 녀석이 어떻게 이런 걸 다 만들었담. 어른도 만들기 어려운 걸."

"영실이는 못 만드는 것이 없어요. 집에 있는 호미며 괭이도 전부 영실이가 손질하는걸요. 어찌나 꼼꼼하고 손재주가 좋은지 반짝반짝 윤이 나고 날이 잘 들어요."

"영실이가 보통 아이가 아닌 모양이다. 어른들도 만들지 못하는 물건을 그 어린것이 만들어내다니."

"그럼요. 우리 영실이는 아마 솜씨 좋은 장인이 될 거예요. 아무리 관노라도 솜씨만 좋으면 얼마든지 출세할걸요?"

분녀는 신이 나서 영실의 솜씨를 자랑했다.

동네 아주머니들은 무슨 구경거리라도 생겼나 하고 하나둘씩 모여들었다. 그리고는 영실의 손재주에 감탄하였다.

"그 녀석, 어쩌면 저런 손재주를 타고났을까?"

"더 크면 한몫하겠는걸."

어떤 사람은 은근히 영실이의 솜씨를 비아냥거리기도 했다.

"아비 없이 자라더니 손재주 하나는 타고났구먼. 굶어죽지는 않겠구먼."

분녀는 영실이에게 뭔가 보답을 해주고 싶었다. 영실이의 따뜻한 마음을 받고만 말 수는 없었다.

분녀는 무얼 해주면 영실이가 좋아할까 곰곰이 생각을 해보았지만 좀처럼 좋은 생각이 떠오르질 않았다.

'맛있는 나물무침을 해서 갖다 줄까?'

'재미있는 읽을거리를 구해다 줄까?'

'아! 그렇지.'

분녀의 얼굴이 비로소 밝아졌다. 오직 분녀만이 영실에게 해줄 수 있는 일을 찾아낸 것이다.

분녀는 그날 밤 물레방아를 잘 닦아서 조심스레 품에 안고 잠자리에 들었다.

다음 날 아침 일찍 분녀는 영실네 집으로 갔다. 수란은 아침밥을 짓고 있다가 분녀를 반갑게 맞아주었다.

"분녀 왔구나. 날마다 이렇게 일찍 와주니 고맙긴 하지만, 번번이 미안해서 죽겠네. 오늘부터는 내가 관아에 출근하고 나면 그저 우리 영실이하고 잠깐만 놀아주어. 괜히 집안일까지 다 해놓지 말구. 아침 안 먹었지? 어서 들어가서 같이 한 술 뜨자."

수란은 웃음을 머금고 따끈따끈한 밥을 세 그릇 퍼서 밥상 위에 올려놓았다. 분녀도 같이 먹자는 뜻이다.

분녀는 손을 내저으며 목소리를 낮추어 말했다.

"아녜요, 아주머니. 저는 금방 먹고 왔어요. 설거지는 제가 할 테니 걱정 마세요. 어서 아침 잡수시고 나가셔야지요."

"그래, 고맙다. 우선 방으로 들어가자꾸나."

분녀는 밥상을 들고 방으로 들어가려는 수란의 옷소매를 잡아끌었다.

"아주머니, 영실이가 물레방아를 만들었는데 얼마나 잘 만들었는지 몰라요. 진짜 돌아간다구요. 동네 사람들이 다 칭찬을 했어요. 영실이는 손재주가 보통이 아니에요.”

“어머, 그래? 영실이가 진짜 물레방아를 다 만들었단 말이지? 그런데 왜 나한테는 보여주지 않았을까?”

수란은 얼굴이 발개졌다.

“아참, 아주머니. 오늘 해가 지면 영실이를 데리고 뒷산에 올라가려고 하는데, 괜찮겠지요?”

“해가 지고 나서? 왜?”

수란은 왜 영실을 데리고 갑자기 뒷산에는 가느냐는 눈빛으로 되물었다.

“해가 있을 때 구경을 가야지 왜 해가 진 다음에 간다는 거야? 밤에 가서 무얼 하려고?”

분녀는 영실이가 들을까 봐 목소리를 낮추어 말했다.

“물레방아를 선물 받은 게 고마워서 영실이한테 별 구경을 시켜주려고 그래요. 영실이는 뭐든 그냥 지나치는 법이 없는데, 별을 자세히 본 적이 없는 것 같아서요. 북극성, 북두칠성, 견우 직녀성, 이런 걸 알려주려고요. 너무 늦지 않게 돌아올게요. 아무 염려 마시고 보내주세요.”

수란은 조금 망설이다가 허락을 해주었다.

“그래? 그러면 늦지 않게 돌아와.”

그날 저녁, 분녀와 영실은 어두운 산길을 걸어 올라갔다. 산이 높거나 가파른 것은 아니지만 캄캄하기 때문에 발을 헛디뎌 몇 번이나 넘어졌다.

"또 넘어졌네. 그런데 누이, 이 밤에 산에는 왜 가?"

영실은 넘어진 채로 앉아서 물었다.

"보여줄 게 있다고 했잖아. 영실아, 누이 손잡고 일어나."

분녀는 영실에게 손을 내밀었다.

"뭔지 지금 가르쳐주면 안 돼?"

영실이 보챘다.

"지금은 안 돼. 산 정상에 오르면 '짠' 하고 보여줄게."

영실은 분녀가 내민 손을 잡고 벌떡 일어났다.

분녀의 손을 잡으면 놓고 싶지 않았다. 영실은 내친 김에 분녀의 손을 놓지 않고 산길을 걸었다.

드디어 산꼭대기에 다다랐다.

"아유, 밤이라서 그런지 올라오는 데 한참 걸렸구나. 영실아, 땀 나지. 자, 이젠 보여줄게. 하늘을 올려다봐."

"와, 예쁘다. 별이잖아. 산꼭대기에서 보니까 더 잘 보이는데."

영실은 감탄하며 목이 빠져라 하늘을 올려다보았다.

"마치 금가루를 하늘 가득 뿌려놓은 것 같지 않니?"

분녀가 영실에게 물었다.

영실은 대답 대신 혼잣말을 했다. 은하수가 길게 드리워지고, 별이 빼곡히 박혀 있는 게 정말 장관이었다.

"진작 올라와서 볼걸."

"영실아, 누이 말이 안 들려?"

영실은 그제야 정신을 차리고 누이의 말을 받았다.

"아, 밤하늘이 정말 예쁘다, 누이. 하늘이 이렇게 넓고 별이 이렇게 많다는 걸 나는 왜 이제껏 왜 모르고 있었을까?"

"그거야 네가 하늘을 자세히 올려다보지 않아서 그렇지. 별은 옛날부터 변함없이 이렇게 있었단다."

영실은 고개를 끄덕였다. 그리고 다시 별들을 보며 물었다.

"누이, 저 별들도 이름이 있을까?"

"그럼, 있겠지. 어딘가에는 영실이 별이나 내 별도 있을걸? 어른들이 그러더라. 자기 별이 따로 있다고."

"그래? 그런데 저 별들은 낮에는 어디 갔다가 밤에만 나타나는 것일까?"

영실은 끊임없이 의문을 가졌다.

분녀는 영실의 호기심이 발동하기 시작했나 보다 생각하며 영실의 차가운 손을 가만히 잡았다.

"누이도 그 까닭을 모르겠어. 이다음에 네가 알아내서 누이에게도 가르쳐줘."

영실의 눈이 반짝거렸다. 어린 자기가 뭐든 잘 아는 듯한 누이를 가르칠 수 있을까 싶었다.

"지금 어딘가에 별이나 하늘에 대해 공부하는 사람이 있을까, 누이?"

"글쎄. 하늘을 공부한다는 말은 처음 듣는다."

분녀는 하늘에 떠 있는 수없이 많은 별들이 예쁘다는 것 말고는 아는 게 없었다. 천문이라는 말도 알지 못했다.

영실은 벅찬 가슴으로 별에서 눈을 떼지 않았다. 그러면서 곰곰이 생각했다.

'나는 나중에 꼭 하늘을 연구해볼 테야. 별이 어떻게 움직이며 해와 달은 또 어떻게 움직이는지 알아내고 말 거야. 열심히 공부해서 사람들이 알지 못하는 비밀을 다 알아내야지.'

별들이 영실의 마음을 알았다는 듯 반짝반짝 빛을 내었다.

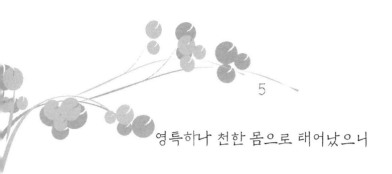

5

영특하나 천한 몸으로 태어났으니

영실은 무엇이든 만드는 일에 재미를 붙였다. 그 뒤로도 점점
더 크고 복잡한 기계장치를 만들었다. 그런가 하면 고장난 물건도
잘 고쳤다.

동네 사람들은 고칠 물건이 생기면 꼭 어린 영실에게 가지고
왔다.

"영실아, 이 낫자루 좀 고쳐주지 않으련?"

"이것 참, 문이 어그러졌는지 열릴 생각을 안 하네. 영실이가 한
번 봐줘야 하겠는걸."

동네 사람들은 이른 아침부터 영실을 찾아와 부탁을 했다. 영
실은 동네 어른들의 부탁을 받으면 군소리 없이 무엇이든 고쳐주
었다.

"아, 참. 그 녀석 솜씨가 얼마나 좋은지 못 고치는 것이 없네."

동네 사람들은 입에 침이 마르도록 영실을 칭찬하였다.

영실은 장난감을 만드는 솜씨도 남달라서, 아이들과도 사이좋게 지낼 수 있었다.

다른 아이들은 제 아버지가 만들어준 연이며 칼, 방패 등을 가지고 놀았지만, 영실은 그런 것들을 스스로 만들어 가지고 놀았다. 그러나 영실이 만든 장난감은 도리어 훌륭하고 튼튼했다.

어떤 아이는 일부러 영실이에게 칼을 만들어달라고 부탁하기도 했다.

여느 때처럼 영실은 아이들과 놀기 위해 강가로 나갔다. 얼마 전까지는 숲이나 동산에서 칼싸움을 하고 놀았는데, 이제 날이 더워지자 아이들은 강으로 몰렸다.

아이들은 해질 무렵까지 강에서 놀았다.

물고기는 아이들이 모는 대로 이리저리 몰려다녔다. 두 손을 모아 물을 뜨면 물고기가 손바닥으로 들어왔다.

물고기를 쫓아다니며 놀다가 싫증이 나면 강 옆에 있는 참외밭에 가서 서리를 했다. 어떤 때는 참외서리를 하다가 주인한테 들켜 옷도 못 입고 도망치기도 하였다. 아이들은 몸이 까맣게 타 저마다 검둥이 같았다. 아이들은 서로 쳐다보며 웃었다.

그러던 어느 날, 아이들이 모래성 쌓기를 하였다. 영실은 그 놀이를 한 번도 해본 적이 없어 신기하게 쳐다보았다.

"어떻게 하는 놀이니?"

영실이 묻자 한 아이가 설명을 해주었다.

"둑을 쌓고 그 안에 물을 가두어두었다가, 한꺼번에 둑을 허물어서 상대편 모래성을 무너뜨리는 놀이야. 그러니까 모래성이 무너지지 않도록 자갈을 가져다 튼튼하게 성을 쌓아야지. 지금 윗마을 녀석들과 겨루고 있거든."

아이들은 돌멩이를 열심히 주워다가 모래성을 쌓았다. 모래만으로 성을 쌓는 것보다 자갈을 넣어 튼튼한 모래성을 만들려는 것이다.

하지만 어찌 된 일인지 성은 계속하여 무너졌다. 아무리 튼튼하게 쌓아도 소용이 없었다. 모래성은 번번이 위에서 쏟아지는 거센 물살 때문에 무너지고 말았다.

벌써 세 번째나 모래성이 무너졌다.

"아이고 또 졌다."

아이들은 기운을 잃고 모래밭에 주저앉았다. 윗마을 아이들은 자기네가 이겼다고 신이 나서 야단법석이다.

이때 모래성 놀이를 유심히 지켜보던 영실이 아이들한테 말했다.

"얘들아, 모래성을 그렇게 쌓으면 무너질 수밖에 없어."

주저앉아 있던 아이들이 하나둘씩 고개를 들었다. 그러면서 퉁명스럽게 물었다.

"뭐? 그럼 넌 무슨 좋은 방법이라도 알고 있다는 거야?"

"그럼, 있고말고. 성벽을 그렇게 똑바로 쌓으면 물살이 약해도 쉽게 무너져."

아이들은 무슨 뜻인지 몰라 서로 얼굴만 쳐다보았다.

그때 몸집이 큰 아이가 나서며 말했다.

"야! 그렇게 자신 있으면 네가 한번 쌓아봐. 네 말대로 쌓았는데도 또 무너진다면 나한테 혼날 줄 알아."

아이들이 고개를 끄덕이며 말했다.

"그래, 그게 좋겠다."

"그렇게 서 있지 말고 빨리 모래성을 쌓아봐."

아이들은 갑자기 아우성을 치기 시작했다.

영실은 무슨 물건을 보든 그 원리부터 생각하는 버릇이 있었다. 모래성 놀이를 지켜보면서도 물길이 어떤 모양으로 흐를 때 모래성이 무너지는지 그 성질을 익혀버렸다.

"기다려, 내가 해볼게."

영실은 차근차근 모래성을 쌓기 시작하였다. 다른 아이들이 높고 두껍게 성벽을 쌓던 것과는 달리, 밑은 넓고 위로 갈수록 좁게 쌓아 원뿔처럼 만들었다. 또 성벽 옆으로는 물이 흘러갈 수 있도록 도랑을 냈다.

영실은 모래성을 다 쌓고 나서 옷소매로 땀을 쓱 닦았다. 그리고 위쪽의 둑을 허물어보라고 말했다.

한 아이가 얼른 뛰어가서 둑을 허물었다. 물살은 아까보다도 더 세었다. 그런데도 물살은 영실이가 낸 길로 지나갈 뿐 모래성을 건드리지 않았다.

"와, 신기하네. 모래성이 무너지지 않았다."

"어? 정말로 성이 무너지지 않네."

"영실이가 마술을 부렸나?"

아이들은 믿을 수 없다는 표정으로 모래성과 영실을 번갈아 쳐다보았다.

"좋아, 그러면 다시 한 번 모래성을 쌓아볼래? 우연히 무너지지 않을 수도 있잖아."

영실은 세 번이나 모래성을 쌓았다. 하지만 두 번 세 번을 쌓아도 모래성은 무너지지 않았다. 그제야 아이들은 믿을 수 있다는 표정을 지었다.

장영실은 이미 이치를 깨달아 그 이치대로 물길을 잡은 것이다.

영실은 아이들과 함께 정성껏 성을 쌓아서 윗마을 아이들을 대번에 이겼다.

아이들은 환호성을 지르며 모두 영실의 주위로 모여들었다. 한 아이가 어떻게 했기에 무너지지 않느냐고 물어 영실이 차근차근 설명을 해주었다.

"모래성은 성벽을 높게 쌓지 말고 비스듬히 쌓아야 물살을 덜 받게 돼. 또 성벽 밑쪽을 넓게 파놓아야만 물살의 힘을 약하게 할 수 있지. 그러면 제아무리 물살이 세게 밀려와도 성은 무너지지 않거든."

"그렇구나. 넌 그런 걸 어디서 배웠어?"

"배운 게 아니고 그냥 보이는데?"

아이들은 영실의 설명을 듣고는 부러운 눈빛으로 쳐다보았다.

한 아이가 다시 물었다.

"그러면 둑을 쌓을 때는?"

"물살이 세게 흐르도록 하려면 둑을 좁고 깊게 터야 해. 그러면 한꺼번에 물이 빠져나가니까 자연히 물살이 세어지게 되지."

"가르쳐주어서 고마워."

이번에는 덩치 큰 아이가 말했다.

"아까 널 믿지 못한 거 미안해. 앞으로 사이좋게 지내자."

아이들은 영실의 머리를 만지는가 하면 어깨를 두드리고 손을 잡았다. 영실이와 동네 아이들 사이에 있던 마음의 벽이 그렇게 무너졌다.

친구들을 얻고 보니 영실은 하늘을 날 것만 같았다. 가슴이 뿌듯했다.

영실은 저녁놀을 바라보며 아이들과 어깨동무를 하고 집으로 돌아왔다.

영실이 집으로 돌아와 상을 펴놓고 뭔가를 하고 있을 때였다.

"영실아, 또 무얼 만들고 있니?"

"아, 어머니. 언제 오셨어요? 어머니가 오신 줄도 모르고……."

수란은 무언가 열심히 만들고 있는 영실이를 바라보았다.

영실은 얼른 일어나 방을 정리하려고 했다.

"괜찮다, 마저 만들거라."

영실은 살짝 볼을 붉혔다.

“아녜요, 어머니. 사실은 공부를 하고 있었어요.”

수란은 옷을 갈아입다 말고 놀란 눈으로 영실을 쳐다보며 말했다.

“공부라니? 《천자문》을 다 뗐는데 무슨 공부냐? 너, 공부를 더 하고 싶구나?”

“그럼요. 감나무집 할아버지가 주신 책을 읽고 있었어요. 여기에는 명나라 문물 이야기가 많이 나와요. 특히 만드는 것에 대해서 자세하게 설명을 해놓았어요. 저도 이런 것을 공부하여 이것저것 만들어보고 싶어요. 모르는 글자가 있어 어렵지만 어머니가 조금만 도와주시면 다 읽을 수 있을 것 같아요.”

“그래? 벌써 글을 읽을 수 있다고?”

순간 수란의 가슴이 저려왔다. 《천자문》만 공부하고도 벌써 다른 책을 읽어내는 재주가 가엾다.

아들 장영실을 생각할수록 마음이 아프다. 수란은 자신의 신분이 무엇인지도 모르고 저렇듯 철없는 소리를 하는 영실이가 가여웠다. 수란의 눈가가 촉촉이 젖어들었다.

“어머니, 왜 그러세요?”

영실은 자신을 바라보는 어머니의 눈길이 예사롭지 않다는 것을 알았다.

“아니다. 할 말은 무슨······.”

수란은 말을 잇지 못하고 돌아앉았다.

영실이가 공부를 하고 싶어 하는데 아무 도움도 주지 못한다고 생각하니 수란은 가슴이 미어졌다.

영실은 물러서지 않고 무릎을 꿇고 앉아 차분하게 물었다.

"어머니, 하실 말씀이 있으시면 어서 하세요. 책 읽는 게 너무 재밌어서요."

수란은 한숨부터 나왔다.

언젠가는 해야 할 말, 수란은 용기를 내어 침착하고 다정한 목소리로 말을 건네었다.

"영실아, 너는 우리 신분이 무엇인지 알고 있지?"

영실은 꼭 다문 입을 열었다.

"예, 어머니. 어머니는 관비지요. 저도 크면 관아에 가 일을 해야지요. 내년이면 저도 관아로 간다고 말하던데요?"

"그런 걸 알면서 왜 쓸데없는 꿈을 꾸고 그러니? 공부를 아무리 해봤자 소용이 없다는 걸 알면서도 말이다."

"그래도 공부는 하고 싶어요. 그냥 알고 싶어요. 다 알고 싶어요. 전 세상이 궁금해요. 이게 잘못인가요?"

"영실아, 우리는 천민이야. 너는 관노의 신분이라서 나이가 차면 그저 관노가 되는 거란다. 네가 아무리 글을 읽고 공부를 잘해도 쓸 데가 없단다. 과거 시험도 칠 수가 없어. 지금 이 나라는 고려가 아니고 조선이란다. 나중에 마음 아파하지 말고, 공부를 그만 접거라. 송충이는 솔잎을 먹고 살아야 한다고 그러지 않던……."

"엄마, 관노라도 알 건 알아야지요. 글 배워서 꼭 과거 시험만

처야 하나요? 뭔가 살아가면서 도움이 되겠지요. 관노로 살아도 일을 더 잘해야 대우를 받지요."

영실도 자신의 신분을 모르지 않는다. 하지만 그렇기 때문에 알고 싶은 것을 묻어둘 수는 없다.

'왜 나는 공부를 해서는 안 되는 것일까? 공부가 재미있는데. 나는 사람들이 생활하는 데 편리한 물건을 만들고 싶어. 또 분녀 누이와 약속한 대로 하늘을 연구하고 싶고. 그러려면 책을 많이 읽어야 하고, 또 읽은 것에 대해 생각을 해야 한다고 훈장 어른도 말씀하셨는데……. 관노가 되더라도 얼마든지 할 수 있어. 그럴수록 공부를 더 많이 해야 해.'

수란은 말없이 생각에 잠겨 있는 영실을 바라보았다. 얼마 전 영실이 분녀와 별 구경을 갔다 와서부터 부쩍 공부를 열심히 하고 말수가 적어졌다고 생각했다. 하늘을 보고 나서 생각이 더 깊어진 게 틀림없었다.

'아무래도 영실이가 자신의 신분에 걸맞지 않게 큰 꿈을 품게 된 게 틀림없어.'

그렇지 않아도 수란은 분녀가 영실이한테 이런저런 책을 구해다 줄 때부터 걱정이 되었다.

'저러다가 우리 아이가 헛된 꿈을 꾸게 되면 어쩌지?'

수란은 한번 분녀를 불러 타이르기도 하였다.

"분녀야, 영실이를 위해주는 것도 좋지만, 혹 그 애가 공부에 재미를 붙여 다른 마음을 먹으면 그 뒷감당을 어찌하려고 그러느냐?

무슨 말인지 잘 알지? 관노가 아무리 똑똑해봐야 역적밖에 더 되겠니? 어휴."

수란은 걱정이 태산이다.

분녀는 오히려 수란을 설득하려 들었다.

"아주머니, 아주머니도 영실이가 얼마나 똑똑한 아이인지 잘 아시잖아요? 비록 변란이 생겨 영실이가 관노가 되었다지만 적어도 그 애가 공부를 하려는 욕심만은 막아선 안 된다고 생각해요. 사람의 일은 어떻게 될지 모르는 것이니 훗날을 기다려보세요. 제 생각으로는 영실이가 반드시 성공을 하여 아주머니를 잘 모실 것 같은데요. 머리가 좋은데 무슨 일이든 못하겠어요?"

수란은 분녀의 말이 고맙고 좋으면서도 한편으로는 걱정이 쌓여갔다.

수란은 분녀가 해준 말을 생각하다 말고 다시 영실을 바라보았다. 영실은 여전히 아무 말 없이 고개를 숙인 채 책을 읽고 있다.

"영실아, 이 어미의 말을 알아듣겠거든 이제 책에는 손대지 말거라. 얼마 안 있으면 너도 관아로 들어갈 나이가 되지 않니? 네가 아무리 발버둥을 쳐봐도 우리 신분은 바뀌지 않는단다. 조선이 고려가 되어 돌아갈 수 없는 것처럼 우리 신분은 절대로 뒤바뀌지 않는다."

"알고 있습니다, 어머니. 그래도 책은 읽을수록 재밌는걸요. 꼭 과거를 봐야 책을 읽나요? 재밌어서 읽는 거랍니다."

영실은 힘없이 대답했다.

분녀의 말처럼 영실은 영리함이 남다른 데다 손재주까지 뛰어난 아이니 양반집에서 자랐더라면 나라를 위해 큰 일꾼이 될 법하다. 그러나 그것은 한낱 바람에 지나지 않을 뿐, 이미 운명은 정해진 것이 아닌가. 조선 천지에서 자신의 운명을 거스를 수 있는 노비는 없다. 관노비든 사노비든 신분을 벗어나 봐야 이 나라에서는 먹고살 길이 없다. 농사 말고는 다른 일이 없는데, 땅은 양반들이 다 차지해서 나머지는 소작이나 해먹고 살아야 할 뿐, 노비를 면한다고 해서 딱히 무슨 수가 나는 것도 아니다.

'불쌍한 것. 그러나 어쩌겠느냐. 너의 영특함이 근방에 자자하지만, 네가 아버지 때문에 관노로 떨어졌으니 이 신분은 바꿀 수 없는 것이니.'

수란은 아들을 물끄러미 바라보며 눈시울을 살며시 닦아내었다.

영실은 가끔씩 분녀 누이와 함께 보았던 밤하늘의 별들을 생각했다. 영실은 힘들고 속상한 일이 있어도 그날 보았던 별들을 떠올리면 기분이 좋아졌다.

영실은 그날 이후 하늘에 대해서 공부해야겠다고 결심을 하였다. 그리고 나자 더더욱 글공부가 하고 싶어졌다.

하루빨리 책을 많이 읽어 하늘에 대해, 별에 대해 더 많은 것을 알고 싶었다. 그러나 어머니한테 한 차례 훈계를 듣고 나서 영실은 자신이 천민이라는 것을 뼈저리게 느꼈다.

영실은 어머니한테 훈계를 들은 날 이후부터 책은 조금만 읽고, 대신 이런저런 물건을 만들거나 고치는 일에 더 집중했다. 궁금한 것이 있으면 마을 훈장을 찾아가 여쭈어보곤 하였다.

영실은 훈장 어른한테서 밤하늘의 별이 사람의 운명과 좋고 나쁜 것을 알려준다는 사실을 듣고는 분녀에게 말했다.

"누이, 나는 나중에 성명학(星命學)을 배울 거야."

"성명학? 그게 뭔데?"

"훈장님이 가르쳐주셨는데, 별을 보고 사람한테 좋은지 나쁜지 운명을 점치는 것이래."

"어머, 신기하기도 해라. 그런데 그건 배워서 무얼 하려고?"

"누이의 앞날을 점쳐서 나쁜 일은 미리 막아주고 좋은 일만 생기도록 빌어줄 거야."

"정말이니, 영실아?"

"그럼, 난 세상에서 엄마 다음으로 누이를 좋아하는데."

분녀는 영실의 머리를 쓰다듬어주었다.

"영실아, 이제 밥 먹자."

분녀는 밥을 퍼서 상 위에 올려놓았다.

영실의 어머니가 그때까지 돌아오지 않았기 때문에 먼저 저녁을 먹으려던 참이다.

"그런데, 누이. 시집간다면서?"

막 숟가락을 들려던 분녀의 얼굴이 발개졌다.

분녀는 부끄러워 그만 숟가락을 상에 내려놓고 말았다.

"참, 애두. 누가 그러든?"

"어머니가 그러셨어. 안골 마님이 소개해주셔서 시집을 가게 되었다면서. 밀양 아전인 공방한테 시집간다고 하던데? 정말이야, 누이?"

영실은 신기하면서도 섭섭해하는 목소리로 말했다.

"엄마가 자세히도 알려주셨구나. 아직 더 있어야 돼. 봄에나 시집을 갈 거야. 그 전까지는 너랑 같이 지낼 수 있으니 걱정하지 마."

영실은 누이와 헤어져야 한다고 생각하니 어쩐지 슬펐다. 분녀 누이마저 가버리면 이제 다시 혼자 남게 된다. 그 생각을 하면 영실은 벌써부터 외로움이 사무쳤다.

"밀양은 여기서 멀지?"

"응, 멀긴 멀어. 나도 가보지는 않았어."

"누이, 걱정 마. 난 혼자서도 잘 지낼 수 있어. 누이 시집가면 나 같은 건 생각도 안 나겠지? 그리고 다시는 볼 수도 없겠지?"

영실은 울먹이면서 말했다.

분녀는 영실의 등을 토닥여주었다. 안 그래도 어린 영실이가 걱정이다.

"영실아, 나도 너 못지않게 마음이 아프단다. 지금처럼 자주 만날 수는 없지만 다시 볼 수 있을 거야. 네가 어른이 되면 말이야."

분녀의 눈에도 눈물이 그렁그렁 맺혔다.

"영실아, 우리 이다음에 다시 만나기로 약속하자. 영실이가 어른이 될 때를 기약하는 거야. 그 대신에 영실이는 훌륭한 사람이 되어 있어야 해. 누이와 약속해."

분녀가 새끼손가락을 내밀었다. 영실이도 새끼손가락을 걸었다. 영실은 이다음에도 분녀 누이를 만날 수 있다고 생각하자, 기분이 풀리는 것만 같았다.

"하지만 누이……, 난 신분이 낮아서 공부를 해봤자 소용이 없잖아. 난 관노가 되어야 하는데 뭐."

영실은 시무룩하게 말했다. 분녀는 영실의 손을 꼬옥 잡았다.

"영실아, 네가 비록 신분이 낮긴 하지만 너만 열심히 노력한다면 반드시 길이 열릴 거야. 하늘이 너 같은 재주꾼을 결코 그대로 두지 않을 거야. 누이는 똑똑하고 재주 많은 네가 언제나 자랑스럽단다. 절대 꿈을 잃지 말고 꿋꿋하게 살아야 해."

분녀와 영실은 다정한 눈빛을 주고받았다.

하지만 영실은 앞날을 생각하면 막막하기만 했다. 머지않아 관노로 들어갈 일도 걱정이고, 그런 삶도 걱정이었다.

"누이, 왜 사람은 다 똑같지 않고 양반과 천민으로 나뉘어 있을까? 나 같은 아이는 왜 천민으로 태어나서 읽고 싶은 책도 마음껏 못 읽는 거지? 정말 모르겠어."

분녀도 영실이와 마찬가지로 답답했다.

"누이도 그렇게 생각한단다. 하지만 지금 당장 어쩌겠니? 언젠가는 세상이 달라지겠지. 우리가 함께 본 그 별을 잊지 않았지? 세상은 그렇게 넓고 신비로운 것이란다. 세상에는 우리가 모르는 게 너무 많아. 그러니 자꾸 큰 생각을 하도록 노력해. 사람이면 사람이지 노비가 따로 있고 양반이 따로 있겠니?"

영실은 밥을 먹으며 제발 봄이 더디게 왔으면 좋겠다고 생각했다.

영실이가 그렇게 오지 말라고 바랐건만 어느새 시간이 흘러 봄이 찾아왔다. 산등성이마다 쌓였던 흰 눈이 녹고 나뭇가지에 물이 올랐다. 새가 여기저기에서 재잘거렸다. 그리고 영실도 한 살을 더 먹었다. 열 살이다.

영실은 봄이 되자 우울해졌다. 오랫동안 정이 들었던 분녀 누이와 헤어져야 하고, 또 얼마 안 있으면 자신도 관노로 들어가야 하기 때문이다.

그 당시에는 관노의 자식은 열 살이 되면 관아에 들어가 일을 해야 했다. 관아의 종이 되면 자연히 어머니와도 헤어져 살아야 한다. 어디로 배속될지 누구도 모른다.

영실이 관노로 들어가는 날짜가 가까워올수록 분녀 역시 먼 곳으로 시집을 가야 하는 날이 다가왔다.

마침내 분녀가 시집가는 날이 왔다.

하늘은 맑고 깨끗했다. 바람이 일 때마다 하얀 꽃잎이 살포시 날렸다.

"분녀야, 시집가더라도 종종 다니러 오거라. 행복하게 잘 살아야 한다.”

“아유, 새색시가 바깥출입을 많이 하면 그것도 흉이 되는 법이야. 분녀야, 여기 생각은 싹 잊어버리고 그저 살림이나 열심히 해라. 알겠니? 여자는 살림을 야무지게 해야지 시엄니한테 귀염받지.”

“원 쓸데없는 소리. 분녀만 한 살림꾼이 어디 있다고 그런 걱정을 하누? 분녀는 아마 시집가서도 복 받고 살 거야. 저렇게 마음씨곱고 참한 색싯감이 또 어디 있을까?”

동네 아낙들은 혼례 준비를 도와주며 덕담을 한마디씩 해주었다. 아낙들은 잔칫상에 올릴 음식을 장만하느라 손을 바쁘게 놀렸다. 고소한 지짐 냄새가 마을 어귀까지 퍼져나갔다.

혼례복으로 단장한 분녀는 몰라볼 정도로 아름다웠다. 원삼 족두리하며 자신이 직접 만든 치마저고리는 그 맵시가 빼어났다. 본래 손끝이 야무진 데다가 영실의 어머니로부터 배운 길쌈 솜씨가한몫 단단히 하였다.

영실은 멀찌감치 서서 얌전히 눈을 내리깔고 있는 분녀를 바라보았다.

누이가 좋은 데로 시집을 간다고 하니 행복을 빌어줘야 마땅한일이건만, 또다시 혼자가 될 생각을 하면 슬픔이 먼저 밀려들었다.

장영실도 얼마 안 있으면 떠나야 할 몸이다. 관아 노비로 들어갈 때까지만이라도 어머니께 잘해드려야겠다는 생각이 들었다.

“우리 영실이, 분녀 누이가 시집가는 걸 보니 마음이 울적한 모양이구나."

영실이 한참 생각에 잠겨 있는데 누군가 영실의 어깨를 감싸는 걸 느꼈다.

영실은 깜짝 놀라 뒤를 돌아보았다.

어느 사이엔가 어머니가 곁에 와 있었다.

"이제 저도 관아에 일하러 갈 나이가 됐는걸요. 걱정 마세요. 이제부턴 저도 어린애가 아니에요."

영실은 다시 혼례가 진행되고 있는 쪽으로 눈길을 돌렸다. 초례청은 깨끗하고 아담하였다. 잔치 분위기 탓인지 왁자지껄한 게 시장거리 같기도 했다.

"예, 어머니. 분녀 누이가 먼 곳으로 간다고 하니 무척 서운해요. 야속하기도 하고요. 하지만 이젠 저도 컸으니 괜찮아요. 어머니, 조금만 기다리세요. 제가 잘 모실게요."

"녀석두. 누가 그런 소리 듣겠다고 했느냐? 이 어미는 그저 네가 건강하고 밝게만 살아간다면 더 이상 바랄 것이 없어."

신랑 각시의 맞절 순서가 되자 사람들은 조용해졌다.

영실은 어머니와 함께 다소곳이 절을 하는 분녀 누이를 지켜보았다. 영실의 눈에는 분녀 누이가 천사처럼 예뻤다.

"어느 집 규수인지 비단 폭에 난을 친 것 같구나."

평소에는 잘 몰랐던 분녀의 고결한 분위기가 곱게 단장을 하고 나니 눈에 띄게 드러났다.

"어머니, 분녀 누이 참 곱지요?"

"곱다 뿐이겠느냐. 저만하면 어디에 내놔도 빠지지 않는 색싯 감이지. 분녀가 너와 나이만 맞았더라도 며느리를 삼고 싶었다마는……."

"예에? 참 어머니도, 무슨 그런 말씀을 다 하세요."

영실은 어이없다는 듯이 웃었지만 한편으로는 분녀 누이만큼 좋은 사람은 다시없으리라고 생각했다.

영실은 어렸을 때 소꿉놀이를 하며 누이를 각시로 삼고 싶다는 생각을 해본 적이 있다. 그런 분녀 누이의 혼례식을 보고 있으려니 속상하였다. 왠지 누이를 누군가에게 빼앗기는 듯한 억울한 생각마저 들었다.

영실은 혼례가 다 끝나기도 전에 집으로 돌아왔다. 분녀 누이의 당부대로 끝까지 용기를 잃지 않고 열심히 살아야겠다고 다짐했다.

영실은 기지개를 한 번 쭉 켜고 나서 하늘을 올려다보았다. 맑고 푸르른 하늘로 까치 한 마리가 막 날개를 펼치며 날아올랐다. 저 넓은 하늘 어딘가에, 어느 별인가에 장영실의 길이 분명히 숨어 있을 것이라는 생각이 들었다.

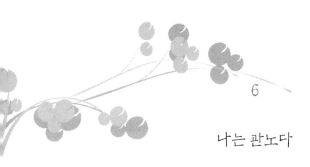

6

나는 관노다

"영실아, 그동안 우리가 너한테 잘못한 점을 용서해다오. 널 놀리기만 하고 괴롭혔던 일을 다 사과할게."

영실은 언덕 위의 빈터에서 아이들과 작별 인사를 나누었다. 평소 친하게 지내던 아이들, 나이가 어린 동생들, 그리고 전에 영실이를 괴롭히던 짓궂은 녀석들까지 다 영실이를 보러 왔다.

"괜찮아. 다 지난 일인걸 뭐. 그보다 너희들에게 부탁이 있는데……."

영실은 아이들을 보며 다정하게 웃었다. 어릴 적에는 그렇게 밉던 얼굴들도 이제는 친근하게만 느껴졌다. 오히려 아이들과 헤어진다고 생각하니 서운했다.

"뭔데 그러니? 어서 말해봐. 우리가 할 수 있는 일이라면 뭐든 들어줄게."

"그렇게 말해주니 고맙다. 다름이 아니고, 너희들이 우리 어머니 좀 보살펴드릴 수 있겠니? 너희들이 아들 노릇을 해줘."

아이들은 갑자기 조용해졌다. 아이들은 어머니를 걱정하는 영실이를 참 좋은 친구라고 생각하였다. 물론 그들 중에는 노비의 자식도 있고, 중인의 자식도 있고, 평민이지만 소작인의 자식도 있다. 사내 나이 열 살이면 각자 무슨 일이든 거들지 않으면 안 될 나이다.

아이들은 영실의 손을 맞잡았다.

"걱정하지 마. 우리가 네 어머니를 잘 도와드릴게."

아이들이 약속을 굳게 하자 영실은 목이 메어왔다. 영실은 정든 마을을 떠나고 싶지 않지만 자신의 힘으로는 어쩔 수 없는 일이다. 이제 내일이면 관청의 종이 되어 어머니와도 헤어져야 한다.

영실은 마을의 나무며 풀 한 포기에도 정이 갔다. 그래서 찬찬히 주위를 둘러보고 집으로 돌아왔다. 집으로 돌아오는 길에 이웃집 아주머니를 만났다.

"영실아, 잘 가거라. 부디 건강하여라. 아전들 말 잘 들어야 관노 생활도 편하다더라."

아주머니는 영실의 머리를 쓰다듬으며 인사를 하였다.

영실은 집으로 들어와 어머니 앞에 무릎을 꿇고 앉았다.

어머니는 침울해 보이기는 하였으나 목소리만은 어느 때보다도 밝고 차분하였다.

"어머니, 친구들과 작별 인사를 하고 왔어요."

"그래, 잘했구나. 내일 떠나려면 피곤할 테니 어서 저녁 먹고 일찍 잠자리에 드는 게 좋겠다."

수란은 물끄러미 영실을 쳐다보다가 입을 열었다.

"가엾은 것. 어미를 잘못 만나 고생하는구나."

영실도 가슴이 쓰려왔다. 늘 자신의 탓이라고 여기는 어머니가 불쌍했다.

"어머니, 제 걱정은 마시고 부디 건강하게 지내세요. 너무 외로워하지 마시구요. 관가에서 허락만 해주면 언제라도 어머니를 뵈러 오겠어요. 제가 일 잘해서 자주 휴가를 받아 나오도록 할게요."

"오냐. 이 어미 걱정은 조금도 하지 마라. 넌 그저 윗사람 말 잘 듣고 부지런히 일하도록 해라. 끼니 거르지 말고. 알았느냐?"

"예."

수란은 어디서 구했는지 흰 쌀로 밥을 지어 저녁 밥상을 차려냈다. 영실은 어머니와 마지막으로 먹는 저녁밥이라 생각하니 목이 메어 밥이 잘 넘어가질 않았다.

하지만 영실은 어머니가 걱정하실까 봐 얼른 한 그릇을 비웠다. 수란은 영실이가 맛있게 밥을 먹는 것을 보고는 흐뭇해했다.

영실은 그날 밤 일찍 잠자리에 들었다. 하지만 얼른 잠이 오지 않았다. 어머니 수란도 좀처럼 잠을 이루지 못하였다.

내일이면 관노의 인생이 시작된다. 영실이가 생각해도 한심하고, 어머니 수란이 생각해도 자신의 애가 끊어지는 듯하다.

영실이 배속된 곳은 동래현에 딸린 공방이었다. 거기서 온갖 잔심부름을 하였다. 나이가 어린 만큼 특별히 해야 할 일은 없고, 누구라도 "영실아!" 하고 부르면 얼른 달려가 심부름을 하면 된다.

하루 종일 이 사람 저 사람이 시키는 일을 하다 보면 하루가 금방 지나갔다.

일은 그다지 힘들지 않았다. 하지만 밤만 되면 어머니의 얼굴과 분녀 누이의 얼굴, 또 동네 아이들이 눈앞에 아른거렸다. 영실은 어머니가 보고 싶으면 밤에라도 일어나 훌쩍이곤 했다. 집 떠난 슬픔이 너무 컸다.

그러던 어느 날 관아에서 작은 소동이 일어났다. 현령이 귀하게 여기는 장롱의 자물쇠가 고장이 나 장롱을 열 수 없게 되었다. 근처에 있는 열쇠장이를 다 불러왔는데도 자물쇠를 따지 못했다.

"이거 정말 큰일이구나. 무슨 방법을 써도 장롱을 열 수 없다니, 장롱을 부숴야 한단 말이냐? 이 귀한 것이 못쓰게 되고 말다니. 아이고 아까워라."

현령은 아까워 죽겠다는 표정이었다.

아전들은 머리를 맞대고 생각을 모았다. 그때 현령의 안타까운 마음을 곁에서 지켜보고 있던 아전 중 한 명이 입을 열었다.

"사또 나리, 공방에서 일하는 어린 관노 가운데 손재주가 남달리 뛰어난 아이가 있사온데, 혹시 이것도 고칠 수 있을지 모르니 한번 시켜보는 게 어떠실지요?"

현령은 귀가 번쩍 띄었다.

"오, 그래? 그럼 얼른 가서 그 아이를 불러오시오. 자물쇠만 고쳐준다면 내 큰 상을 내릴 것이라 이르고."

하인들이 급히 달려가 영실을 불러왔다.

영실은 고장 난 자물쇠를 고치는 것쯤이야 문제없다고 생각하며 현령 앞으로 나갔다.

그런데 막상 아전들이 데려온 아이를 보니 겨우 열 살짜리 어린애다. 실망스럽지만 기대를 걸 수밖에 없다.

"너 몇 살이냐?"

"열 살입니다."

"그럼 올해 들어왔구나. 이름은 무엇이냐?"

"예, 장영실이라고 하옵니다."

"성씨가 있는 걸 보니 사연이 있는 녀석이로군. 그래, 네 손재주가 뛰어나다고 들었는데, 이 장롱의 자물쇠를 고칠 수 있겠느냐?"

"잘 모르겠지만, 힘껏 해보겠사옵니다."

영실은 장롱 앞으로 다가갔다.

어린 영실이 앞으로 나서자 관아 사람들은 혀를 끌끌 차며 얼굴을 찡그렸다. 이름난 열쇠장이도 고치지 못한 자물쇠를 저 어린 것이 고칠 수 있을까 하는 얼굴빛이었다.

하지만 현령은 물에 빠진 사람이 지푸라기라도 잡아보려는 마음으로 얼른 영실에게 분부를 내렸다.

"어서 자물쇠를 고쳐보거라. 애든 어른이든 고치기만 잘하면 되는 거지, 암."

"예."

영실은 공손하게 대답을 하고 자물쇠를 이리저리 들여다보았다. 그러고는 쇠꼬챙이로 몇 번 달그락거리더니 마치 요술을 부리듯 자물쇠를 철컥 열어놓았다.

"아니, 장롱 문이 열렸네!"

현령은 좋아서 영실의 두 손을 잡고 고맙다는 말을 몇 번이나 했다. 못미더워하던 사람들은 깜짝 놀랐다.

"어린애라고 우습게 보았더니, 이거야 원 우습게 볼 일이 아니었네."

"어쩌면 저렇게 손재주가 좋을까?"

아전들은 저마다 한마디씩 칭찬을 하였다.

"이 아이한테 좋은 옷과 맛있는 음식을 대접하여라. 너 정말 보통 아이가 아니구나. 우리 관아의 보배렷다."

현령은 장영실을 아낌없이 칭찬했다.

이 일이 있은 후 관아의 사람들이 영실을 보는 눈은 달라졌다. 영실의 손재주와 영리함을 인정하게 된 것이다. 그리고 무엇이든 고장 난 물건이 생기면 으레 어린 영실을 찾아왔다.

영실은 다른 일을 하다가도 누군가 고장 난 물건을 가지고 오면 일과가 끝난 뒤 따로 수리를 해주었다. 밤을 새워서라도 기어이 고장 난 물건을 고쳐주었다.

하루는 영실이 우물가를 지날 때였다.

"영실아, 이것 좀 도와주지 않으련?"

우물에서 물을 긷고 있던 여자 종 한 명이 영실을 불러 세웠다. 여종들은 두레박으로 물을 긷느라 끙끙거리고 있었다.

"두레박이 엄청 무겁네요?"

영실은 그들을 도와 물을 길었다. 그러면서 우물 안을 유심히 들여다보면서 생각에 잠겼다.

"넌 무슨 생각을 그렇게 골똘히 하니?"

여자 종 한 명이 물었다. 다른 여종들도 영실을 바라보았다.

"아, 아녜요. 이렇게 힘들이지 않고 물을 길어 올릴 수 있는 방법이 없을까 생각하고 있었어요."

여종들은 웃음을 터뜨렸다.

"그런 방법이 어디 있겠니? 백 년 전에도 이렇게 물을 길었고, 앞으로 이렇게 물을 길을 텐데. 너도 힘든가 보구나. 이제 그만하렴."

영실은 여종들이 깔깔대며 웃는 소리에도 아랑곳하지 않고 생각을 했다.

'분명히 좋은 방법이 있을 거야.'

영실은 곰곰이 물 긷는 법을 생각했다.

그날 밤 영실은 쇠붙이와 밧줄을 구해 밧줄을 연결하고 양쪽 끝에 두레박을 매달아 도르래를 완성하였다. 어디서 본 적도 없는 기술이지만 머릿속으로 상상해냈다.

다만 지붕이 높아 그 도르래를 우물 지붕에 매달 수가 없었다.

'어떻게 해야 도르래를 매달 수 있을까?'

영실이 우물가에서 곰곰이 생각을 하고 있을 때 함께 일하는 관노 한 명이 다가왔다.

"너 영실이 아니냐? 이 늦은 시간에 여기서 뭘 하고 있니?"

"아, 마침 잘 오셨어요. 우물 지붕에 도르래를 달려고 하는데 아저씨가 좀 도와주세요."

하인은 영실이가 만든 도르래를 쳐다보며 고개를 갸우뚱거렸다.

"도르래는 왜 달려고 하는데?"

영실은 도르래를 움직여가며 차근차근 설명을 해주었다.

"물을 쉽게 길어 올릴 수 있도록 하려구요. 이 바퀴가 돌아가면 두레박이 올라오게 됩니다. 그러면 누이들이 물을 쉽게 길어 올릴 수 있잖아요. 저나 누이들이나 다 같이 관노비로 사는 처지에 서로서로 도와야지요."

영실의 설명을 듣고 하인은 손뼉을 치며 감탄했다.

"그런 방법이 있었구만. 여태 왜 그 생각을 못했을까? 너 참 기특하다."

이 하인은 얼른 달려가서 관아에서 자고 있던 다른 노비들을 깨워 데리고 왔다. 사람들은 영문도 모르고 자다가 끌려나와 함께 도르래를 달았다.

"우리 영실인 정말 똑똑해. 어떻게 그런 생각을 다 했지?"

도르래를 달고 나니 영실의 말대로 정말 힘들이지 않고도 물을 길 수 있게 되었다.

"영실이 덕분에 일손을 덜게 됐네."

여종들도 좋아라 손뼉을 치면서 어쩔 줄을 몰라 했다. 그 일이 있은 뒤로 여종들은 영실에게 누룽지를 갖다 주거나 틈이 나면 해지거나 터진 옷을 꿰매주었다.

"그러니까 사또님도 그 아일 아끼실 수밖에. 보통 영특한 게 아니야."

"창고에 있는 못 쓰는 무기들도 전부 그 애가 고쳤다며?"

"포졸들이 못 쓴다고 버린 무기들을 그 애가 공방까지 찾아가다 고쳐놨다지 뭐야. 그 일이 있은 다음 사또님께서는 영실이에게 공방 일을 맡아보도록 분부를 내리셨대."

"아유, 부러워라. 관노로 들어온 어린아이가 벌써부터 그런 일을 하게 되었으니, 그 애는 복도 많지 뭐야."

사람들은 영실이 이야기만 나오면 칭찬을 하기도 하고 부러워하기도 했다. 솜씨로는, 누가 봐도 어린애 같지 않았다.

영실은 사람들의 칭찬과 부러움 속에서 열심히 일을 하였다.

어느덧 장영실이 관노로 동래현청에 온 지도 다섯 해가 지났다. 그동안 영실은 고치기 어려운 물건들을 고치고, 세상에 없는 새로운 물건을 많이 만들어냈다.

영실은 이제 관아에서 없어서는 안 될 꼭 필요한 사람이 되었다. 현령은 영실에게 번번이 상을 내려가며 격려하였다. 또한 공방에 어려운 일이 생기면 장영실의 신분을 따지지 않고 함께 의논하여 해결하였다.

현령의 적극적인 지지에 힘입어 장영실의 솜씨는 날로 늘어갔다.

그해 여름.

경상도 지방에 가뭄이 심하게 들었다. 논과 밭에는 곡식들이 말라가기 시작했다.

농부들은 하루하루 말라가는 곡식들을 바라보며 한시도 마음을 놓지 못했다. 농부들은 땅이 꺼지게 한숨을 쉬었다. 비를 내리게 할 수도 없고, 강에서 물을 퍼올 수도 없기 때문이었다.

관아에서는 비를 내려달라고 기우제를 지내기도 했다. 그러나 여전히 햇볕이 쨍쨍 내리쬐었다.

현령은 근심에 싸여 날마다 아전들을 불러놓고 좋은 방법이 없겠느냐고 의견을 물었다. 하지만 뾰족한 방법이 나오지 않았다.

현령은 자신이 덕이 모자라 비가 내리지 않는 것이라며 혼자 괴로워했다.

영실은 자신을 극진히 후원해주는 현령이 가뭄 때문에 근심하는 것을 보고는 어떻게든 가뭄을 극복하는 방법을 찾아보리라 결심했다.

그는 온 마을을 돌아다니며 논밭을 살펴보았다. 도랑은 물 한 방울 없이 바짝 말라 있었다.

영실은 이곳저곳을 살피고 다니다가 마을에서 약 10리쯤 떨어진 곳으로 흘러가는 강물을 발견했다. 하지만 논밭이 있는 마을과 너무 멀리 떨어져 있어서 이 물을 길어올 수가 없었다.

"이 물을 돌려 쓸 수만 있다면 사또께서 근심을 덜 수 있으련만……."

영실은 자신을 아껴주고 지지해주는 현령을 위해 뭔가 해야 한다고 생각하며, 강물을 들여다보았다. 그러다가 문득 좋은 생각이 떠올랐다.

영실은 그 길로 관아로 달려가 현령에게 아뢰었다.

"사또 나리, 가뭄 때문에 곡식이 다 말라 죽고 있지 않습니까? 그래서 소인이 생각을 해보았사온데……."

현령은 영실에게 다가가며 말했다. 영실이 비록 나이가 어리긴 하지만 현령은 언제나처럼 귀를 쫑긋 세웠다.

"오, 그래. 어서 말해보아라. 어찌하면 좋겠느냐."

영실은 어린 소년답지 않게 차분하게 설명을 하였다.

"소인이 돌아다니다 보니까, 이곳에서 10리쯤 떨어진 곳에 강물이 있습니다. 그 강물을 끌어오면 될 것 같습니다."

"아니, 10리나 떨어져 있다면서? 그 먼 곳에 있는 강물을 어떻게 끌어올 수 있단 말이냐? 네게 무슨 비결이라도 있느냐?"

현령은 여전히 기대가 컸다.

"있습니다. 물은 본래 높은 곳에서 낮은 곳으로 흐르지 않습니까? 강물이 있는 곳보다 이쪽 지대가 더 낮으니 땅을 깊이 파서 강물이 흐를 수 있도록 수로를 판다면 강물은 반드시 이쪽으로 흘러올 것입니다."

"옳지, 거 듣고 보니 훌륭한 생각이로구나. 진작 너를 불러 알아보라고 하는 건데……."

현령은 기뻐서 어쩔 줄을 몰랐다.

"자자, 다들 모여서 물길을 내자."

현령은 곧바로 아속과 온 마을 사람들을 불러 물길을 만들라는 지시를 내렸다. 현령도 일할 수 있는 옷으로 갈아입고 나와 일을 거들었다.

사람들은 힘이 드는 줄도 모르고 물길을 팠다. 10리에 걸친 긴 도랑을 파기 시작한 지 열흘 만에 물길이 만들어졌다.

마침내 도랑을 타고 강물이 흘러와 논밭을 촉촉이 적시기 시작했다. 사람들은 물이 고이는 논밭을 바라보며 한마디씩 했다.

"영실이가 우리를 살려주는군."

"하늘에서 비가 내려야만 농사가 되는 줄 알았는데."

현령은 영실을 불러 공로를 칭찬해주었다.

"허, 하늘이 내린 재능이로다. 참으로 장한 일을 했으니 내 어찌 너를 위하여 큰 상을 내리지 않겠느냐. 그래, 무엇이 갖고 싶으냐? 그저 내가 할 수 있는 일이라면 뭐든 해주고 싶구나."

영실은 몸 둘 바를 몰랐다. 그저 자신을 잘 돌봐주는 현령을 위해 뭔가 해보고 싶었을 뿐이다. 상을 바라고 한 일이 아니다.

"소인은 다만 제 도리를 했을 뿐이온데, 상을 바라고 한 일은 절대 아닙니다."

"무슨 소리냐. 네가 아니었으면 올해 농사는 헛수고가 될 뻔하지 않았느냐. 어서 원하는 것을 말해보도록 하여라."

영실은 잠시 생각을 하다가 이윽고 입을 열었다.

"그러하오면, 소인의 어머님을 만나 뵙고 올 수 있도록 허락해주셨으면 합니다. 어머니를 뵌 지 오래되었습니다."

현령은 영실의 효심에 또 한 번 감탄을 하였다.

"금은보화를 주어도 모자랄 공을 세우고도 단지 어머니를 한번 뵙고 싶다는 소박한 청을 하다니……."

'장영실 이 아이는 분명 크게 될 인물이야. 하늘이 내린 재주가 아니고서야 어찌 저렇듯 영특할 수 있을까. 게다가 마음 됨됨이까지 올바르니 저 정도면 나라님의 일을 도와도 빠지지 않을 거야. 우리 고을에 영실이 같은 인재가 있다는 사실이 기쁘기만 하구나.'

현령은 흡족하게 웃었다.

"어서 다녀오너라. 일이 바쁠 때 말고는 일거리를 집으로 가져가서 하고 오거라. 그러면 어머니하고 오래도록 같이 있을 수 있잖느냐. 너희 어머니 일도 바쁠 때만 바쁘지 한가할 때도 많으니 내가 잘 배려해서 모자가 자주 볼 수 있도록 하마."

현령은 영실에게 고향집에 갔다 오라고 하면서 비단 옷감과 쌀을 상으로 내주었다.

영실은 그 길로 집으로 달려가 그리운 어머니를 만났다. 그의 어머니는 관기를 하기에는 나이가 넘쳐 이제는 관비로 일을 하고 있었다.

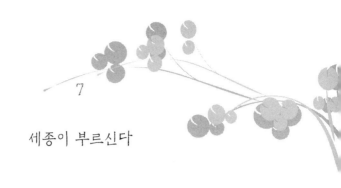

7

세종이 부르신다

경복궁 뜨락에 하나둘 나뭇잎들이 떨어져 쌓이기 시작했다. 세종은 찬 공기가 감돌기 시작하는 뜰에 나와 홀로 생각에 잠겼다.

'이 나라 발전을 위해 내가 할 수 있는 일이 이렇게도 없다니.'

세종은 가볍게 숨을 들이마셨다가 내쉬었다.

조금 전 집현전 학사들과 회의를 끝내고 울적한 마음을 달래기 위해 뜰을 거닐고 있다. 좀처럼 기분이 나아지질 않는다. 세종은 집현전 학사들의 연구 결과가 신통치 않은 것이 모두 자신의 부족함 때문이라고 여겼다.

'뜻을 이루기가 힘들구나. 내가 너무 부족하다. 왕인 내가 길을 제대로 가리켜야 하는데, 지침이 잘못되어 일이 더뎌진다.'

아버지 태종의 뒤를 이어 왕위에 오른 지도 벌써 여러 해가 지났다.

막상 왕위에 앉아 있다 보니 조선의 앞날을 지켜가야 할 막중한 책임이 무겁게 느껴졌다. 할아버지 태조 이성계로부터 면면히 내려온 조선, 아직 뿌리를 완전히 내리지 못한 상태다. 뭔가 획기적인 정책을 잇달아 펼쳐야 백성들이 고려를 잊을 것이다. 아직도 백성들은 고려를 더 많이 부르지 스스로 조선의 백성임을 말하지 않는 경우가 많다. 명나라 사신들조차 일부러 고려인, 고려인 그러면서 세종의 속을 긁었다.

자존심이 상한 세종은 조선의 자존심을 세우는 일부터 하리라 결심했다.

세종이 즉위해서 맨 처음 한 일은 집현전이라는 연구 기관을 설치하는 일이었다. 그는 역대 어느 왕보다 학문과 과학기술에 관심이 많았다. 그래서 전문 학사들이 연구에 온 힘을 쏟을 수 있도록 도와주어야 한다고 생각했다.

또 무엇보다도 인재를 키우는 일이 중요하다고 생각했다. 어떻하든 인재를 많이 등용해야 국가 기틀을 바로잡을 수 있다. 고려를 무너뜨리고 새 나라 조선을 세우면서 사대부 계층에 큰 변화가 있었다. 조선 건국 과정에 수많이 선비들이 죽었으니 그만큼 인재가 부족한 상황이다.

그러자니 신분을 따질 새가 없다. 고려 사대부 중에 정몽주와 가까운 사람들은 모조리 죽고, 일가족은 노비로 만들었기 때문에 이것저것 가려 따지면 마땅히 쓸 만한 인재가 턱없이 부족하다. 개국한 지도 수십 년 지난 만큼 비록 노비라도 능력이 있으면 등용해야만 하는 상황이다.

더구나 세종은 천문에 관심이 많은데 마땅한 학자와 기술자가 보이지 않았다. 세종은 갑작스레 닥치는 천재지변에 대비하기 위해서라도 하늘을 연구하는 일이 꼭 필요하다고 생각하였다.

조선 백성들이 대부분 농사를 지으므로 쌀, 보리, 콩 등 곡물 생산량을 늘리려면 기후 변화에 세심한 신경을 써야 했다.

더욱이 비가 여름철에 집중적으로 내리기 때문에 농사가 잘되고 못되고 한순간에 결정 나기도 한다. 강우량이 지나치게 많아도 걱정, 적어도 걱정이다. 세종은 이미 집현전 학사 정인지(鄭麟趾)에게 천문 연구를 게을리하지 않도록 지시를 해놓았다. 땅을 흐르는 강을 관리하는 것도 중요하지만 하늘에 대해 잘 아는 것도 매우 중요하다. 가뭄도 폭우도 다 잡아야 한다.

"요즘 어떻게 되어가고 있소?"

세종은 수시로 정인지를 불러 연구가 얼마나 진행되고 있는지 묻곤 하였다.

그러나 워낙 천문 쪽에는 자료가 부족한 실정이라 이렇다 할 성과가 없었다.

세종은 만족할 만한 연구가 나오지 않자 안타까운 마음만 더해 갔다.

말이 하늘을 연구하는 것이지 언제 비가 내리고, 언제 눈이 내리고, 서리와 이슬이 어떻게 생기는지 알아내는 게 쉬운 일이 아니다. 만일 언제 비가 내릴지 알 수 있다면 편리하겠지만 아직 그

런 학문은 조선은 물론 중국에서도 없는 생소한 학문이다. [3)]

학자들은 기껏해야 《주역》으로 점을 쳐서 기후를 예측해보는 정도였다. 그러니 예측 자체가 아예 불가능했다.

사실 세종이 왕위에 오르기 이전의 천문이란 역서(曆書)를 만드는 일에 지나지 않았다. 즉 달력을 만드는 정도밖에는 더 깊은 연구를 할 재간이 없었다. 일식 날짜를 계산하는 것도 번번이 틀렸다. 명나라에서도 잘 맞히지 못할 만큼 정교한 기술이라 어쩔 도리가 없었다.

물론 역서를 만들어내는 일도 일반 생활이나 농업에 큰 도움을 주기는 하지만, 더 과학적인 관측이 필요하다는 것은 백성은 물론 학자들도 절실히 느끼고 있었다.

물론 고대에 만들어진 관측기구가 하나도 없는 것은 아니었다.

신라시대에 만들어진 첨성대가 있기는 하였으나, 이는 천문 망원경이 아니라 눈으로 관측하는 것이었다. 그렇기 때문에 정확하지 않았다. 그래서 세종은 정확한 관측기구를 만들어야겠다고 생각하기에 이르렀다.

"해마다 가뭄과 홍수로 농사에 큰 어려움을 겪고 있는 백성들에게 천문보다 더 귀중한 학문은 없을 것이오. 천문을 잘 이용하면 가뭄과 홍수에 지혜롭게 대처하여 백성들의 근심을 덜게 될 것이니, 이 얼마나 좋은 일이겠소."

---

3) 이 당시는 온도계, 습도계, 우량계 등 기상관측 장비라고는 아무것도 없었다.

정인지를 비롯한 많은 집현전 학사들은 세종의 깊은 뜻에 지혜를 모으고, 관련 전적과 실물을 찾아보았다. 집현전 학사들은 지금까지 어느 누구도 천문을 실생활에 응용하려는 생각을 하지 못했기에, 조선을 우뚝 세우려는 세종의 생각을 높이 존중하기는 했다. 그렇다고 뾰족한 수가 갑자기 나오는 것은 아니었다.

말이 하늘을 연구하는 것이지, 막상 할 일이 마땅히 있는 것도 아니고 목표라도 뚜렷이 있는 게 아니었다. 천문 자체가 너무 막연하고, 그러다 보니 여간 어려운 일이 아니었다. 지금까지 과학 기술의 발전은 늘 뒷전에 머물러 있었으므로 무엇보다 참고할 만한 자료가 부족했다. 또 천문을 연구하여 관측기구를 만들어낼 만한 인재가 드물었다. 명나라에 들어가는 사신들에게 천문 서적을 구해 오라고 시켜도 딱 부러지게 좋은 책이 있는 것도 아니었다.

세종은 문득 궁궐 뜰에 있는 짚으로 싸매놓은 나무들을 바라보았다.

'나라의 인재도 저 나무들처럼 가꾸고 키워야 하는데…….'

세종은 인재를 키우기 위해 도천법이라는 제도까지 만들어놓았다. 신분의 높고 낮음에 상관없이 실력만 있으면 누구든지 나랏일을 하고 벼슬을 살 수 있도록 하였지만 실제로 그리 효과가 크지 않았다.

개국 과정에도 많은 선비들이 죽었지만, 거듭된 왕자의 난 중에도 많은 사람들이 죽었다. 그의 아버지 태종 시기에는, 그렇잖아도 부족한 사대부 자원이 자꾸만 고갈된 것이다.

게다가 조선이 자리를 잡아가면서 기득권을 가진 조정 대신들이 새 인재를 추천하는 일에 인색했다. 그들의 머릿속에 뿌리 깊이 박혀 있는 특권 의식이 문제였다. 조선을 건국하면서 수많은 공신들이 생겨나고, 거기서 많은 선비들이 높은 직위를 차지하면서 독점하기 시작했고, 그것이 세월이 흐르면서 당연한 권리로 인식된 것이다. 기록에 따르면 이들은 조선 인구의 3퍼센트에 불과하고, 이들은 이 비율이 절대로 늘지 않기를 바랐다.

다음으로 백성들도 문제였다. 도천법에 그다지 관심을 갖는 백성이 별로 없었다.

그러고도 새로운 인물을 찾아내는 일도 중요하지만, 이렇게 찾은 인재들이 편견 없이 차별 없이 잘 성장하도록 배려해야 하는데, 그런 점에서 미흡한 게 한두 가지가 아니었다.

"전하, 바람이 찹니다. 그만 안으로 드시지요."

시간이 지날수록 바람이 차가워지자, 멀찌감치 떨어져 있던 내관이 다가와 걱정스럽게 말했다.

세종은 지지부진하기만 한 집현전 연구 결과에 대해 골똘히 생각에 빠졌다. 집현전에서는 지금 한자 한문을 대체할 조선만의 문자를 만드는 큰일이 진행되고, 나아가 아악과 인쇄 등 획기적인 일들이 이뤄지고 있었다.

'아무래도 한계가 있어. 명나라 서울에 가면 우리보다 발전한 천문 기술이 있을지도 몰라. 명나라에는 뛰어난 음운학자도 있지 않

앉던가. 어딘가 인물이 있거나 좋은 책이 있을 거야.'

세종은 천문에 관한 한 학자 몇 명을 선발해 중국에 보내 선진 문물을 배워 와야겠다고 결심했다. 어차피 조선에서는 아무리 용을 써도 답이 나올 일이 아니다.

조정 대신들도 좋은 방법이라고 의견을 모았다. 이제 남은 일은 파견단을 구성하는 일이다.

"천문을 연구하는 데는 여러 가지 기구가 필요할 것이오. 그러니 기구를 잘 만들고 다룰 줄 아는 인재를 찾아내길 바라오. 나라가 번영하려면 그런 사람들이 많이 필요하오. 머리 쓰는 사람, 손쓰는 사람, 이렇게 조화를 이뤄야 해요."

세종의 분부대로 대신들은 제각기 책임감을 가지고 인재를 찾는 데 열중했다.

그러던 어느 날, 공조참판 이천(李蕆)이 세종에게 한 인물을 천거하였다. 이천도 과학기술 발전에 많은 공을 세운 사람이지만, 스스로 한계를 느껴 두루 인재를 찾던 중이었다.

"주상 전하, 경상도 동래현 백성 중에 손재주가 몹시 뛰어나 그 이름이 널리 알려진 사람이 있다고 하옵니다. 제 동문이 동래현령으로 있는데, 입에 침이 마르도록 칭찬하는 서찰을 보내왔습니다. 한번 보시겠습니까?"

"오, 그래요? 어떤 사람인데요?"

"예. 이름은 장영실이라고 들었습니다만."

"그 장영실이라는 자의 재주가 얼마나 뛰어난지 소상히 말해보시오. 궁금하오."

이천은 영실이 고장 난 물건을 고치는 재주와 가뭄을 이겨낸 경험 등을 자세하게 아뢰었다. 동래현령이 보낸 천거 이유에 나오는 것들이다.

이천이 장영실에 대해 조목조목 설명하는 동안 세종의 얼굴은 환하게 밝아졌다.

"오! 그런 사람이 바로 내가 찾던 인물이오. 어서 데려와 보시오."

"소신도 그저 들은 이야기일 따름인지라 더 자세한 내용은 알 수 없습니다. 하오나 왠지 평범하지 않은 인물인 듯하여 감히 주상 전하께 말씀드린 것이옵니다. 다만……."

이천은 얘기를 하다 말고 말끝을 흐렸다.

재주가 아무리 뛰어나다고는 하지만 영실은 비천한 종이다. 그러므로 이천은 차마 임금께 더 이상 말을 하기가 꺼려졌다.

"아니 왜 그러시오? 어서 말씀을 계속하지 않고. 과인이 인재에 얼마나 목말라하는지 잘 아시면서 그러십니까."

"전하, 아뢰옵기 황송하옵니다마는……."

"허어, 어서 하던 말씀을 계속하지 않고 뭘 그리 꾸물대고 있소? 망설이지 말고 얘기하시오, 대감."

세종은 갑갑하다는 듯 이맛살을 찌푸렸다. 무슨 이야기이기에 저리 말을 못하고 안절부절못하는 것인지 궁금하였다.

두 사람 다 잠시 말이 없었다. 세상에는 말하기 어려운 일이 종종 있다. 지금이 그렇다. 나라의 지존 세종에게 가장 낮은 사람 관노에 대해 말해야 하는 상황이다.

마침내 이천이 목소리를 낮추어 말문을 열었다.

"하오면 말씀드리겠습니다, 전하. 그자 신분이 글쎄 동래현의 관노라 하옵니다. 현령이 극찬을 하기는 하지만 신분이 좀 문제입니다."

세종은 이천이 조심스럽게 말하는 것을 듣고는 잠시 말이 없었다. 조당에서 이야기를 듣고 있던 다른 신하들이 웅성거렸다. 국법이 걸린다.

세종은 신하들을 둘러보더니 곧 침착한 얼굴로 말문을 열었다.

"경들도 알다시피 이번 일은 이 나라의 앞날에 매우 중요한 일이라고 생각하오. 비록 천민이라 할지라도 나라에 꼭 필요한 사람이라면 불러다 써야지 어찌하겠소? 양반도 조선 사람, 평민도 조선 사람, 노비도 조선 사람이오. 지금 당장 영을 내려 장영실을 불러오도록 하시오."

조정 대신들은 세종이 뜻밖의 결정을 하자 입을 다물지 못했다.

"전하, 아뢰옵기 황송하오나 우리 조선에는 엄연히 귀천을 가르는 법도가 있지 않사옵니까? 조선의 국법인 《경국대전》에 또렷이 새겨져 있습니다. 제아무리 솜씨가 뛰어나다 한들 한낱 노비를 궁에 들여놓을 수는 없는 일이라 생각되옵니다. 거두어주시옵소서."

세종은 신하들이 자신의 뜻을 받아들이지 않자 마뜩찮은 표정을 지었다.

아무리 임금이라도 신하들의 의견을 무시하고 자신의 뜻만 내세울 수도 없는 노릇이었다.

"그러하옵니다, 전하. 만약 이번에 전하께서 장영실을 불러올리신다면 나라의 질서가 무너질 것이 분명하옵니다. 부디 다시 한 번 생각해주시옵소서."

신분 구분은 봉건국가를 지탱하는 중요한 힘이다. 조선만이 아니라 명나라 등 모든 나라가 다 그러했다. 그렇지 않고는 봉건국가의 복잡한 사회구조와 질서를 감당할 만한 힘이 국가에 있어야 하는데, 조선은 그런 단계까지 힘을 갖추고 있지는 않았다.

조정 대신들이 강력하게 반대를 하자, 세종은 이러지도 못하고 저러지도 못하는 입장이 되었다. 추천자인 이천 역시 할 말을 잃은 듯 고개를 숙이고 잠자코 있었다.

"경들이 하는 말을 내 모르는 것이 아니오. 그러나 과인은 신분이 낮다는 이유로 훌륭한 인재를 썩히는 일은 결단코 옳다고 생각하지 않소. 지금은 법도를 따질 때가 아니라 이 나라를 위해 실질적으로 보탬이 되는 일이 무엇인지를 곰곰이 생각해봐야 할 때라고 생각하오. 나라와 백성을 위해 공을 세울 수 있다면 누구라도 기회를 줘야 합니다. 조선은 건국한 지 얼마 되지 않아서 인재 등용이 몹시 급합니다."

세종은 열심히 신하들을 설득하였다. 하지만 대신들은 쉽게 고집을 꺾지 않았다. 신하들은 평민도 아닌 천민의 신분으로 감히 조정의 학자들과 더불어 파견단에 속한다는 것은 있을 수 없는 일이라고 주장했다.

세종은 하는 수 없이 다른 신하들을 물러가게 하고 이천만 따로 남게 하였다. 그러고는 장영실을 어떻게 할 것인지 의논하였다.

"대감, 임금도 이처럼 못하는 일이 많답니다."

"송구합니다, 전하."

"국법을 지키는 건 중요한 일입니다. 왕명이 국법에 앞선다 한들 위엄을 잃지 않으려면 적당한 구실을 찾아야 합니다."

"신이 부족했사옵니다, 전하."

"과인은 장영실의 재주가 뛰어나다면 마땅히 써야 한다고 생각하나, 훈구대신들의 반대가 저리 심하니 이 일을 어찌하면 좋겠소? 할아버지 태조 시절부터 조정을 지켜온 사람들까지 있잖소? 명분이 필요하오. 어디 경의 생각을 말해보시오."

이천은 잠깐 생각을 해보고 나서 한 가지 방법을 말했다.

"전하, 그렇다면 장영실을 오라고 하여 여러 신하들이 보는 앞에서 그 재주를 시험해보는 것이 어떨는지요?"

세종은 고개를 끄덕였다. 실력을 본 뒤 결정하자는 중재안이다.

"그리하면 다른 신하들도 할 말이 없을 것이고, 또 장영실도 떳떳할 것이라고 생각되옵니다. 그런 다음에 왕명을 내리신다면 누가 승복하지 않겠습니까."

"만약 신하들이 문제를 까다롭게 내서 장영실이 그 문제를 풀지 못하면 어떻게 하오?"

세종의 말에 이천은 웃음을 머금었다.

"대신들이 낸 문제를 풀지 못할 정도라면 제가 추천을 하지 않지요. 비록 직접 본 것은 아니지만 주상 전하께서 걱정을 하지 않으셔도 될 것입니다. 반드시 시험을 통과할 것이니 안심하소서."

세종은 이천의 말을 듣고는 마음이 놓이는지 얼굴에 웃음꽃이 함빡 피었다.

이천은 그 길로 동래현으로 사람을 보내 장영실을 불러오게 했다.

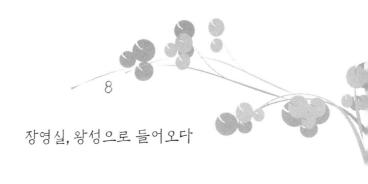

8

장영실, 왕성으로 들어오다

얼마 뒤 동래현 관아가 술렁거렸다. 영실이 나라의 부름을 받고 한양으로 올라가게 되었다는 소문이 퍼진 것이다. 영실이 관노로 썩기에는 아까운 인물이라고들 이구동성으로 말했지만, 막상 영실이 궁궐로 들어간다고 하니 사람들은 깜짝 놀랄 수밖에 없었다.

"아니 영실이가 한양으로 가게 되었다는데, 그게 사실인가요?"

"허허, 그렇다는데두 왜 자꾸만 물으시오?"

"도무지 믿기질 않아서 그럽니다. 영실이 그 아이 재주가 비상한 것은 익히 알고 있었지만, 그래도 한낱 관노의 몸으로 어찌 나라의 일을 할 수 있단 말이오?"

"거 모르는 소리 하지 마시오. 임금께서는 신분이 높거나 낮은 것을 가리지 않고 인재를 구하신다지 않소? 누구든 뜻이 있는 사람에게는 길이 있는 법이라오."

"맞아요. 영실이도 고려 적에는 양반이었다 합디다."

사람들이 모인 곳이면 어디서나 영실에 대해서 이야기꽃을 피웠다. 영실이 임금의 명을 받고 한양으로 올라간다는 사실은 고을의 자랑거리였다.

영실은 현령 앞에 허리를 굽혀 섰다.

"그래, 우리 영실이 왔구나. 내가 막상 조정의 친구에게 널 천거는 했다만 이처럼 신속히 소식이 올 줄은 몰랐구나."

현령은 섭섭한 표정으로 영실에게 축하의 말을 전했다.

영실도 현령의 사랑이 얼마나 깊은지 잘 알고 있었다. 하지만 조정에 천거한 사실까지는 까마득히 모르고 있었다.

"영실아, 막상 너를 조정에 천거했지만 이처럼 왕명이 내려오니 내가 당황스럽구나. 솔직히 널 놓아주기 싫다."

"사또, 저도 사또님 곁을 떠나기 싫사옵니다. 여기서 일할 수 있게 해주십시오."

"물론 너를 보내기가 아쉽구나. 정말이지 너를 동래에서 떠나보내는 것이 서운하기 그지없다. 하지만 큰일을 하기 위해 임금님이 부르시는 것이니 한편으로는 기쁜 마음을 감출 길이 없구나. 나도 주상 전하께서 너를 부르리라고는 상상하지 못하고, 그저 벗에게 네 자랑을 좀 했을 뿐인데 이처럼 좋은 일이 생기는구나."

"사또, 사또님의 사랑으로 제가 여기까지 온 것입니다."

"그런 소리 마라. 하늘이 주신 재능이지 어찌 내가 널 어찌했겠느냐. 아무튼 내일이면 대궐에서 사람이 올 것이니 미리 채비를 해두도록 하여라. 그리고 한양으로 가거든 온 힘을 다해서 나라님을 받들어 모셔야 한다. 부디 몸조심하고."

"걱정 마십시오, 사또 나리. 나리가 베풀어주신 은혜를 결코 잊지 않고 열심히 살겠습니다."

영실은 자신을 친자식처럼 대해준 현령에게 고맙다며 거듭 인사를 올렸다. 이제껏 현령이 자신을 보살펴주고 아껴준 것을 생각하면 평생 그 은혜를 갚을 수 없을 것만 같았다.

영실은 마지막으로 자신을 믿고 지지해준 현령한테 큰절을 올렸다.

영실은 자신이 어떻게 한양으로 가게 되었는지 자세한 내막은 알지 못했지만 일단 임금이 부른다는 소리에 가슴이 설레었다.

사실 영실이 대궐에 들어가게 된 것도 현령과 개인적인 친분이 있는 이천한테 추천을 했기 때문이었다. 그런 만큼 재주를 알아본 동래현령이 장영실을 이만큼 키워낸 셈이었다.

드디어 장영실은 세종의 부름을 받고 대궐로 들어갔다. 생전 처음 보는 으리으리한 대문과 솟을대문, 높은 전각들을 보고 영실은 가슴이 쿵쿵 뛰었다. 한양 사람들이 어찌나 좋은 옷을 입고 있는지 얼굴을 똑바로 쳐다볼 수가 없었다. 그는 세상에서 가장 천한 관노인지라 감히 고개를 들고 다닐 수가 없었다.

영실은 내관이 이끄는 대로 궁으로 따라 들어갔다.

내관들은 왕을 만나면 먼저 말하지 말고, 왕이 묻거든 짧게 "전하!"라고 한 다음에 큰 소리로 답하라는 교육을 받았다. 내관들이 보는 데서 양치를 하고, 손과 발을 씻고 나서야 그는 마침내 세종의 앞에 앉을 수 있었다.

영실은 잔뜩 긴장을 하고 가만히 앉아 있는데 장엄하고도 굵은 목소리가 들려왔다.

"네가 장영실이냐?"

"전하, 그러하옵니다."

세종은 머리를 숙이고 목소리를 떨며 대답하는 장영실을 바라보았다.

"네 머리가 매우 영특하고 손재주 또한 훌륭하다는 얘길 들었다. 비록 네가 천민이기는 하나 중국에 가서 공부를 하고 돌아와 나라를 위해 열심히 일을 해달라고 부른 것이니라."

영실은 고맙다는 말을 해야 하겠는데 도무지 목소리가 나오지를 않았다. 몇 번이나 말을 하려고 목소리를 가다듬었는지 모를 정도였다. 세종이 다음 말을 이었다.

"다만 신하들의 반대가 대단히 심하니 몇 가지 시험을 거쳐 네 재주를 인정받는 것이 좋을 듯하구나. 또한 과인도 네 놀라운 솜씨를 한번 보고 싶구나."

"전하, 황공하옵니다. 무슨 명이든 높이 받들겠습니다."

마침내 장영실은 한양에 올라온 첫날 세종과 신하들이 모인 자리에서 몇 가지 시험을 거치게 되었다.

신하들은 각기 어려운 문제를 만들어 물어보았다. 더러는 고치기 힘든 물건이나 기구들을 고쳐보라는 주문을 하기도 했다.

영실은 그때마다 척척 문제를 풀고, 고장 난 기구들을 고쳐냈다. 동래현 공방에서 하던 대로 침착하고 빈틈없이 과제를 해결했다.

배움이 짧아 조리 있게 말할 수는 없지만 알고 있는 내용을 정확하게 대답하였다. 말하는 것이 자신감 있고 당당함은 물론이요, 놀랄 만한 지혜를 갖추고 있어 신하들은 깜짝 놀랐다.

게다가 영실의 손놀림을 보고 신하들은 물론 세종 역시 감탄을 하였다. 영실은 무슨 일이 주어져도 척척 해냈다. 세종이 기다리던 바로 그런 사람이었다. 이천이 화답하는 간언을 올렸다.

"전하, 인재는 없는 것이 아니라 못 찾는 것이라더니 과연 그러합니다. 장영실이야말로 조선의 반석을 놓을 훌륭한 인재이옵니다."

"이런이런, 우리가 괜한 걱정을 했군."

신하들은 이제까지 반대했던 사실을 까맣게 잊고 너도나도 장영실의 재능을 칭찬하기 시작했다. 하지만 여전히 장영실이 관노라는 이유로 못마땅한 표정을 짓는 신하들이 있었다.

"지금은 모르지만 언젠가는 천한 신분이 드러날 거야."

"저만하면 중국에 보내 이 나라의 과학기술을 이끌어갈 인재로 키워도 되겠는걸."

대부분의 신하들은 자기들이 잘못 생각했음을 알고 과연 대단한 인물이라고 칭찬하였다. 분위기는 그로서 족했다.

세종과 이천은 그런 신하들을 바라보면서 비로소 마음을 놓았다. 두 사람은 서로 쳐다보면서 눈웃음을 지었다.

조정 대신들의 눈치를 살피던 세종이 마침내 결심을 했다.

"듣던 대로 과연 재능이 출중하구나. 너의 재능을 이제 충분히 알았느니라. 머지않아 파견단을 구성하여 중국으로 유학을 보낼 예정이니, 그때까지 궁중 생활을 익히도록 하여라. 네가 궁중에서 생활하는 것을 보고 중국에 유학을 보낼 것인지 결정할 것이니라."

한 자락 깔아놓긴 했지만, 세종은 여러 신하들이 있는 자리에서 영실의 뛰어난 재능을 칭찬하였다.

장영실은 시험을 통과한 기쁨으로 가슴이 벅찼다. 게다가 자신이 어쩌면 중국 파견단에 낄지도 모른다고 생각하니 더욱 기뻤다. 말로만 듣던 명나라에 가서 과학기술을 배워 오는 것이라니, 그에게는 놓칠 수 없는 일생일대의 큰 기회다.

'어릴 적부터 그토록 애타게 꿈꾸어온 학문 연구의 길. 더구나 천문이라니, 그 꿈이 이루어지기만 한다면 더 이상 바랄 것이 없다.'

어린 시절 자신의 꿈을 함께 얘기한 분녀 누이와 어머니의 얼굴이 차례로 떠올랐다. 이제 그 꿈을 이룰 수 있는 날을 눈앞에 두었다고 생각하니 영실은 갑자기 분녀 누이와 어머니가 보고 싶었다.

영실은 마음이 들떴지만 자신감은 솟구쳤다. 그리고 지금보다 두 배, 세 배 더 노력해서 꼭 이 기회를 잡아야 한다고 다짐하였다.

영실은 일단 활자를 만드는 주자소에 배치되었다.[4]

---

4) 주자소는 태종 3년인 1403년에 처음 설치되어 정조 24년인 1800년까지 운영되었다. 지금의 충무로역 5번 출구 극동빌딩 앞 화단 지점이다.

만족스러웠다. 본래 책읽기를 좋아하거니와 책을 만드는 일에 대해 궁금한 것이 많았던 터다. 영실은 최신 기술을 다루는 주자소로 배치된 것을 큰 행운으로 여겼다. 비록 활자에 대해 아는 것은 전혀 없지만 흥미로운 일이니 반드시 잘할 수 있으리라고 마음먹었다. 일단 배우기로 했다.

"소인이 활자에 대해서는 아는 게 전혀 없어 송구스럽습니다. 많이 가르쳐주시길 바랍니다. 잘못하면 때려서라도 가르쳐주십시오."

영실이 선임들에게 인사말을 하자, 경험이 많은 사람들은 성가시다는 얼굴로 저쪽에 앉으라고 턱짓을 했다. 영실은 기분이 나쁘지만 꾹 참았다.

천한 신분으로 궁중에서도 매우 중요한 일을 맡게 됐으니 이 정도 대우쯤은 감당해내야 한다고 생각했다. 물론 영실에게 다가와 말을 걸어주는 사람도 있었다.

"일이 힘들지는 않소? 도움이 필요하면 얘기하시오. 내 힘닿는 데까지 도와주리다."

"아, 아닙니다. 그저 시키실 일이 있으면 망설이지 말고 분부를 내려주십시오. 무슨 일이든 하겠습니다."

영실은 주자소에서 허드렛일부터 하였다. 주어지는 일은 무엇이든 군소리 없이 해냈다. 관노로 있을 때부터 심부름에는 눈치가 빨라야 한다. 그렇게 함으로써 사람들의 경계심도 풀어주고, 신임도 얻을 수 있다.

영실은 마음속으로 주조 기술을 배워 활자를 언제고 자기 손으로 만들어보고 싶다는 꿈을 꾸었다. 하지만 주조 기술은 하루 이틀에 익힐 수 있는 것이 아니었다. 영실은 잘할 수 있을 때까지 열심히 일을 배우는 것이 최선이라 생각했다.

이때까지만 해도 주조 기술은 조선이 세계 최첨단을 가고 있었다.

영실은 주자소에서 심부름이나 하였지만 어느새 꼭 필요한 사람이 되었다. 날이 갈수록 사람들은 영실을 다른 눈으로 보게 되었다.

영실은 몸을 아끼지 않으면서 시키는 일뿐만 아니라 알아서 척척 해냈다. 그뿐만 아니라 하나를 가르쳐주면 반드시 열 개를 배우겠다는 자세로 달려드는 영실을 보고 사람들은 혀를 내둘렀다.

"장영실이 비록 천민 출신이기는 하지만 보통 인물은 아니로군. 일하는 솜씨를 보게나. 어떤 일이건 한번 일러주면 절대 잊어버리는 법이 없지를 않나. 어깨 너머로 배운 기술이라도 단숨에 자기 것으로 만들어버리니 놀랍지 않은가? 그러니 누구도 그를 따라갈 수 없을 것 같네."

"그러게나 말일세. 원래 타고난 재주도 비상하지만 그 노력 또한 대단하다더군. 아무리 사소한 일이라도 꾀를 부리는 법이 없다고 칭찬하는 소리를 내 여러 번 들었네. 근본이 천하여 비록 보고 자란 것은 없겠지만 성실성 하나만큼은 어느 누구라도 본받을 만하지."

날이 갈수록 사람들의 입에서는 영실에 대한 감탄과 칭찬하는 소리가 흘러나왔다.

특히 영실을 추천한 공조참판 이천이 하루가 멀다 하고 주자소로 찾아와 그를 격려해주었다.

"그래 일은 할 만한가?"

"대감께서는 별 말씀을 다 하십니다. 소인이 이런 막중한 일을 하게 된 것만도 송구스러운데 할 만한 것이 다 무엇입니까. 그저 최선을 다해 은혜에 보답하고자 하는 마음뿐입니다. 우리 현령님 좀 잘 보살펴주시기를 청합니다."

"사람 참. 현령은 잊고 이제 주상 전하만 생각하게. 현령이야 내 벗이니 내가 알아서 챙기겠네."

영실이 은혜를 잊지 않고 동래현령을 거론하자 이천은 다시 한 번 고개를 끄덕였다.

"은혜를 잊지 않는 건 중요한 덕목이다. 어쨌든 자네가 주자소 일을 그렇게 생각한다니 참으로 다행스럽고 또 장하구만. 혹시 제대로 적응하지 못하고 겉돌지나 않을까 걱정을 많이 했네만, 자네의 모습을 보니 내 걱정이 지나쳤다는 것을 알겠네. 허허……."

"칭찬이 지나치십니다. 대감님께서 염려해주신 덕분이지요."

동래현령 등 자신을 도와준 사람들, 특히 이천에 대한 고마움은 말로 다할 수 없었다.

하나같이 무섭고 낯설게만 보이던 사람들도 시간이 지날수록 정을 느끼게 되었다. 물론 아직까지도 쌀쌀하게 대하는 사람들이 없는 것은 아니다. 하지만 영실은 모든 사람이 자기를 도와줄 수 없다는 것을 알고 있었다.

"자네도 알고 있겠지만, 주상 전하께서 자네에게 거는 기대가 남다르시다네. 내 장담하지만 이번 파견단에 반드시 포함될 터이니 두고 보게나. 그러니 아무 걱정 말고 지금처럼 열심히 일하는 모습을 보여주게. 때를 기다릴 줄 알아야 한다네."

"대감께서 이토록 신경을 써주시니 어떻게 감사를 드려야 할지……."

"무슨 소린가? 다 자네의 재능이 뛰어나서 그렇지."

영실은 세종이 자신에게 기대를 걸고 있다는 말을 듣고는 은근히 가슴이 설레기 시작했다.

영실은 주자소 생활을 별 어려움 없이 잘하고 있었다.

밤을 낮 삼아 주자소 일에 힘을 쏟으며, 무엇보다도 중국 유학의 기회를 얻고자 열심히 과학기술에 관련된 책을 구해 읽었다.

특별히 배운 것이 없는 그인지라 여러 가지 궁중 법도에 어둡긴 했지만, 주어진 일을 빈틈없이 해냄으로써 차츰 인정을 받았다.

장영실은 한 가지 일을 맡으면 그 일을 해내는 데 필요한 공부를 하느라 밤을 새우기가 일쑤였다. 자연히 영실의 몸은 야위어갔다. 하지만 그런 것에는 전혀 신경을 쓰지 않았다. 오로지 공부에만 집중했다.

관청에서나 주자소 공장에서나 허드렛일을 하기는 마찬가지였다. 하지만 영실은 관아에서 하찮은 대우를 받는 노비가 아니라,

왕이 관심 갖는 가장 중요한 일을 하게 된 것만으로도 고맙게 생각하였다. 몸이 부서지더라도 잘하고 싶었다.

영실이 일을 성실하게 한다는 소문이 조정에 퍼지자 제일 기뻐한 사람은 세종이었다.

세종은 조정 신하들의 반대를 무릅쓰고 장영실을 불러들이고는 속으로 은근히 걱정을 하였다. 만약에 장영실이 사람들의 기대에 미치지 못하면 신하들 원망하는 소리를 어떻게 들을 것인가 하고 여간 걱정한 것이 아니었다.

세종은 그 즈음에 중대한 결정을 하기에 이르렀다.

장영실의 실력을 인정하여 마침내 그를 종의 신분에서 풀어주고 집과 재산을 내려 편안히 살게 해주기로 마음먹었다. 관노의 신분을 유지한 채 명나라에 들여보내기가 불가능하기 때문이기도 했다. 대국을 상대하는 사대외교에 결례가 될 수도 있다.

때마침 중국으로 보낼 파견단의 일도 거의 마무리가 되어갔다. 세종은 영실을 불렀다.

"너의 재주와 부지런함을 충분히 들었느니라. 너와 같은 인재를 얻으니 천 명의 군사와 만 마리의 말을 얻은 것보다 더욱 기쁘구나. 그런 까닭에 너를 노비 신분에서 벗어나게 하고 상을 내릴까 하노라."

영실은 세종한테 뜻밖의 말을 듣고는 정신을 차릴 수가 없었다. 영실은 마치 꿈을 꾸고 있는 것만 같았다. 순간 어머니의 얼굴이 떠올랐다.

어렸을 때부터 노비라는 신분 때문에 수많은 설움을 받았는데 이제 봄눈 녹듯 사라지는 것 같았다. 영실은 그동안 겉으로 드러내지는 않았지만 뼈에 사무칠 정도로 신분의 차이를 느껴온 터라 자신도 모르게 눈물이 줄줄 흘러나왔다.

영실은 중요한 것을 깨달았다. 자신이 어떤 위치에 있든 맡은 일을 열심히 해내면 언제인가는 그 대가가 따른다는 것이다.

"소인은 그저 주상 전하의 은혜에 보답하고자 제 할 일을 했을 뿐이옵니다. 하온데 그렇게 칭찬을 해주시니 몸 둘 바를 모르겠습니다."

세종은 영실의 겸손한 태도에 다시 한 번 칭찬을 하였다.

"사람을 시켜 왕실 전적을 찾아보니, 장영실은 본디 고려 조정에서 전서 자리에 있던 장성휘의 아들이라. 비록 아비의 죄를 입어 관노가 되었지만 그 재주가 비상하니 오직 나라를 위해 헌신하라는 뜻으로 그대에게 정5품직을 내리겠다."

관노에서 정5품으로 뛰는 사례는 거의 없다. 나라에 큰 공을 세우지 않고는 불가능한 경우다.

"저, 전하! 몸 둘 바를 모르겠사옵니다. 죄인의 자식을 거둬주시는 것만으로도 영광이거늘 언감생심 주상 전하의 하해 같은 은혜를 어찌 바라리까."

"겸손함이 더더욱 갸륵하구나. 이제 명나라로 가는 날도 얼마 남지 않았으니 그때까지 꼼꼼히 준비하기 바란다."

'지성이면 감천이라고, 늘 원하고 바랐더니 이런 꿈같은 기회가

찾아오는구나.'

영실이보다 더 놀란 사람은 주자소 동료와 조정 신하들이었다. 대개 영실의 재주와 영특함을 인정하기는 했지만 막상 영실을 면천(免賤: 천민의 신분에서 벗어나 평민이 됨)하고 정5품이라는 높은 품계까지 내린다는 소리를 듣자 다들 믿어지질 않는 눈치였다. 정5품이라니, 과거공부를 10여 년 하고도 말직에서 시작하여 또 10여 년이 되어야 오르는 높은 자리다.

그는 일단 상의원별좌라는 직책을 받았다. 상의원은 왕의 의복을 비롯하여 왕실 재물을 제작, 관리, 공급하는 공조 소속 아문이다. 장영실이 이전에 근무하던 주자소는 승정원 소속이다. 그러니 면천되면서 자리까지 왕실 전속 부서로 옮긴 것이다. 물론 공조참판은 이천이다.

장영실의 후원자이기도 한 이천은 세종의 현명한 결정에 무릎을 쳤다.

'역시 우리 주상 전하는 현명한 임금이시구나. 인재를 알아보는 눈을 가진 임금이 나오셨으니, 이 나라가 태평성대로 접어들겠구나……'

영실은 어전에서 물러나와 한동안 정신을 차릴 수가 없었다. 기쁨이 넘치다 보니 믿어지지가 않았다.

영실은 자신이 바라던 대로 명나라에 가서 천문학을 공부한다고 생각하면 벌써부터 가슴이 벅차올랐다.

게다가 정5품의 벼슬이라니! 면천이라니!

'하늘이 나에게 준 기회이리라. 이 기회를 놓치지 않고 뭔가를 이루어내리라.'

영실은 두 주먹을 불끈 쥐었다. 눈에서는 감사와 감격의 눈물이 하염없이 흘러내렸다.

집으로 돌아가자마자 편지를 적어 동래현에 있는 어머니에게 기쁜 소식을 전했다. 아들이 면천되었으니 어머니도 면천이 된 기분일 것이다. 물론 어머니는 개별적인 사안이라 관비의 신분은 변함이 없다. 하지만 이천과 동문수학한 현령이 분명 뒤를 봐주고 있으리라고 믿었다.

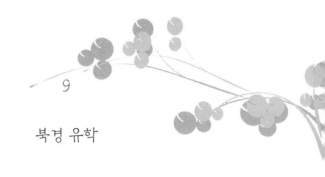

9

북경 유학

"이곳에서 무얼 하고 있나?"

장영실은 느닷없이 들리는 굵고 차분한 목소리에 깜짝 놀라 뒤를 돌아보았다.

공조참판 이천이 어느 틈에 왔는지 장영실을 지그시 바라보며 서 있었다.

"아니 대감께서 어인 일이십니까? 집현전에 가신 줄 알았는데……."

"그냥 바람이나 쐴까 하고 나왔네. 나무 냄새가 어지러울 정도로 향그러우니 말일세."

장영실은 후견인 격인 이천을 보면 언제나 훈훈하게 느껴지고 그가 무슨 말을 하든 믿음이 갔다. 이천은 과학기술을 연구하는 학자이면서도 늘 시를 짓고 풍류를 좋아했다.

이천은 사실 과거를 통해 입신한 사람이 아니다. 음서로 열여덟 살에 먼저 별장이 되었다. 그런 다음에 무과 시험에 잇달아 급제하였다. 정몽주의 난 때도 화를 피해 승승장구하다가 세종이 즉위하면서 공조참판으로 승진했다. 장영실보다 불과 여덟 살밖에 더 많지 않지만, 그만큼 그는 세종의 신임을 한 몸에 받고 있었다. 출신은 무관이지만 문무 경계 없이 혁혁한 공을 세우는 중이다.

"허, 놀랐습니다. 대감께서 글과 그림에 뛰어나시다는 것은 일찍이 들어 알고 있습니다만, 말씀하시는 것이 마치 시를 읊는 듯합니다."

이천은 아니라는 듯 손을 내저으며 껄껄껄 웃었다.

"원, 남부끄러워서 낯을 들 수가 없구먼. 그저 가끔씩 읊조리는 시를 가지고 무슨……. 그나저나 자네도 떠날 날이 머지않았으니 여러 가지로 마음이 복잡하겠구먼, 그래 준비는 다 되었나?"

"준비랄 것까지야 뭐 있겠습니까? 주상 전하께서 그토록 큰 은혜를 베풀어주셨으니 어떻게 해서든지 보답해드려야겠다는 각오만 있을 따름이지요. 다만 떠나기 전에 어머님이나 한번 뵈었으면 좋겠습니다마는……."

"그거야 당연한 얘기 아닌가? 그 먼 길을 가는데 고향에 계신 어머님도 한번 뵙지 않고 간다는 것이 어디 말이나 되는 소린가? 염려하지 말게. 전하께서 그만한 생각은 이미 하고 계실 걸세. 어서 가서 어머님을 뵙고 오겠다고 말씀을 드리게나. 모르긴 해도 아마 당장 허락을 하실 걸세. 난 그럼 동창생인 현령에게 슬며시 편지나 전할까나. 하하하.”

“아이 참, 대감님도. 그저 우리 현령님 격려하는 편지나 한 장 내려주십시오.”

잠시나마 조선을 떠나 있어야 한다고 생각하니 두려운 마음도 들었다. 하지만 그보다는 명나라에 가서 발달한 문물을 보고 익힐 생각을 하면 설렘이 더 컸다.

더군다나 한낱 노비에 지나지 않던 자신이 귀중한 일을 맡게 되다니, 아무리 생각해도 가슴이 벅찼다. 한시라도 빨리 어머니에게 이 사실을 알려드리고 싶었다.

이런저런 생각에 빠져 있을 때 내관이 장영실을 찾아왔다.

“전하께서 지금 내전에 듭시라고 하옵니다.”

영실은 놀란 눈으로 이천을 쳐다보았다.

“아니 무슨 일이실까요? 저를 따로 부르실 일이 없는데…….”

이천이 웃으면서 화답했다.

“글쎄, 그거야 가보면 알겠지. 그보다 잊지 말고 전하께 고향에 다녀오겠다는 말씀을 여쭙게. 괜히 쓸데없는 일로 고민하지 말고. 알겠나?”

이천이 핀잔을 주자 영실의 얼굴이 붉어졌다.

“알겠습니다. 송구스러울 따름입니다.”

영실은 이천과 따뜻한 눈짓을 주고받고는 서둘러 내전으로 향했다.

"파견단이 떠나는 날도 얼마 남지 않았기에 내 그대를 불렀소. 조선의 앞날이 걸려 있는 중요한 일이라 생각하여 있는 힘껏 준비해주기 바랄 뿐이오. 마음의 준비는 다 되었으리라 믿지만, 다른 하고 싶은 말이 있으면 마음 놓고 말해보시오."

세종은 정5품의 벼슬을 내린 다음부터는 영실에게 말을 놓지 않았다. 사실 장영실은 세종 이도(李祹)보다 열세 살이 더 많다.

영실은 조금 망설였지만, 세종의 인자한 목소리에 용기를 얻어 침착하게 말을 꺼냈다.

"전하의 은혜가 넓은 바다와 같사옵니다. 보잘것없는 소신에게 그와 같은 귀중한 임무를 주시니 반드시 열매를 맺고 돌아오겠습니다. 하온데…… 아뢰옵기 황송하오나 외롭게 살고 있는 신의 어머니를 만나보고 떠날 수 있도록 며칠만 말미를 주시옵소서. 오랫동안 헤어져 있던 차에 갑작스레 한양으로 올라오게 되어 신의 불효가 깊사옵니다."

세종은 장영실의 어머니가 관기로 있다는 말을 들었던 터라 그 마음을 짐작하고도 남음이 있었다. 장영실은 비록 면천을 시켜 정5품 품계를 내렸지만, 그의 어머니는 그럴 수가 없다. 국법이 그러하다. 세종은 먼 길을 떠나기에 앞서 어미를 만나보고 싶은 장영실의 마음이 오죽하랴 싶었다.

'관노로 있으면서 어미를 코앞에 두고도 자주 만나지 못했을 것이니 얼마나 애가 탔을꼬. 재주만 뛰어난 것이 아니라 효성 또한 지극한지고.'

118

세종은 쾌히 허락하였다.

영실은 그 길로 동래로 내려갔다. 그보다 더 빨리 이천의 서찰이 동래현으로 먼저 달려갔다.

어머니가 소식을 듣고 영실을 기다리고 있었다. 그는 오랜만에 어머니를 만나 얼싸안고 기쁨을 함께 나누었다. 여간 기쁜 것이 아니다. 면천되었을 뿐만 아니라 정5품이라는 품계까지 올라갔잖은가. 알고 있었겠지만 장영실이 직접 고해드렸다.

"그래, 결국 해냈구나. 분녀가 있었으면 얼마나 좋아했을까!"

"어머니, 제가 명나라 서울 북경에 다녀올 동안 몸 건강히 잘 계세요. 꼭 기술을 익히고 돌아와 이 나라에 보탬이 되는 신하가 되겠습니다."

어머니 수란은 아들 장영실이 대견스러웠다. 평생 노비로 살 줄 알았는데 그새 면천이 되다니, 그리고도 정5품이라는 높은 벼슬에 오르다니 모두가 다 꿈만 같다. 남편 장성휘가 변을 당할 때는 이런 날이 평생 오지 않으리라고 생각했었다.

"오냐. 내 걱정은 말고 잘 다녀오너라. 네가 나라님의 명을 받고 귀한 일을 하게 되었다니, 이 어미는 그저 감격스럽기만 하구나. 네 덕분에 이 어미도 고된 일은 하지 않게 되었다. 현령께서 자잘한 일이나 하게 할 뿐 어려운 일은 손도 못 대게 하신단다. 새로 오신 현령도 너를 의식해서 그런지 여전히 잘해주시는구나."

영실과 어머니는 말없이 서로의 손을 잡고 앉았다. 어머니와 함께 누워 뜬눈으로 밤을 지새우더라도 아까운 시간이었다.

어머니는 아들이 몸 건강하게 다녀오길 간절히 빌었다.

두 사람은 새벽같이 일어났다.

"어머니, 어젯밤엔 잠도 안 주무시고 무슨 생각을 하셨어요?"

"그저 이런저런 생각들이 떠오르더구나. 네 어릴 적 모습이 눈에 밟혀서 잠을 통 이룰 수가 없지 뭐냐. 아버지 무릎에 올라가 재롱부리던 게 엊그제 같은데……."

영실이 어렸을 때, 책을 읽지 말라고 꾸중을 하시던 어머니의 모습이 떠올랐다. 말은 그렇게 했지만, 슬픔을 감추지 못하던 어머니의 눈빛을 영실은 이제야 알 것 같았다.

"너도 잠을 못 자고 뒤척이는 것 같던데, 무슨 생각을 했느냐?"

"……."

수란은 다 자란 아들의 머리를 쓰다듬었다. 자신과 똑같은 생각을 하며 지난밤을 보냈으리라 생각하니 더더욱 가슴이 아팠다. 수란은 아들의 마음을 짐작하고도 남았다.

장영실은 낮에는 동래현으로 나가서 거기서 함께 관노 생활을 하던 동무들을 만나 반갑게 인사를 나누었다. 그를 돌봐주던 현령은 임지를 바꾸어 떠나 인사를 드리지 못하고, 신임 현령에게 대신 인사를 올렸다. 따지고 보니 품계로는 장영실이 한 칸 높다. 그래도 어머니가 있으니 깍듯이 인사를 했다.

동네 사람들도 장영실이 한양에 가 출세했다며 마치 자기 일처럼 좋아했다.

짧은 휴가가 쏜살같이 지나가버렸다.

마음 같아서는 어머니와 더 있고 싶지만, 더 이상 머물 시간이 없다. 명나라에 들어갈 준비도 해야 한다.

"어머니, 한양으로 올라가는 대로 곧 명나라 서울로 출발해야 합니다. 이만 하직 인사를 드려야 할 것 같습니다. 아무 염려 마시고 편히 지내십시오."

장영실은 원행을 앞두고 어머니께 큰절을 하였다.

그러고는 곧바로 한양으로 발걸음을 재촉했다.

영실이 가다가 가끔 뒤를 돌아볼 때마다 수란은 어서 가라고 손짓을 했다. 수란은 씩씩해 보이는 아들의 뒷모습을 보면서 힘이 났다.

장영실이 궁궐로 돌아오자 세종은 중국으로 보낼 신하들을 한자리에 불렀다.

남양부사 윤사웅(尹士雄), 부평부사 최천구(崔天衢), 그리고 상의원별좌 장영실 등이 임금 앞에 나란히 섰다.

"이번에 명나라 사신으로 가는 경들은 잘 들으시오. 별좌 장영실은 비록 지위가 약간 낮으나 민첩한 재주는 누가 따를 자가 없다는 사실은 다 알 것이오. 그러니 서로 협력하여 이 나라의 과학 기술 발전을 위해 온힘을 쏟아주기 바라오. 전적을 구하는 일은 물론, 특히 중국에 있는 각종 천문 기구의 모양을 익혀 우리의 것을 만들도록 하시오. 알겠소?"

"명심하겠사옵니다, 전하."

세종은 웃음을 짓고 고개를 끄덕였다.

"여봐라, 예부에 자문을 보내어 파견단더러 각종 서책을 사서 들여오게 하고, 또 혼천의(渾天儀: 천체의 운행을 자동으로 알려주는 기구) 모양을 그린 그림을 구해오도록 도와주어라."

세종은 갖가지 세부적인 사항을 명령하고, 연구 비용과 물건들을 꼼꼼하게 챙겨주었다.

조정 신하들도 중국 파견단에 큰 기대를 걸었다. 영실을 비롯한 파견단은 무거운 짐을 짊어지고 각오를 새롭게 다졌다.

"그동안 서운하게 대한 점이 있다면 내 이 자리에서 사과하겠소. 혹 서운한 일이 있더라도 잊고 새로 시작해봅시다."

파견단 사람들 중 몇몇이 영실에게 악수를 청하며 사과를 했다.

영실이 파견단에 끼인 것을 못마땅하게 여기던 사람들이다.

"아닙니다. 제가 부족한 탓이지요. 이렇게 격려 말씀을 해주시니 오히려 제가 송구스럽습니다."

영실은 겸손하게 대꾸했다.

"아니오, 우리가 속이 좁은 탓이었소. 명나라로 가게 되면 함께 힘을 합쳐 열심히 공부합시다. 우리들의 양 어깨에 조선의 앞날이 달려 있으니 서로 도와가며 큰 결실을 맺어야 하지 않겠소? 잘 부탁하오."

영실은 마음속에 있는 짐을 벗어놓은 듯했다. 그는 사람들과 불편한 관계를 해결하고 떠나게 되어 기쁘고 편안했다.

며칠 후, 영실은 드디어 명나라로 떠나는 배에 몸을 실었다.

사신들은 배에 오르기 전에 왕이 있는 동쪽을 향해 절을 올렸다.

뱃길은 순조로워 영실은 무사히 명나라 서울 북경에 다다랐다.

보는 것마다 새로웠다. 조선 사절의 이름으로 명나라 조정의 선비들을 만나고, 천문학과 기기 등을 다루는 사람들도 만나 기술을 익히고 교류하였다.

이번 사절단은 황제의 생일을 축하하거나 조공을 올리는 임무가 아니라 중국의 선진 기술을 배우러 온 것이기 때문에 두루두루 책을 구하고 기술을 익히는 데 온힘을 쏟았다. 중국 학자들도 경계심 없이 아는 대로 가르쳐주었다.

장영실은 다른 관리들과 함께 명나라의 천문학과 기술, 과학도구 등을 1년에 걸쳐 익힌 다음 귀국길에 올랐다.

"전하, 북경으로 천문학과 기술을 공부하러 떠났던 사절이 돌아오고 있습니다."

세종은 파견단의 귀국 소식을 듣고는 벅찬 마음을 억누르지 못했다.

"도착하는 대로 즉시 들라 하라."

세종은 안절부절못했다.

'이제 조선에도 과학기술의 꽃이 피어날 수 있겠구나!'

세종은 희망으로 가득 찼다. 1년이라는 짧은 기간이지만 장영실

정도의 눈썰미라면 뭔가 배워 오기에 충분한 시간이라고 믿었다.

마침내 사절단이 대전으로 들어왔다.

세종은 흐뭇한 표정으로 파견단을 둘러보았다. 모두가 오랜 여행으로 피곤한 얼굴들이지만 하나같이 힘이 있어 보였다.

"그동안 수고 많았네. 그래, 중국에서 보고 들은 것을 말해보게나."

남양부사 윤사웅이 말했다.

"예. 소신들은 중국에 있는 동안 많은 문물을 보고 익혔습니다. 하지만 중국의 과학기술은 너무 방대하여 다 배울 수가 없었습니다. 공부를 하다 보니 우리 조선의 과학기술이 얼마나 뒤처져 있는지 알게 되었습니다. 하오나 이제 소신들이 힘을 모아 과학기술 발전을 위해 노력하겠사오니 너무 염려하지 마옵소서. 서책과 그림 따위를 많이 가지고 왔습니다."

세종은 만족스러워하였다. 자신감에 차 있는 신하들을 보자 마음이 든든했다.

"그렇다면 제일 먼저 무엇을 할 계획인가?"

세종이 다시 물었다. 얼마나 다부진 포부를 가지고 돌아왔는지 알고 싶었다.

"중국에서 천문에 관한 여러 가지 서적을 사 왔습니다. 또한 양각의 제도를 알아왔으므로 양각혼의성상도감(兩閣渾儀成象都監)을 설치하고자 하옵니다. 허락하여주시옵소서."

이번에는 장영실이 나서서 구체적인 계획을 말했다.

"물론 허락하고말고."

세종은 흔쾌히 허락을 하였다.

다음 날부터 윤사웅을 주축으로 양각혼의성상도감을 설치하는 일에 들어갔다. 실제 건축은 장영실이 맡았다.

기계든 건축이든 솜씨가 필요한 일에서는 장영실을 따라갈 사람이 없었다.

그로부터 3년 뒤 10월에 양각이 준공되었다. 그러자 세종은 친히 나와서 두루 살펴보고는 매우 만족했다. 파견단이 중국을 다녀온 첫 결실로 나온 작품이다.

"훌륭하구나. 장영실이 이렇듯 큰일을 해냈으니 그 공을 높이 사노라."

세종은 영실의 공을 칭찬하며 표준 시계를 설치해놓은 보루각을 살피는 임무를 그에게 맡겼다.

세종은 영실을 늘 가까이에 두고 천문에 대해 의논하고자 궁궐 가까이에 그를 배치한 것이다.

그러면서 감조관 윤사웅 등 세 사람에게도 말을 상으로 내려 두루두루 사기를 북돋워주는 일도 잊지 않았다.

한편, 장영실은 양각을 완성하기는 했지만 만족스럽지 않았다.

그는 함께 명나라에 다녀온 신하들을 찾아가 의견을 내놓았다.

"양각을 완성했다고는 하나 이것은 중국 것을 모방한 것에 지나지 않습니다. 이제 우리만의 독창적인 발명품을 만들어내야 하지 않을까요?"

장영실은 중국에서 보고 배운 것들을 바탕으로 뭔가 새로운 발명품을 만들어내야겠다고 절실히 느끼기 시작했다.

윤사웅은 고개를 절레절레 흔들었다.

"생각해보시오. 우리는 대국 명나라에 비하면 아직 햇병아리나 다름없어요. 뱁새가 황새를 쫓아가려다가는 가랑이가 찢어진다는 소리도 모르십니까? 모든 일에는 순서가 있는 법이오. 너무 서두르지 마시오. 발명품을 내는 것이 하루 이틀 만에 이루어지는 일이 아니지 않습니까? 중국 문물을 좀 더 연구하고 실험을 해보고 나서 시작해야지요."

"물론 새로운 발명품을 하루아침에 만들자는 의견은 아닙니다. 하지만 첫걸음이라도 떼어놓아야 뛰는 연습을 할 것이 아닙니까? 명나라에 다녀온 지 얼마 되지는 않았지만 그래도 고삐를 늦출 수는 없습니다. 중국에서 보고 연구한 것들을 구체적인 발명품으로 만들어내는 것만이 우리가 할 일이라고 생각합니다."

장영실은 흥분을 하여 얼굴이 달아올랐다.

"글쎄……."

다른 신하들은 장영실의 의견에 고개를 끄덕였지만 구체적으로 추진을 하자는 것에는 다들 한 발짝씩 물러섰다. 명나라의 과학기술을 뛰어넘는 발명품을 만든다는 게 말처럼 그리 쉬운 일은 아니기 때문이다. 마음이 없는 것이 아니라 그만큼 어려워서다.

천문학에 관한 책을 공부하고 중국의 것을 본떠서 천문 기구를 만드는 정도야 할 수 있지만 어찌 한술 밥에 배부를 수 있겠느냐는 표정들이다.

"그렇게 급하게 서두르다 실패만 거듭하면 무슨 낭패요? 하나를 만들어도 야무지게 만들어야지."

최천구는 조급하게 일을 하다 보면 더 그르칠 수도 있다며 오히려 장영실을 걱정하였다.

하지만 장영실은 생각이 달랐다. 중국에 비해 천문학이 이렇게 뒤처진 이상 언제까지나 뒷짐만 지고 느긋하게 있어서는 안 된다고 생각하였다. 한 걸음이 아니라 서너 걸음을 앞서가야 한다고 생각했다.

그는 부딪쳐서 깨지더라도 마음먹은 일을 해결해야만 직성이 풀렸다.

관노로 있을 때도 그는 다른 사람이 도와주기를 기다리거나, 누가 대신해주기를 기다리지 않고 직접 자신의 손으로 문제를 해결하고 개선해나갔다.

학문은 실생활에서 이용되어야 가치가 있다는 생각만이 끊임없이 장영실의 머릿속을 파고들었다.

'지금 당장 우리 조선에 필요한 것을 만들어낼 수 있으면 좋으련만…… 제대로 된 것이 아닐지라도 일단 완성을 하고 하나하나 고쳐나가다 보면 언젠가는 좋은 성과를 이룰 날이 오지 않겠는가?

뭐든 첫걸음이 중요하다고 했으니 혼자 힘으로라도 한번 만들어 보리라.'

장영실은 꼭 뭔가 이루어내리라고 다짐했다.

그날 이후 장영실은 중국에서 가져온 서책들을 꼼꼼하게 읽어 내려갔다. 장영실의 방은 밤늦도록 불이 꺼지지 않았다. 읽고, 베끼고, 그리고, 날마다 과학기술을 응용한 발명품을 만드는 데 푹 빠졌다.

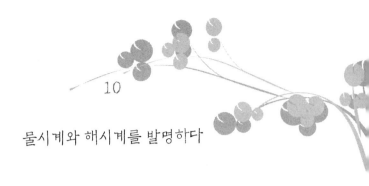

10

물시계와 해시계를 발명하다

문틈 사이로 엷은 햇살이 비집고 들어왔다. 영실은 어슴푸레하게 기억을 더듬으며 잠에서 깨어났다.

처음에는 자신이 어디에서 무엇을 하고 있는지 어리둥절하기만 했다.

장영실은 명나라를 다녀온 기념으로 맨 먼저 물시계를 만들기로 결심했다. 해시계는 태양이 뜬 낮에는 정확한 시각을 잴 수 있지만 막상 밤이 되면 시각을 잴 수가 없어 막연하게 1경, 2경 잴 뿐이었다. 그래서 야간이나 비오는 날 정확한 시각을 재는 물시계를 만들기로 한 것이다.

보고를 받은 세종도 기꺼이 허락했다. 이때는 낮 시각을 재는 해시계와 밤 시각을 재는 물시계 두 가지가 있었다.

물시계는 운종가 종루 옆에 금루방(禁漏房)이라는 시설을 만들어

지키는 관원이 물시계 눈금을 지켜보다가 일정 시각이 되면 종루를 맡은 종치기에게 알려 때마다 종을 치게 하는 식이었다. 그나마도 태종 1년인 1401년에 설치된 것으로, 주로 인정(人定)과 파루(罷漏)를 알리는 기능을 했다.

인정은 하룻밤을 5경으로 나눈 2경(밤 아홉 시에서 열한 시 사이)에 종루의 종을 28수(宿)에 따라 스물여덟 번 쳐서 통행금지를 알리는 것이고, 파루는 5경(새벽 세 시에서 다섯 시 사이)에 제석천이 이끄는 하늘의 33천에 알린다는 의미로 서른세 번 종을 쳐서 통행금지 해제를 알리는 신호다.

그러나 긴 밤사이에 인정과 파루 두 번만 시각을 알린다는 불편이 따르고, 해시계가 있더라도 해가 뜨지 않은 날에는 낮 시각을 알 수 없다는 또 다른 불편이 있어 이 문제를 원천적으로 해결하는 것은 조선 학자들의 오랜 숙원이었다.

이 문제를 장영실이 도맡은 것이다.

책임을 맡은 그는 며칠이나 중국에서 구해 온 과학서적을 뒤적이느라고 잠을 잘 수가 없었다. 물시계 관련 자료가 풍부하지도 않아 이 책 저 책 조금씩 찾아 읽어야만 했다.

장영실은 물시계 연구에 어찌나 집중했는지 옷도 갈아입지 않은 채로 책을 보다가 그만 책상 위에 엎드려 잠이 들기도 했다.

'내가 자리도 펴지 않고 잠이 들었구나. 이런 어이없는 일이 있나.'

장영실은 널브러진 책들을 대충 정리하고 뜰로 나섰다. 공기가 신선하고 바람이 알맞게 분다. 바람줄기가 볼을 간질이고 지나간다. 아기들 고사리 같은 손으로 만지듯 바람은 부드럽고 정겹다.

'오늘은 기필코 물시계를 완성해야지.'

장영실은 손아귀에 힘을 주었다.

물시계를 만들다 말고 보름이나 중단하고 서책만 들여다보고 있는 중이다. 물론 처음부터 완전한 발명품을 만들 욕심은 아니다. 하지만 연구를 하면 할수록 오차가 생겼다. 물의 양이나 속도를 제대로 측정하지 못하면 오차가 생긴다. 장영실은 몇 번이나 만들었다 부수기를 되풀이하였다.

"어차피 하루 이틀에 될 일이 아닌 것 같네. 몸 생각도 해가며 매달리시는 게 어떻겠나? 중국에서 봤다시피 과학기술은 세월을 두고 발전하지 않았나? 너무 조급해하지 말게나."

공조참판 이천이 장영실을 찾아와 위로를 해주었다. 어렵고 힘들 때마다 그는 장영실에게 힘과 용기를 주는 든든한 후원자였다.

장영실은 김조와 함께 돌을 깎고 물통을 만들어 계속 실험을 했다. 하루 종일 시각을 알려주는 물시계 기능을 갖추자면 모든 게 정교해야만 했다. 시각이 완성되면 북이나 징을 자동으로 두드리는 기계장치까지 만들어 사람 없이도 소리가 나도록 구상했다.

장영실에게는 한 가지 집념밖에는 없었다. 물시계를 만들기로 마음먹은 이상 어떻게 해서든지 빨리 만들어야만 속이 풀릴 것 같았다.

"너무 걱정하지 마십시오. 중국 체제를 참고하니, 청동으로 경점(更點)의 기틀을 부어 만든다고 적혀 있더군요. 다시 한 번 청동으로 만들어봐야겠습니다."

이천은 눈을 빛내며 말하는 장영실을 바라보며 말려도 안 된다는 것을 알았다.

하지만 이천이 다녀간 지 보름이 지난 날까지 청동 물시계는 완성되지 못했다. 실패의 연속이었다.

영실은 생각을 다시 한 번 가다듬었다.

'지금은 훌륭한 발명품을 만드는 것이 목적이 아니라 물시계와 비슷한 물건이라도 완성하는 데 그 뜻을 두자.'

계속 이론만 연구하다 보면 영영 실생활에 쓰이는 발명은 할 수 없을 거라는 생각을 떨쳐버릴 수가 없었다.

영실은 옷을 챙겨 입고 일단 대궐로 들어갔다. 작업실에 들어가 겨우 설계만 해놓은 물시계의 도면을 펼쳐 들고 생각에 생각을 거듭하였다.

"연구는 좀 진척이 있습니까?"

갑작스런 목소리에 놀라 장영실이 뒤를 돌아보았다. 뜻밖에도 집현전의 젊은 학사인 이상목이 문간에 서 있었다.

"아니 여기까지 웬일이십니까? 제가 하찮은 물건을 만든다는 소문이 난 모양이로군요. 이거 참 민망합니다. 하하."

영실의 농담 섞인 대답에 이상목은 호탕하게 웃으며 가까이 다가왔다.

"중국의 물시계를 본떠 만든다는 소문이던데, 아직도 완성이 안

132

된 걸 보면 일이 쉽지 않은가 봅니다. 너무 대단한 걸 꿈꾸시는 게 아닙니까."

"예. 정확한 설계도가 있는 것이 아니고 그저 대강의 체제만 아는 정도여서요. 막상 제작하려고 하니 여간 어렵지 않군요. 무엇보다도 측량에 자꾸 오차가 생기는 것이 큰 문제인데……. 하여간 온 힘을 쏟고 있습니다."

이상목은 아무렇지도 않은 듯 일을 설명하는 영실을 눈여겨보며 생각했다.

'저렇듯 별것 아닌 양 말은 하지만 지금쯤 얼마나 속이 탈까?'

하지만 이상목은 절대로 포기하지 않겠다는 영실의 굳은 결심을 얼굴 표정에서 읽을 수 있었다. 그는 과연 장영실이 물시계를 만들어낼 수 있을까 하는 의문이 생기기도 했지만 한편 기대가 되기도 하였다.

"저는 천문학에 대해서는 아무것도 모릅니다만 혹 도움이 될 만한 일을 말씀해주신다면 힘닿는 데까지 애써보겠습니다. 그냥 해보는 소리가 아니니 꼭 제게도 한몫할 수 있는 기회를 주십시오. 우리는 지금 조선 글자를 만들고, 아악을 수집하여 개발하고, 갖가지 신문물을 연구하느라 여념이 없답니다. 주상 전하께서 어찌나 일 욕심이 많으신지 저희도 죽을 지경입니다."

이상목은 제법 진지하게 속마음을 보여주었다.

영실은 든든한 후원자 한 명을 더 얻은 것 같아 마음이 훈훈해졌다.

사실 물시계가 무엇인지 잘 모르는 사람들이 많다. 그래서 그가 곤욕을 치르고 있는 물시계 연구에 관심을 기울이는 사람이 거의 없었다. 이상목 같은 집현전 학사가 관심을 가져주는 것만도 고마운 일이다.

세종이 가끔씩 영실을 불러 격려를 해주긴 하였으나, 임금 역시 해낼 수 있을까 하는 의문을 담은 격려였다.

"고맙습니다. 앞으로 종종 들러주신다면 더 바랄 것이 없겠습니다. 관계된 책을 구해다 주신다면 더할 나위 없이 도움이 될 것입니다."

이상목은 힘 있게 고개를 끄덕였다.

그는 이후로도 몇 번이나 더 들러서 장영실을 격려해주었을 뿐만 아니라 관련이 있을 것 같은 책을 구해다 주기도 했다.

그로부터 또 보름이 지났다.

마침내 그가 꿈꾸던 첨단 물시계가 완성되었다. 장영실은 먼저 자주 응원을 해준 집현전 학사 이상목과 기쁨을 나누었다.

"제가 뭐라고 했습니까? 분명히 해낼 수 있다고 하지 않았습니까?"

"여러분들이 도와주셔서 이나마 가능했던 일입니다. 아직도 약간의 오차가 있습니다. 이것은 완전한 발명품이라고 볼 수 없는 것이니 앞으로 연구에 밑거름으로 삼아야지요."

"참, 주상 전하께 어서 고해야 할 것 아닙니까. 어서 가십시다."

장영실은 이상목과 함께 경복궁으로 들어가 세종 앞으로 나아갔다. 어전에는 이미 이천도 와 있었다. 세종은 무슨 일인지 짐작하겠다는 듯 웃으면서 장영실을 맞아주었다.

　"그래, 연구 결과는 어찌 되었는가?"

　"전하, 성은에 힘입어 장영실이 마침내 물시계를 만들었습니다."

　이상목은 자기 일처럼 흥분하며 장영실이 말하기 전에 먼저 소식을 전했다.

　"과연 장영실의 재주는 뛰어나오. 그렇다면 과인이 그 물시계를 한번 볼 수 있겠소?"

　"전하, 아직은 정교함이 떨어집니다. 오늘 보시고 성지를 주시면 저와 김조가 밤낮을 가리지 않고 고치고 다듬어 완벽한 물시계를 만들어내겠나이다. 오늘 보실 물시계는 모든 기능을 다 갖추고는 있으나 약간의 오차가 있으니, 수일 내로 이 오차를 잡아 완벽한 물시계를 완성해 올리겠습니다."

　장영실은 세종을 앞세우고 그가 과학기술을 연구하는 공조의 작업실로 갔다.

　"이것이옵니다."

　세종은 청동으로 만든 물시계를 보고 감탄하였다. 정말로 시각이 되면 종이 울리고 북소리가 났다. 이렇게 하루 열두 번 시각을 알릴 수 있는 것이다. 지금까지 없던 획기적인 자동 시계다.

"아직 완전하지는 못합니다. 오차가 약간 있습니다. 더 연구하여 완전한 물시계를 만들어보겠습니다."

세종은 장영실의 빛나는 눈빛을 보면서 조선의 앞날에 서광이 비치고 있다고 느꼈다.

세종은 물시계를 꼼꼼하게 살펴보더니 흐뭇하게 미소를 지었다. 이토록 정교하게 움직이는 물시계는 본 적이 없다. 있다는 말도 들어본 적이 없다.

"과인이 평소에도 장영실을 아끼는 마음이 지극하였는데 이렇게 기쁜 결과로 화답하니 더더욱 마음이 뿌듯하도다. 장영실의 공로를 높이 사 그에게 행사직(行司直)으로 승진을 명하노니 그대로 시행하여라."

장영실은 석등잔 대중소 30여 개를 만드는 등 첫 연구의 결실로 행사직으로 승진하자, 열심히 연구를 해야겠다는 마음이 달아올랐다.

더 많이 보고 더 많이 알고 더 많이 생각하고자 했던 어린 시절의 탐구심이 장영실의 가슴속에 남아 있었다.

장영실은 생활에 꼭 필요한 더 완전하고 더 정확한 물시계를 만들어내고야 말겠다고 다짐했다.

장영실이 물시계를 발명한 다음, 세종은 오래전부터 생각해오던 천문과 기상 관측에 필요한 기기를 설치해야겠다고 결심했다. 즉, 천문 관측대인 간의대를 설치하기로 했다.

세종은 아직 때가 이르기는 하지만, 장영실의 재주라면 능히 해 낼 수 있으리라고 믿었다.

그러던 어느 날, 세종은 집현전 학사인 정인지와 정초(鄭招), 이 천 등과 함께 장영실을 내전으로 불러들였다.

"경들, 뭐니 뭐니 해도 나라의 근본은 농사입니다. 해마다 농사 가 풍년이 들어야만 모든 백성들이 배불리 먹고 편안하게 살 수 있을 것이오. 문제는 가물기도 하고 장마가 지기도 하는데, 이 변 덕스런 날씨에 어떻게 대응해야 농사를 잘 지을 수 있겠느냐는 것 이오? 훌륭하신 분들이니 농사를 잘 지을 수 있는 비방 좀 말씀해 주시오."

"농사는 하늘이 내리는 비나 햇빛, 기온, 바람 등의 영향을 많이 받습니다. 그러므로 하늘의 움직임을 자세히 아는 것이 무엇보다 도 중요하다고 생각되옵니다. 저희 신하들이 명나라에서 배워 온 지식과 솜씨를 동원하여 천문을 관측할 수 있는 기구를 만들어내 야 합니다."

장영실이 먼저 의견을 내놓자 다른 신하들도 고개를 끄덕였다. 천문이라면 마땅히 북경 유학을 다녀온 사람이 가장 잘 알 수밖에 없다.

농사를 걱정해온 세종이 거듭 당부했다.

"옳은 말이오. 우리 조선에는 아직까지 하늘의 움직임을 살필 수 있는 기구가 하나도 없질 않소? 천상열차분야지도가 있다 하나 어떻게 보면 단순한 지도이고, 변화무쌍한 천문을 읽어낼 수 있는 기계를 만들어야 하오. 하지만 오늘날까지 하늘을 관측할 수 없어 낭패를 본 것이 한두 번이 아니었던 것으로 아오. 그래 오랜 생각 끝에 우리 조선도 천문 관측기구를 만들기로 결정을 했으니, 그에 대한 계획들을 한번 세워보시오. 가능한 것부터 차근차근 만들어 봅시다."

세종이 분부를 내리자 정인지가 물었다.

"하오면 관측기구는 어느 곳에 설치하는 게 좋을까요?"

"경복궁과 서운관 두 곳에 설치하도록 하시오."

서운관은 고려 때부터 천문과 지리, 역법 등을 연구하는 전문기관이다.

세종은 자리를 정해준 뒤 잠시 말을 끊었다가 이었다.

"우리 조선이 한결같이 중국의 제도를 따랐으되 다만 천문을 관측하는 기구는 따르지 못했소."

물론 하늘을 관측하는 것은 천명(天命)을 받은 황제만이 가능한 것이고, 제후국인 조선에서는 할 수 없는 일이다. 제후국이 천문을 들여다보면 그건 황제에 대한 반역이 될 수 있다. 그러다 보니 지난번에 명나라에 갔을 때도 대놓고 천문 관측기구나 서적을 요구하지 못했다. 제후국은 천문을 알아서도 안 되고, 천문을 관측해서도 안 되기 때문이다.

"그러면 장영실은 이미 역산을 잘한다 하니 그걸 맡고, 정인지 대감은 대제학 정초와 함께 옛 법을 잘 활용하여 의표를 창조하고 그것을 천문 관측에 쓸 수 있도록 설계하시오. 다만 그 요점은 북극의 높낮이를 정함에 있을 것인즉 먼저 간의(簡儀: 천문을 관측하는 기구)부터 만들도록 하시오. 천문 관측기구는 어느 나라나 비슷하지만, 다른 나라의 이론을 참고로 우리나라 상황에 맞는 독창적인 기기를 만들어주길 바라오. 우리 하늘이 다르고 중국의 하늘이 다를 것이오. 어려운 일인 줄은 알지만 과인은 경들을 믿고 있으니 부디 열심히 해주시오."

세종은 이처럼 매우 구체적으로 지시하는 걸 좋아했다.

"예. 분부대로 하겠사옵니다."

네 사람은 세종 앞에서 물러나와 한방에 모여 앉았다. 장영실, 정인지, 정초, 이천이다.

네 사람은 간의를 어떻게 만들 것인지 세세한 계획을 세우기 시작했다.

"가장 중점을 두어야 할 것은 정확하게 만드는 것이오. 정확도가 떨어지면 천문은 아무 소용이 없소."

정인지가 말을 꺼내자 이천도 고개를 끄덕이며 장영실을 쳐다보았다.

"만드는 일이라면 자네를 따를 사람이 없지. 내 생각으로는 자네가 이 일을 맡아서 이끌어가는 것이 좋을 듯하네."

"제가 감히 어떻게⋯⋯. 그런 막중한 일이야 저보다 대감들께서 주관하시는 것이 마땅할 줄로 압니다."

영실은 부담스럽다는 표정으로 한 발 물러섰다.

정초가 의견을 내놓았다.

"그렇다면 일을 나누어 맡는 것이 어떻겠소? 정인지 대감과 내가 자료를 찾고 두 분이 기기를 만듭시다. 그러면 일이 한결 쉽고 능률적일 것 아니겠소?"

모두 찬성하는 표정들이다.

그 길로 정인지와 정초는 간의대 제작에 필요한 기술서적은 물론, 여러 나라에서 수입한 천문학 관련 서적들을 조사하여 정리하는 일부터 시작했다. 이천과 장영실은 이들이 모아준 자료를 바탕으로 간의를 설계하는 일에 골몰했다.

정초와 정인지는 간의에 관한 서적이나 기술 등을 두루 찾아내는 일이 무엇보다 급해서 여러 신하들의 의견을 참고로 하였다. 그래서 때때로 젊은 학자들을 불러놓고 의견을 들었다.

"자료는 주로 어디서 찾는 것이 좋겠소?"

"아무래도 아라비아 과학기술이 세상 으뜸이라 하니 그쪽의 책들을 구할 수만 있다면 더 바랄 것이 없겠지요."

"우리나라는 아라비아와 직접 통할 수 없는 형편이지 않소?"

정인지가 어렵겠다는 표정을 지었다.

멀찌감치 앉아 있던 이상목이 한마디 거들었다.

"길은 한 가지밖에 없을 것 같습니다. 다행히 중국은 아라비아와 교류를 하고 있다고 하니 북경을 통해서 기술을 받아들이는 수밖에요."

"옳은 말이오. 간의와 같은 천문 기구로 별의 위치를 관측하려면 간의대는 정확한 방위와 수평을 잡는 것이 무엇보다도 중요하지 않습니까? 이론만 가지고 실제에 적용시키는 일이 가능할까요?"

"물론 저도 그 점이 걸립니다만, 달리 방도가 없으니 할 수 없는 일이 아니겠습니까? 장영실의 재주가 남다르니 어디 한번 맡겨봅시다."

정인지와 정초는 중국을 통해서 아라비아 책을 구하는 등 백방으로 자료들을 모아들였다.

관측기구라는 것이 모두 한 나라의 비밀에 속하는 것인지라 관련 자료를 구하는 일은 대단히 힘들었다. 특히 천문 관련 기술이나 자료는 황제의 허가 없이는 접근조차 불가능한 분야라서 더더욱 그렇다.

장영실은 숱한 어려움 속에서도 굽히지 않고 이천과 함께 간의대 제작을 이끌어나갔다. 자료가 턱없이 부족하긴 하지만 자료를 잘 활용하여 간의대를 설치하고 간의의 설계에 온힘을 기울였다.

세종이 간의대를 만들라는 것은 사실은 간의와 혼천의 두 가지 기기를 같이 만들라는 것이다. 왜냐하면 간의대는 간의를 보기 위해 필요한 것이고, 또한 간의가 혼천의를 축소하여 태양의 길만 알 수 있도록 한 것인 만큼 본래의 혼천의까지 있어야 천문 관측이 입체적으로 가능한 것이다.

간의는 지구가 태양을 도는 데 따라 별들이 북극성을 중심으로 1년에 한 바퀴씩 돌아가는 현상을 측정할 수 있는 관측기구이자 천문시계라고 볼 수 있다. 이에 비해 혼천의는 태양계 전체 관측이 가능한데, 육합의(六合儀), 삼진의(三辰儀), 사유의(四游儀) 세 가지 중에서 적도환(赤道環)과 백각환(百刻環), 사유형(四游衡)만을 따로 떼어서 간의를 만든다.

몇 해가 걸릴지, 또 과연 제대로 된 천문 관측기구를 완성할 수 있을지 불투명하였지만 힘차게 출발을 하였다.

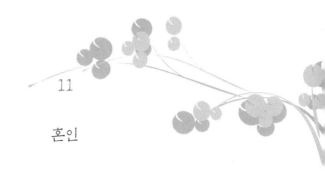

11

혼인

　장영실은 일찌감치 아침을 먹고 궁궐로 나갔다.

　처음에는 막 불이 붙기 시작한 장작처럼 기세 좋게 타오르던 간
의대 제작의 열기가 이제 많이 사그라든 상태였다.

　자료 수집은 좀처럼 진척이 없었다. 따라서 설계도면도 마음먹
은 것처럼 쉽게 이루어지지 않았다. 벌써 여러 해가 지났건만 이
렇다 할 결과가 없다. 설계도면을 그리고 찢고, 또 그리기를 오늘
날까지 해왔다.

　장영실은 덧없이 세월만 가는구나 하고 생각하며 발걸음을 옮
겼다.

　멀고 먼 남녘 동래에서 쓸쓸히 지내고 계실 어머니, 나중에 어
른이 되면 꼭 다시 만나자고 약속했던 분녀 누이, 영실에게는 한
없이 그립기만 한 얼굴들이 눈앞을 스치고 지나갔다. 일이 안 될

수록 고향 동래 생각이 간절해졌다.

밤하늘을 보며 천문학을 공부하겠다고 주먹을 불끈 쥐었던 어린 시절, 학문을 배우지 못한 한을 달래기 위해 나뭇가지를 깎아 자질구레한 물건들을 만들며 지낸 그 수많은 날들이 떠올랐다.

'그때의 자신감과 열정은 다 어디로 갔을까. 겨우 이쯤에서 주저앉고 싶어지다니.'

장영실은 고개를 가로저었다.

천한 관노의 신분이 되어 아버지의 사랑을 받지 못하고 자란 자신에게 이렇듯 좋은 기회가 주어졌는데, 현실은 생각만큼 쉽게 풀리지 않았다.

물시계를 만들 때만 해도 밤을 낮 삼아 연구에 몰두하는 일이 많았다. 그땐 결과가 미리 눈에 보였다.

하지만 언제부터인가 몸이 피곤하고 쉽게 맥이 풀려 설계도를 들여다보는 것이 귀찮다는 생각이 들 때도 있었다. 할수록 막혔다. 혼천의 원리도 복잡하고, 계산을 하다 보면 틀리기 일쑤였다.

'이럴 때 내 마음을 함께 나눌 사람이 없구나. 생활이 고달프고 힘들 때 옆에서 위로해주고 힘이 되어줄 사람이 있다면 얼마나 좋을까?'

물론 주위의 여러 신하들과 동료 학자들이 도움을 주었다. 장영실의 능력을 높이 평가하는 사람이라면 누구도 그를 소홀히 대하지 않았다.

특히 그는 왕의 사랑을 받고 있고, 벼슬 또한 상당하다. 그런데도 왠지 허전한 마음은 달랠 길이 없었다. 가장 가까운 곳에서 아버지나 형처럼 자신을 돌봐주는 공조참판 이천만 해도 그랬다.

늘 의지하고 작은 일이라도 의논하지만 존경하는 어른이자 선생님으로 대할 수밖에 없었다. 아무래도 장영실의 속마음 치부까지 내보일 수 있는 어머니나 분녀 누이처럼 가까운 사람은 아니다.

장영실이 이런저런 생각에 잠겨 걷고 있는데 뒤에서 누군가 어깨를 쳤다. 놀라 뒤돌아보니 이천이었다.

"자네는 늘 생각에 빠져 있구먼. 도대체 무슨 생각을 그리 하시는가?"

장영실은 눈물이 나도록 반가웠다. 이렇듯 외로움에 젖어 있을 때 그래도 늘 자신을 다독거려주는 사람은 이천뿐이다. 장영실을 천거한 죄로 늘 뒤를 봐주고 걱정해준다.

따지고 보면 이천의 천거와 후원, 지지 덕분에 지금의 이 자리에까지 오를 수 있었다. 장영실에게 귀인이요 은인이다.

"대감, 입궐하십니까?"

장영실은 허리를 굽혀 인사를 했다.

이천은 장영실이 무슨 생각을 하면서 걷고 있었는지 짐작이라도 하는 듯 따스한 눈빛으로 영실을 바라보았다. 그 눈빛을 보자 장영실은 자신도 모르는 사이에 눈물이 고였다.

"허허, 사내대장부가 왜 이리 마음이 여린고. 더욱이 자네 같은 젊은이가 그렇게 마음이 약하면 이 나라의 장래는 누가 짊어진단 말인가. 힘을 내시게."

"저같이 용렬한 사람이 무슨 할 일이 있습니까? 모두 대감의 은혜 덕분이지요. 소인같이 보잘것없는 사람을 거두어주시고 이토록 귀한 일을 맡도록 해주신 은혜에 감사드릴 뿐입니다. 그런데 일이 이렇게 지지부진하니……."

"허, 무슨 소리인가. 누가 들으면 단단히 오해를 사겠네그려. 자네의 능력이 특출 나고 주상 전하의 은혜 덕분이지, 내가 무슨 일을 하였다고 이러는가. 사람도 참……. 그리고 혼천의같이 복잡한 천문기구를 어찌 하루아침에 뚝딱 만든단 말인가. 끈기를 갖고 버티게."

이처럼 말해주는 이천이 늘 고맙다.

장영실은 감정을 추스르며 이천과 함께 발걸음을 떼어놓았다.

지난 몇 해 동안 간의대 제작으로 두 사람은 몸과 마음이 지쳐 있었다. 영실은 물론이거니와 책임자인 이천 역시 오랜 연구로 얼굴이 핼쑥했다.

이천은 다시 입을 열었다.

"그나저나, 자네도 이제 혼인을 해야 하지 않겠는가. 사실 지금도 늦긴 했네만 더 늦기 전에 하루빨리 가정을 이루어야지. 혼자 사는 모습이 보기 좋지 않네."

느닷없는 이천의 말에 장영실은 조금 당황하였다.

늦기야 많이 늦었다. 장영실은 이미 서른 살이 넘은 지 오래되었다.

"어찌하다 보니 그만 시기를 놓쳐버린 듯싶습니다. 신분이 천한 데다 어머니와도 떨어져 지내다 보니 혼담이 오갈 수가 없었지요. 이제 와서 어디 꿈이나 꾸어보겠습니까?"

장영실은 부끄러운 생각이 들었다. 하지만 빨리 혼인을 하고 싶은 마음도 없지는 않다.

사람이란 일정한 나이에 이르면 마땅히 제 짝을 찾아 서로 의지하며 사는 것이 자연의 법칙이 아니던가.

"마땅한 규수가 있으면 내가 중신을 서보겠네. 자네는 나만 믿고 기다리게나. 가문을 내세울 형편은 아니지만 임금님께 인정받은 자네 같은 사람은 어디에 내놔도 나무랄 데가 없을 것이니 염려하지 말게나. 고려 귀족이던 자네의 숨은 실력만 제대로 알아준다면 오죽 좋겠는가. 알겠나?"

이천은 웃음을 띠며 장영실의 등을 두드려주었다. 마치 친형 같다.

장영실은 늘 자신의 일에 세심하게 신경을 써주는 이천이 고마우면서도 한편으로는 혹시나 폐를 끼치는 것이 아닐까 걱정스러웠다.

"말씀은 고맙지만 대감을 너무 성가시게 해드리는 것 같아 죄송스럽습니다. 제 일은 제가 알아서 할 터이니 걱정하지 마십시오."

"어허, 그 무슨 섭섭한 말인가. 내 자네 같은 사람이라면 평생을 벗으로 삼아 지내고 싶다네. 다 뜻이 있어 하는 일이니 자네야말로 마음 쓰지 말게. 그리고 중이 제 머리 깎는 것 보았는가? 모든 일에는 저마다 경우가 있고 법도가 있는 법이지. 자네는 간의만 열심히 만들게. 자네가 잘할 수 있는 일이 있고 내가 잘할 수 있는 일이 있는 법, 나를 믿고 잠자코 있어보게."

이천은 보아둔 규수라도 있는 듯한 눈빛이었다. 영실은 겸연쩍고 미안스러우면서도 한편 기대가 되었다.

만일 자신이 혼인을 해서 가정을 이루게 된다면 그보다 더 기쁜 일은 없을 것 같았다. 일단 말을 듣고 나니 간의를 만드는 일보다 그쪽으로 신경이 더 쓰였다.

그로부터 사흘 후, 이천은 조용히 영실을 불러 혼담을 꺼냈다. 상대는 이천의 친구인 이 참판댁의 둘째 딸로, 얌전하고 속이 깊어 근방에 칭찬이 자자한 규수라고 했다.

"제가 어찌 그런 귀한 댁의 따님과……. 당치도 않습니다. 전 관노 출신이라는 걸 잊지 마십시오, 대감."

"이런 못난 친구 같으니. 그 댁에서는 자네를 벌써부터 사윗감으로 생각하고 있는데 뭘 그리 몸을 사리는가? 그 댁에서도 자네가 고려 명신 장성휘의 아들이라는 걸 잘 알고 있다네. 대역적 정몽주도 복권이 되었는데 하물며 장성휘 아들이 뭐가 문제란 말인가. 면천된 지도 오래되었고, 자네 품계가 어디 만만한가. 여러 말말고 오늘 한번 찾아뵙겠다고 말을 해놓았으니 함께 가보세나. 규수를 보면 자네도 마음이 싹 달라질 걸세."

장영실은 설레이는 마음을 진정시키며 눈 딱 감고 이천을 따라나섰다.

이 참판이라면 기품이 높고 수묵에 능한 선비 중의 선비로 알려진 인물이다. 그 집안 또한 명예를 소중히 여기는 지체 높은 가문이라, 장영실로서는 감히 쳐다볼 수조차 없는 상대이다.

장영실은 그런 집의 사위가 되겠다고 찾아가는 자신의 모습을 생각하니 초라하고 부끄러워 고개를 바로 들 수가 없었다.

"어서 오십시오. 대감께서 친히 이 누추한 곳을 찾아주시니 이거 몸 둘 바를 모르겠습니다. 게다가 이런 훌륭한 젊은이를 제 보잘것없는 딸의 배필로 찾아주시고, 이거 원 어떻게 감사를 드려야 할지……."

이 참판은 거의 마당까지 버선발로 나와 두 사람을 맞아들였다. 같은 참판 직에 있는 이천의 인품으로 미루어볼 때 그만한 대접은 예상하고 있었다. 하지만 장영실의 기대 이상으로 이천은 지극한 대우를 받았다.

"자네의 소문은 많이 들어서 알고 있다네. 주상께서 특별히 아끼시는 인재라고 입을 모으니 더 이상 할 말이 뭐 있겠는가. 마음 편히 가지시게."

장영실은 참판의 따뜻한 배려에 비로소 가슴을 쓸어내렸다. 곁에 앉은 후견인 이천이 그것 보라는 듯 영실을 보며 환하게 웃었다.

이어 넘치지도 모자라지도 않은 알맞은 술상이 들어왔다. 맛깔스런 안주며 깨끗한 상차림이 안주인의 성품을 그대로 보여주는 것 같았다.

'과연 듣던 대로 고상한 선비의 기풍이 느껴지는구나.'

장영실은 생전 처음 대하는 고결한 집안 분위기에 넋을 잃고 말았다. 수수하면서도 천박함이 없고, 품격은 있으나 위세부리지 않는, 어디선가 국화 향기가 은은하게 스며드는 듯한 느낌이다.

"제 둘째 딸 윤서입니다. 부끄럽습니다만 남다른 총기가 있어 제가 특별히 아끼는 아이입지요."

장영실이 여전히 참판집의 분위기에 취해 정신을 차리지 못하고 있을 때다.

이 참판의 흐뭇한 목소리에 눈을 들어보니 놀랍도록 아리땁고 눈매가 맵시 있는 처녀가 어느새 방 안에 들어와 서 있었다. 소리도 없이 들어와 살포시 눈을 내리깐 모습이 마치 한 송이 목련처럼 기품 있어 보였다. 곱게 땋아 내린 검은 머릿결이며 희고 가는 목, 둥근 어깨, 약간 붉은색을 띤 뺨은 티 하나 없이 깨끗했다.

장영실은 두근거리는 가슴을 들킬세라 얼른 눈길을 돌렸다. 지금까지 주변에서 겪은 여인네라고는 어머니와 분녀 누이밖에 없던 탓도 있지만, 이렇듯 정숙하고 단정한 아름다움이 밴 처자는 일찍이 본 적이 없다.

그저 관노로서 살아남기 위해 열심히 일하고, 한양으로 와서도 신분의 굴레를 벗어던지기 위해 늘 일만 하다 보니 사실 여자를 바라볼 여념이 없었다.

이천은 이 참판의 딸을 보더니 극찬을 해주었다.

"거 참 보기 드물게 빼어난 규수로다. 내 이날까지 수많은 양갓

집 규수를 보아왔습니다만 이 댁 규수만큼 참하고 덕이 있어 보이는 규수는 처음입니다. 이런 훌륭한 따님을 두셨으니 얼마나 기쁘시겠습니까?"

이천은 분위기를 띄우려는 듯 몹시 좋아했다. 장영실을 친동생쯤으로 여기는 마음이다.

처녀는 자신을 두고 하는 칭찬에 부끄러운 듯 얼굴을 붉혔다. 하지만 결코 천박한 표정을 짓지 않았다. 다만 고개도 못 들고 쩔쩔매는 장영실을 힐끗 보고는 부드러운 미소를 보였다.

"무얼 하고 있느냐? 어서 인사 올리지 않고. 이천 대감은 조정에서 신망도 높고 주상 전하의 총애를 한 몸에 받으시는 분이란다."

이 참판의 말에 처녀는 그 자리에서 가만히 절을 하였다. 절을 하는 자세 또한 흐트러짐이 없었다. 몸짓 하나 하나에서 향기가 묻어 나오는 듯했다.

"소녀 인사 올리겠습니다. 윤서라 하옵니다."

처자가 간단히 인사를 하고 물러간 다음에야 영실은 안정을 되찾았다.

이천은 영실을 유심히 쳐다보았지만, 영실은 이천의 눈길을 눈치챌 겨를이 없었다. 방금 전에 본 규수의 얼굴만 눈에 아른거렸다.

"여보게, 정신 차리시게나. 아직 구체적인 혼담은 오가지도 않았는데 그러다 상사병 나겠네그려. 허허……."

이천이 영실을 보며 농을 던졌다.

이 참판은 유쾌하게 웃었다. 영실은 얼굴이 붉어져서 한동안 고개를 들 수 없었다.

저리 아름답고 훌륭한 처자와 혼인을 하게 된다면 얼마나 좋을까 하는 생각만이 머릿속을 맴돌았다.

장영실은 어떻게 참판댁을 나왔는지도 잘 기억이 나지 않았다. 오로지 자신의 배필이 될지도 모를 윤서의 고운 모습만 자꾸 떠올라 정신이 없었다.

'나 같은 주제에 어떻게 저런 처자를 배필로 맞을 수 있을까?'

며칠 뒤 혼인을 주선한 이천은 날짜를 받는 즉시 혼례 준비를 하자며 영실에게 통보했다. 결정하는 대로 따르기만 하라는 투다.

하지만 장영실은 무턱대고 자신에게 온 행운을 좋아만 할 수 없었다. 여러 가지 여건을 고려해볼 때 넘어야 할 일이 한두 가지가 아니다.

"자네는 너무 걱정이 많은 게 탈일세. 혼인 같은 인륜지대사가 어디 사람만의 힘으로 다스릴 수 있는 일이던가? 하늘의 도우심으로 되는 게지. 그러니 염려하지 말게. 내 알아서 할 터이니⋯⋯."

여기저기서 사람들이 축하해주었지만 영실의 마음은 무겁기만 하였다.

그가 머뭇거리고 조바심하는 사이에도 혼례 준비는 저절로 진행되어갔다.

장영실은 속으로는 이천의 추진력이 고맙고 기뻤지만 쉽사리 속마음을 내보일 수도 없었다. 그만큼 영실은 자신에 대해서 불안해하고 부끄러워했다.

시간은 어김없이 흘러 혼례일이 다가오고 있었다. 어물거리며 뒷걸음질만 치고 있던 장영실도 이쯤 되자 비로소 적극적으로 나서기로 했다. 장인이 될 참판에게도 예의가 아니고, 누구보다 윤서에게 서운한 마음이 들게 해서는 안 된다고 생각했다.

마침내 꿈에도 그리던 혼례식이 바로 눈앞에 다가왔다.

"새신랑 기분이 어떠십니까?"

사모관대를 갖추어 입고 있는데 이상목이 문을 열며 들어섰다. 그는 장영실과 나이가 같지만 이미 아내와 자식이 있었다.

"글쎄요. 얼떨떨하고 도무지 믿어지지가 않습니다. 이 나이에 혼인이라니 원……."

"하하, 그러시겠습니다. 게다가 신부는 참하기로 소문난 이 참판댁 따님이 아닙니까? 주상 전하의 사랑을 듬뿍 받더니 복이 넘쳐서 이번에는 좋은 배필까지 얻습니다. 더 이상 부러울 것이 없으시겠군요. 온 세상을 얻은 듯하시겠습니다."

"아이 참, 부끄럽습니다만 사실 그런 것같습니다. 하하하."

이상목이 부러움 섞인 농담을 던졌다.

영실은 스스로 생각해도 어릴 적 자신의 모습하고 지금은 너무도 달라져 있다. 정말 세상을 얻은 기분이다.

"모든 게 분에 넘치는 복입니다. 하지만 당장 간의대 제작이 순조롭지 못한데 어찌 걱정이 없을 수 있겠습니까? 한시가 급한 판국에 연구는 뒤로 미루어놓고 혼례부터 올리니 주상 전하 뵐 면목이 없습니다."

장영실이 겸손하게 말하자, 이상목은 힘을 모아 빨리 끝내자고 덕담을 해주었다.

장영실은 의관을 갖추어 입었다. 그러고 나니 옛날 분녀 누이의 혼례식 때 느꼈던 알 수 없는 서글픔이 밀려왔다. 그때는 늘 붙어 있으면서 자신을 돌봐주던 누이가 멀리 떠난다고 생각하자 어찌나 가슴이 쓰렸던지……. 다시 만날 날을 약속하며 헤어진 누이지만 그 후로는 한 번도 만나지 못했다. 동래와 밀양이 멀기도 하지만, 이제 한양에서는 더 멀어졌다.

'지금은 어디서 어떻게 살고 있을까?'

느닷없이 잊고 지낸 분녀 누이에 대한 그리움이 차올랐다. 누이를 다시 만난다면 마음씨 곱고 행동이 바른 대갓집의 처자와 혼인한 자신의 모습을 보여주고 싶었다.

몸이 불편해 한양으로 올라오지 못하고 아들의 혼인 소식만 들었을 어머니에 대한 그리움은 말할 것도 없다. 물론 영실은 혼례를 치르자마자 동래현으로 인사를 드리러 가고 싶기는 하지만 그것도 간의 제작을 앞두고 있어 그리 쉬운 일이 아니고, 대갓집에서 치러지는 혼례식을 어머니가 직접 보셨더라면 하는 아쉬움에 콧날이 시큰해졌다.

한바탕 떠들썩하게 혼례식이 치러졌다.

장영실은 하루 종일 시달리다 겨우 밤이 되어서야 신부와 마주 앉았다. 몸은 피곤하지만 처음으로 신부를 가까이서 대하고 보니 자신도 모르게 가슴이 뛰었다.

"편안히 있으시오. 오늘 우리가 혼인을 하긴 하였으나 서로 말 한마디 제대로 나눠보지 못한 사이가 아니오? 하고 싶은 얘기가 수도 없이 많을 터인데, 어디 지금부터 밤이 새도록 이야기꽃을 피워봅시다."

장영실은 마음을 가다듬으며 말을 건넸다.

선을 보기는 했으나 겨우 두 번째 만나는 것뿐이다. 모르는 게 너무 많고, 단둘이 대화를 나눠본 적도 없다. 그러니 이런저런 얘기를 나누면서 첫날밤을 지내고 싶었다. 그래서 서로를 이해하는 뜻 깊은 시간으로 만들고 싶었다.

장영실은 신부와 함께 술잔을 기울였다.

곱게 꾸민 신방에 다소곳이 앉아 있는 아내 윤서를 보니 이 세상 어느 곳에 이 신부보다 더 아름다운 사람이 또 있을까 싶다.

신부는 침착하고 꼿꼿한 자세로 자신의 남편이 된 장영실을 쳐다보았다. 그런 신부의 모습이 여간 총명해 보이지 않는다.

'듣던 대로 여자답지 않은 당당함이 있구나. 순종적이기 그지 없는데 이렇듯 알 수 없는 기백과 자신감이 느껴지는 이유는 무엇일까?'

장영실은 호기심 어린 눈으로 신부를 바라보았다.

시선을 느낀 신부가 입을 열었다. 차분하고 낮은 목소리가 낭랑하게 흘러나왔다.

"서방님께서 어떤 분이시라는 것은 수차례 들은 바가 있사옵니다. 제가 부족함이 많은지라 서방님의 큰 뜻을 미처 헤아리지 못하는 경우가 종종 있을 것이오니 부디 넓은 마음으로 이해하여주십시오. 오래전부터 서방님의 인물됨을 높이 여겨 마음에 두고 있었사옵니다."

장영실은 깜짝 놀랐다. 여인의 입에서 그런 소리를 들어보기도 처음이지만, 어찌 보면 당돌하기까지 한 윤서의 말에 금세 온몸이 뜨거워졌다.

장영실은 윤서가 무조건 자신의 말을 하늘로 알고 따라오기만 하는 여인이 아니라, 진실로 자신의 앞날을 밝혀주기에 부족함이 없는 등불이 될 것이라고 믿었다.

"고맙소, 부인. 이렇게 아름답고 총명한 아내를 만났으니 내 일생에 다시없는 행운이오. 오히려 내가 부족함이 많아 부인에게 잘할 수 있을지 모르겠으나, 있는 힘껏 노력하리다."

장영실과 윤서는 마치 오랜 시간을 함께 지내온 친구처럼 다정한 눈빛으로 마음을 전했다.

무슨 얘기라도 이해하고 들어줄 것만 같은 윤서의 온화한 표정에 영실은 이제까지 응어리져 있던 외로움과 힘겨움이 하나씩 풀려나가는 듯했다. 어린 시절 관노라는 말, 관기의 아들이라는 말이 뼛속 깊이 박혀 있었는데 그런 시름이 한꺼번에 풀리는 듯했다.

'이런 걸 두고 천생연분이라고 하는 것이리라.'

장영실은 일생을 두고 이렇게 행복한 순간은 다시없으리라 생각했다.

윤서 역시 편안한 얼굴로 촛대 곁에 얌전히 앉아 있었다.

두 사람은 어느새 손을 꼬옥 잡았다.

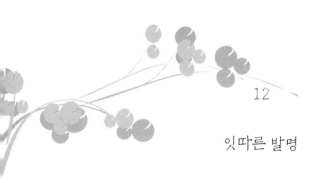

12

잇따른 발명

장영실과 이천이 간의대 제작을 시작한 지도 벌써 여러 해가 지났다. 기술자와 학자들은 그동안 많은 시행착오를 거치면서 연구를 계속했다.

아무리 큰 어려움에 부딪혀도 결코 포기하지 않고 다시 도전하였다. 제작 지휘를 맡은 장영실은 물론이거니와 어느 한 사람도 중도에 의지를 꺾는 사람이 없었다. 자신의 어깨에 걸머진 짐을 자랑스럽게 여기고 한마음이 되어 일을 해왔다.

기술도 자료도 부족하지만 마침내 그들은 설계도를 완성하고 간의대를 제작하기에 이르렀다.

"자, 이것으로 하늘을 한번 살펴보시지요."

장영실은 들뜬 목소리로 책임자인 공조참판 이천에게 간의를 건네주었다.

이천 역시 흥분한 표정이다. 주위에 둘러서 있던 사람들은 최고 책임자인 이천의 반응을 기다렸다. 어떤 평이 나올지 궁금하다는 표정들이었다.

"음, 한양의 위치는…… 북위[5]38도로군."

사람들의 얼굴이 갑자기 밝아졌다. 드디어 오랜 노력 끝에 간의대가 완성되었구나 하는 벅찬 감회가 역력했다.

"이만하면 어느 정도 정확한 것 같지 않습니까? 오차도 없구요."

곁에서 많은 도움을 주었던 이상목이 끼어들었다. 이천은 고개를 끄덕였다.

"아주 훌륭하네. 천문시계로서 아주 뛰어난 측량기기가 될 거야. 주상 전하께서도 틀림없이 기뻐하실 거네. 다들 애썼네."

이천은 장영실을 돌아보며 거듭 칭찬했다.

장영실은 아무 말 없이 얼굴을 붉혔다. 그는 도리어 시간이 너무 많이 걸려 죄송하다는 마음이었다.

"그런데 이보게, 이걸 오래 보관하려면 나무보다는 쇠로 만드는 것이 좋지 않겠는가?"

정인지가 의견을 내놓았다.

"예. 듣고 보니 그게 좋겠습니다. 일단 정확성이나 수치의 오차

---

5) 위도는 특별히 정한 바 없이 적도를 알고 있었기 때문에 한양이 적도와 북극의 어느 지점에 있는지 정확한 수치로 알 수 있었다. 위도라는 표현을 쓰지는 않았지만 유사한 표현을 했다. 다만 경도는 1884년 국제회의에서 영국의 그리니치천문대를 기점으로 잡아 표준을 잡았다.

따위를 살피기 위해 시험 제작한 것이니 이제는 설계도에 따라 구리든 쇠든 마음대로 만들 수 있습니다. 그러면 대감께서 말씀하시니 당장 구리를 부어 새로 만들도록 하지요."

일단 설계도가 완성되었기에 간의를 새로 만드는 것은 그리 어려운 일이 아니었다.

그들은 며칠에 걸쳐 구리로 간의를 만들었다. 그러고는 완성된 간의를 세종에게 보여주었다.

천문 관측기구로서 그다지 우수한 것은 아니었으나, 장영실이 지휘한 첫 번째 발명품이라서 그 뜻이 컸다.

"오, 신기하기 짝이 없구나. 경들을 믿었더니 과연 내 뜻대로 해주는구려. 이런 기쁜 일에 축하를 하지 않으면 되겠소? 축하연을 베풀 터이니 오늘은 한번 마음 놓고 놀아보시오. 또한 상을 내리고자 하니 어디 원하는 것이 있으면 말들을 해보시오."

세종은 드디어 우리도 태양이 오가는 길을 정확히 계산할 수 있다는 기쁨을 만끽했다. 천문시계라니, 황제에게만 허락된 첨단 기술인데 이젠 조선도 만들게 된 것이다. 장영실이 비록 명나라 이전의 나라 원나라 때 만든 곽수경법(郭守敬法)을 기초로 하여 간의를 만들었다지만, 그것들보다 훨씬 더 정교하고 눈금이 정확해졌다. 이야말로 조선식 간의가 된 것이다.

장영실이 앞으로 나섰다.

"주상 전하, 소신들의 능력과 지혜가 부족하여 이 정도 결실밖에 보여드리지 못해 송구스러울 따름이옵니다. 이왕 시작한 일이니 한층 나은 관측기구를 만들어보자는 데 모두 뜻을 모았습니다. 시간이 얼마나 더 걸릴지는 알 수 없사오나, 명나라 것보다 더 정확하고 다루기 쉬운 천문 관측기구를 제작하고 나면 그때 축하연을 베풀어주시옵소서. 소신들의 뜻을 깊이 헤아려주시옵소서, 전하."

세종은 잠시 생각을 하고는 천천히 신하들을 둘러보았다. 그들의 태도가 하나같이 믿음직스러웠다.

"경들의 뜻이 정 그러하다면 다시 한 번 애써주길 바라오. 경들이 그토록 애착을 가지고 일을 하니 과인은 기쁘고 고마운 마음뿐이오."

다음 날부터 간의 제작자들은 곧바로 혼천의 제작에 들어갔다. 태양의 움직임을 관측할 수 있는 간의를 만들었으니 이제는 태양계를 관측할 수 있는 혼천의를 만들어야 한다. 혼천의는 간의보다 훨씬 복잡하다.

장영실은 세상에서 가장 뛰어난 조선만의 혼천의를 만들고 싶었다.

이번에도 정인지와 정초가 자료 찾는 일을 맡았다. 김진도 힘을 모아 혼천의 제작에 참가했다.

장영실과 이천은 이러한 기초자료를 토대로 더욱 발전된 조선식 혼천의를 설계하는 데 온힘을 쏟았다.

"몸 생각도 하셔야지요. 그렇게 쉬지 않고 일하다가 혹 병이라도 얻으실까 염려되옵니다."

아내 윤서는 하루가 다르게 몸이 야위어가는 장영실을 보며 안타까워했다. 먹는 것은 윤서가 신경을 쓰지만, 워낙 밤늦도록 불을 밝히고 연구에 몰두하니 영실은 늘 지친 얼굴이었다.

정작 영실에게는 이런 고된 연구가 또 하나의 큰 즐거움이었다. 그는 무엇을 하든 어디에 있든 간에 늘 설계도를 생각했다. 잘 만들어서, 세종이 활짝 웃으면서 기뻐하는 모습을 보고 싶었다. 자신의 능력을 인정해주고, 그래서 면천까지 해준 국왕이니 무엇보다 왕을 실망시켜서는 안 된다고 생각했다.

"걱정하지 마시오, 부인. 이번 일만 잘 끝내면 이 나라에 얼마나 큰 도움이 되겠소. 그렇게 막중한 일을 내가 맡았으니 그저 영광스러울 따름이라오. 그보다 부인을 힘들게 하는 것 같아 그 점이 죄스럽구려."

"무슨 말씀이에요. 죄스럽다니요. 밤늦도록 연구하시는 걸 도와줄 수 없는 것이 오히려 죄스럽습니다. 열심히 연구하시는 모습을 보면 얼마나 흐뭇한지 모른답니다. 다만 서방님의 건강이 걱정되기에……."

윤서는 말을 하다가 얼굴이 그만 붉어져 얼른 고개를 숙였다.

장영실은 이토록 자신에게 용기를 북돋워주는 아내가 고맙기 짝이 없었다. 혼인을 한 이후로는 아무리 힘든 일을 해도 그것이 힘들게 느껴지지 않았다. 모두 이 나라와 사랑하는 아내를 위한

162

것이라고 생각하면 자기도 모르게 힘이 솟았다.

특히 아내 윤서는 남달리 이해심이 많고 영특하여 장영실의 마음을 편하게 해주었다. 가끔씩 고향에 홀로 계신 어머니를 생각하면 마음이 무겁지만, 언젠가는 어머니를 모셔와 함께 살 날이 올 것이라고 믿었다.

돌이켜보면 아버지만 없을 뿐이고 좋은 어머니, 좋은 누이, 좋은 현령, 좋은 참판, 좋은 왕, 좋은 아내 등 장영실이 만나는 인연은 다 귀인들의 연속이었다.

드디어 간의보다 더 발전된 혼천의, 명나라 혼천의보다 뛰어난 조선식 혼천의가 완성되었다. 간의보다 사용하기 편리하고 오차가 줄어든 것이 장점이었다.

상처럼 생긴 네 발틀에 동그란 테가 몇 개 끼워진 공의 모양새를 갖추었다. 동그란 테에는 해, 달, 별의 그림이 그려져 있어 이것을 돌리며 천체를 관측할 수 있었다.

중국의 혼천의가 천체의 위치를 측정하는 단순한 관측기기인데 반해 영실이 만든 조선의 혼천의는 물레바퀴를 이용하여 자동으로 천체의 운행과 맞게 돌아가는 일종의 자동 천문시계이기도 하였다. 영실의 놀라운 손재주가 빛을 발한 것이다.

장영실은 이 혼천의를 개량하여 곧 혼의(渾儀)와 혼상(渾象)도 제작했다. 혼의와 혼상은 혼천의와 비슷한 것으로 각도를 더욱 정확히 측정할 수 있도록 눈금을 정밀하게 새겨 넣었다. 즉 혼천의의

테를 각각 눈금에 맞추어가면서 관측하도록 만든 것이다. 그래서 혼천의와 혼의, 혼상을 나란히 두고 관측하면 훨씬 더 정확하게 천문을 관측을 할 수 있다.

1433년 6월 9일(양력 6월 25일), 마침내 국왕인 세종에게 이 기쁜 소식이 전해졌다.

세종은 장영실은 물론 정인지, 정초, 이천이 힘을 합쳐 만든 혼천의를 보고 크게 기뻐하였다.

세종의 기쁨은 이루 말할 수 없었다. 모름지기 하늘을 관측하는 것은 천자(天子)만의 특권이라고 해서 중국의 왕조들만이 독점해온 최첨단 기술인데, 관노 출신의 장영실이 명나라 것보다 훨씬 더 정밀하고 편리한 혼천의를 만들어낸 것이 아닌가. 무엇보다 조선의 왕실이 위엄을 갖출 수 있게 된 것이다.

"모두들 장하오. 정말 대단한 일을 하였소. 그야말로 하늘의 움직임, 즉 천문을 한눈에 볼 수 있구려. 지난번에 간의를 만들었을 때에도 그토록 가슴이 벅차더니, 이제는 그저 기쁜 것만이 아니라 앞날에 대한 희망과 자신감이 불쑥 생기는 듯하오. 이렇게 열심히 애써주었는데 과인이 그대들에게 어떻게 보답을 해야 좋겠소?"

세종은 특히 장영실을 칭찬하였다.

"보답이라니요? 나라를 위해 힘써 일하는 것은 백성 된 도리가 아니옵니까? 이제 겨우 첫걸음을 떼어놓았다고 생각하니 크게 신경 쓰지 마시옵소서."

"그런 생각으로 일을 하고 있다니 더욱 고맙구려. 그러나 그대

가 밤낮을 가리지 않고 건강을 해쳐가면서까지 일한 것을 과인이
잘 아는바, 성의를 받아주기 바라오."

세종은 연구에 필요한 도구를 마련해주는 등 많은 상을 내렸다.

장영실은 결코 높은 벼슬이나 많은 재물을 바란 것은 아니다.
하지만 임금의 은혜를 받고 보니 더더욱 어머니에 대한 그리움으
로 목이 메었다. 이제는 어머니를 곁에 두고 따뜻하게 보살펴드리
고 싶었다.

혼천의 제작을 마치고 영실은 얼마 동안 휴가를 받아 집에서 쉬
었다.

하루는 장영실이 한가로이 뜰을 거닐고 있는데 아내가 따라 나
왔다.

"요사이 무슨 걱정거리라도 있어요? 기대한 만큼 훌륭한 혼천의
를 만들어 주상 전하로부터 그렇게 큰 상도 받으셨는데 대체 무슨
걱정이 있어요?"

윤서가 걱정 어린 눈빛으로 물었다.

"그러게 말이오. 막상 큰일을 끝내고 나니 속이 텅 빈 것 같구려."

장영실이 힘없이 대답하자, 윤서는 믿어지지 않는다는 듯 고개
를 갸웃거렸다.

'막연한 허탈감 때문에 저토록 기력을 잃고 계시는 것으로는 보
이지 않는데.'

윤서는 아무래도 영실의 얼굴빛이 예사롭지 않아 다가가며 입

을 열었다.

"혼천의 만드는 일이 끝나면 곧바로 물시계를 더 개량하실 계획이라고 하지 않으셨어요? 말씀드리기 죄송스럽지만, 제가 보기에는 다른 고민거리가 있어 보입니다."

장영실은 아내에게 속마음을 들켜버린 것 같아 얼른 표정을 바꾸었다. 하지만 장영실은 자신이 혼자서만 끙끙거릴 문제가 아니라는 생각이 들었다.

부부란 무엇인가? 어렵고 힘든 일을 같이하는 것이 부부 아닌가?

'내가 이렇게 혼자 괴로워한다고 해서 문제가 해결될 일도 아닌데. 그럴 바에야 차라리 속 시원히 털어놓고 아내와 함께 의논해 보는 편이 더 낫지 않을까?'

장영실은 침을 한번 삼키고는 말을 꺼냈다.

"허허. 역시 부인은 못 속이겠구려. 사실은 어머님 생각에 마음이 편안하지 않소. 어머님은 평생 고생만 하시는데 하나뿐인 자식이 이토록 무심하게 있다고 생각하니 마음이 불편하오. 자다가도 어머니 생각만 하면 눈이 번쩍 떠진다오."

장영실은 한숨을 내쉬었다. 지금까지는 자신의 혼인 문제도 있었고 또 무엇보다 연구에 전념하는 것이 제일 급했으므로 어쩔 수없었다. 하지만 이제 한시름 놓고 나니 무엇보다도 홀어머니가 걱정되었다. 참판집 딸과 결혼을 하고 정5품 관리가 되었지만, 그의 어머니는 여전히 관노 신분이다. 한번 떨어진 신분은 장영실처럼 특별한 경우가 아니면 면천이 안 된다. 그래서 아들은 풀려났지만 어머니는 여전히 천민이다. 가슴이 아프다. 한양으로 모시고 싶어도 관아에 묶인 노비 신분이라 그럴 수도 없다.

"그런 생각을 하셨다면 어떻게 해서든지 방도를 찾아야 하지 않겠습니까? 홀로 계신 어머님 걱정은 말할 것도 없지만, 날이면 날마다 한숨으로 지새우는 당신 건강도 염려되옵니다."

장영실은 윤서의 손을 잡았다. 두 사람은 당장 뾰족한 방법이 생각나지 않았지만, 좋은 방법이 분명히 있을 것이라고 믿었다.

"당신의 위로를 듣고 나니 힘이 솟는 것 같소. 이제 간의대를 하나 더 세우고 나면 서둘러 정밀 자동 물시계를 개량해야겠소. 잠시 게으름을 피운 것 같아 부끄럽구려."

"간의대를 또 세우시려구요?"

"좀 더 큰 혼천의를 설치하자면 지금 것보다 더 크고 높은 간의대를 만들어야 하오. 빠른 시일 안에 주상 전하께 허락을 받아 작업에 들어갈 생각이오. 명나라 혼천의와 비교해도 월등히 나은 작품을 제대로 만들고 싶소."

윤서는 무슨 말인지 알겠다는 듯이 고개를 끄덕였다. 장영실은 그런 아내를 말없이 바라보았다. 작은 일 하나라도 소홀하게 흘려버리는 일 없이 하나하나 이해하고 넘어가는 윤서의 태도가 사랑스러웠다.

"하온데 물시계라면…… 일전에 중국에서 돌아오신 후 제작하시지 않았습니까?"

"부인은 모르고 있는 일이 없구려, 허허."

윤서는 쑥스러운 듯 잠시 고개를 숙였다가 다시 고개를 들어 장영실을 쳐다보았다.

"무슨 물시계를 왜 또 만드시려구요?"

"그 물시계는, 비유하자면 그저 모형에 지나지 않아요. 중국의 것을 참고로 설계도를 만들긴 하였지만, 그때는 도저히 새로운 기구를 만들 조건이 아니었다오. 그래서 대강의 원리만 알아볼 수 있도록 급히 만든 것이라오. 그러니까 그때 만든 물시계는 본을 뜬 정도라고 하면 옳을 것이오. 그래서 혼천의처럼 중국 것보다 훨씬 더 좋은 기계를 만들고 싶소. 그야말로 자동 물시계를."

"아, 그러면 그 모형은 실생활에 쓰이지 못하고 있겠군요. 그래서 실생활에 쓰일 수 있는 물시계를 만드신다는 얘기지요?"

"물론 그 물시계도 대단히 좋기는 하지만 나는 더 정밀하게 만들고, 또 아름답고 튼튼하게 만들고 싶어요."

아내 윤서는 과학 기구에 관한 것일지라도, 남편이 하는 일인 만큼 틈만 나면 곧잘 책을 들여다보곤 했다. 윤서는 저고리를 짓는 일이나 수를 놓는 일도 잘했지만 책 읽기를 더 좋아했다.

'그래. 여자라고 해서 무조건 공부를 멀리하고 그저 집안 살림이나 잘하면 된다는 것은 잘못된 생각이야. 아내만 해도 저토록 영특한 머리를 가지고서 재능을 잘 발휘하지 못하니 이 얼마나 안타까운 일인가. 사내로 태어났더라면 한몫 단단히 했을 터인데. 여인네로 태어나 빛을 내지 못하는구나.'

장영실은 관노로 일하던 옛날 자신의 처지를 떠올렸다. 천민이라는 이유 때문에 제대로 공부 한번 못해보고 한낱 노비로 살다가 죽는구나 절망했던 어린 시절이 바로 엊그제만 같다. 동네 사람들은 자신을 불쌍히 여기고 손가락질을 했다.

　지금은 어떤가. 자신은 국왕을 가장 가까이에서 모시는 높은 자리까지 올랐다. 이제는 모든 사람들이 장영실을 부러워할 정도로 성공했다.

　올라갈 수 없는 나무는 쳐다보지도 말라고 귀에 못이 박히도록 말했던 동래 사람들도 지금은 장영실을 우러러보고 있다. 장영실은 하늘이 내려준 이 기회와 행복을 고맙게 생각했다. 그럴수록 더욱더 겸손한 마음으로 살아가야겠다고 다짐하였다.

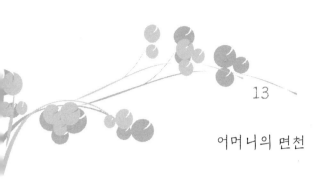

13

어머니의 면천

'아, 어머니하고 같이 살 수 있다면 더 이상 바랄 것이 없건만.'

장영실은 물시계를 개량하면서도 어머니 걱정에 두 다리를 펴고 마음 편히 자는 날이 없었다. 날이 갈수록 어머니에 대한 그리움과 죄스러움이 더해갔다.

장영실은 좋은 음식과 쌀밥을 먹어도 점점 야위어갔다. 일도 일이지만 막상 어머니 걱정이 깊어지니 근심이 늘어만 갔다.

"당신, 아무리 어머니가 보고 싶어도 이러시면 안 됩니다. 당신이 잘 먹고 건강해야 어머니도 잘 모실 수 있지 않습니까? 또한 주상 전하에 대한 은혜도 잊어서는 안 되지요."

"부인의 마음을 모르는 것은 아니지만 이렇듯 좋은 음식이 앞에 놓이면 어머니 생각에 더 목이 메는구려."

장영실은 눈물이 앞을 가려 더 이상 말을 끝맺지 못했다.

아내 윤서는 순간 아무 말도 하지 못했다.

그런 날이 며칠이나 지났다.

'나는 나라의 은공을 입고 이토록 편하게 지내고 있는데 어머니께서는 아직도 종의 신분으로 갖은 고생을 하고 계시겠지.'

장영실은 그날도 어머니 생각을 하며 물시계를 더 좋게, 더 크게 만들 궁리를 했다.

마침 이천이 작업실에 들렀다가 얼굴이 푹 꺼진 장영실을 보고는 놀라서 말을 꺼냈다.

"아니, 얼굴이 왜 이리 야위었는가?"

이천은 이렇게 묻기는 했지만 이미 눈치를 채고 있었다.

"자네 혼자 좋은 집에서 잘 먹고 잘 살고 있으려니 홀어머니 생각이 많이 나겠지. 그 심정을 왜 모르겠나. 하지만 자네는 이제 혼자 몸이 아니야. 늘 걱정으로 하루를 보내는 자네 처를 생각해보게. 조금만 더 참고 일해보자구. 국법이라는 게 워낙 복잡하지 않은가. 일에는 다 때가 있는 거라네."

이천은 착잡한 심정으로 장영실을 위로했다. 사실 그도 말은 그렇게 했지만 자신이 장영실이라면 똑같이 괴로워했을 것이라고 생각했다. 지금이라도 당장 장영실의 어머니를 한양으로 올라오게 해주고 싶지만 국법이 걸림돌이다.

'부모 자식 간의 정은 하늘이 맺어준 것인데 그 귀한 것을 어찌 무 자르듯 자를 수가 있을 것인가. 더욱이 출세한 아들이 어머니

를 모시지 않는대서야 원……. 하루빨리 장영실의 괴로움을 덜어 줄 수 있었으면 좋으련만.'

이천은 마음속으로 이런저런 궁리를 해보았다. 나라의 법을 금방 고칠 수도 없는 노릇이니 장영실의 어머니를 불러올린다는 것은 결코 쉬운 일이 아니다.

그러나 신하들이 크게 반대만 하지 않는다면 왕의 특별한 배려를 기대할 수도 있다.

잠자코 있던 장영실이 입을 열었다.

"저라고 왜 그런 생각이 없겠습니까? 집사람한테 걱정을 끼치는 것도 미안할뿐더러 제가 이러고 있는 것이 못마땅합니다. 딴생각하지 않고 물시계만 궁리해도 언제 완성할지 모르는 큰일인데 이렇듯 마음을 못 잡고 있으니 말입니다. 대감께서 이렇게 저를 아껴주시고 도와주시니 감사한 마음 이루 다 말할 수 없습니다만, 지금은 시간이 좀 필요합니다. 며칠 동안 마음의 정리를 할 때까지는 저도 어쩔 수가 없습니다."

장영실이 힘없이 대답하자 이천은 넌지시 그의 생각을 비쳤다.

"여보게, 그렇다면 말이야 주상 전하께 한번 말씀을 드려보는 것이 어떠한가?"

장영실은 눈을 크게 떴다.

"예? 어찌 저같이 보잘것없는 사람이 감히 주상 전하께 그런 청을 드릴 수 있겠습니까? 전하의 노여움이나 사지 않을까 염려됩니다."

"허허, 이 사람. 전하를 가까이에서 모시고 있는 자네가 이렇게 그분을 모른대서야 말이 되는가. 주상 전하는 본래 마음이 곧고 바다같이 깊으신 분이라 큰 은혜를 베풀어주실지도 모르지 않은가. 전하께서는 또 자네를 오죽 아끼시는가?"

"그래도 저는……."

"부딪쳐보지도 않고 지레 뒷걸음칠 필요야 없지 않은가? 자네가 말하기 어렵다면 어디 내가 한번 아뢰어보겠네."

"그러면야 좋지만, 정말 이 은혜를 어떻게 갚아야 할지."

장영실은 이천의 말을 듣고는 좀 힘이 났지만 크게 기대하지는 않았다. 국법은 지엄한 것이다. 사람이란 태어날 때부터 이미 정해진 신분에 의해 사는 것이 아니던가. 아무리 능력이 뛰어나고 인정을 받았다 하나 그런 은혜까지 받기를 원하는 것은 터무니없는 짓으로만 생각되었다.

게다가 이천이 말을 한다고 하였으니 장영실로서는 더더욱 임금 앞에 나아가기가 꺼려졌다.

이천은 다음 날 세종을 찾아갔다.

"어서 오시오, 대감. 무슨 일로 이렇게 일찍 나를 찾아왔는지 어서 얘기를 들어봅시다."

"저…… 실은, 황송하오나 전하께 한 가지 청을 드리고자 왔사옵니다."

이천은 장영실을 친아우처럼 편하게 해주었다. 나이로는 장영실보다 여덟 살밖에 더 많지 않지만 출세가 빨라 종2품의 참판에 올라 영감, 대감 소리를 들은 지가 오래되었다.

이천은 세종이 왕위에 오른 후 계속 곁에 있기도 했지만, 모든 일에 신중하고 사리분별이 밝아 나라의 중요한 일을 논의하는 데 크게 도움이 되었다.

세종 역시 이천의 말이라면 조금도 흘려듣는 법이 없었다. 그만큼 이천을 믿고 의지했다.

이천은 나이가 들었어도 언제나 공부를 게을리하지 않았다. 그래서 늘 다른 신하들의 본보기가 되었다. 무엇보다도 이천은 사람들을 너그럽게 감싸주고 보살펴주는 성품이었다.

"경이 내게 긴히 부탁할 것이 있다니 궁금하기 짝이 없구려. 대체 무슨 청이기에 그리 조심스럽게 꺼내시오?"

"전하, 제가 평안도 도절제사가 되어 사군을 개척한 바가 있사옵니다."

"있지요."

"대마도정벌에 종군한 바도 있습니다."

"그렇군요."

"우군절제사로 또다시 대마도를 정벌하였지요."

"과인이 잘 아는 일입니다. 대감, 무슨 말씀을 하시려고 그러십니까?"

"공조참판으로서 활자를 만들어내고, 물시계와 혼천의도 만들어 바쳤지요."

"아, 그렇다니까요. 본론을 말씀하시지요."

세종은 웃으면서 이천을 재촉했다.

"황송하옵니다, 전하. 다름이 아니라 신이 공조참판을 여러 차례 무사히 지내고 공조의 일이라면 도제도 맡고 막중한 어지를 받들 수 있었던 것은 오로지 장영실의 재주가 비상했기 때문입니다. 물시계며 혼천의도 실은 제가 감독만 했지 진짜로 만든 사람은 장영실 아닙니까. 그런데 제가 장영실의 근심 하나를 풀어주지 못해 마음이 많이 아픕니다, 전하."

세종은 자리를 고쳐 앉으며 귀를 기울였다.

"장영실의 일이라 하였소? 아니 무슨 일이기에 장영실이 직접 오질 않고 경이 대신 오시고, 또 마음이 그리 아프단 말씀이오?"

"예. 사실은 장영실의 어미가 경상도 동래현의 관비로 있는바, 세상 천지에 모자 둘밖에 없는데 장영실이 한양으로 올라온 뒤 모자가 생이별을 했지요. 장영실은 워낙 재주가 뛰어나 이 나라가 아끼는 인재가 아니옵니까. 하온데 혼인을 한 지금에도 어머니를 모시지 못하는 처지라 근심 걱정이 끊이질 않고 있는 듯하옵니다. 자식 된 도리를 다하지 못하였으니 이 어찌 불효가 깊지 않겠습니까? 그런 까닭으로 괴로워하는 영실을 곁에서 보고 있자니 마음이 아파서 두고 볼 수가 있어야지요. 그래서 소신이 감히 이렇게 청을 드리고자 나왔습니다. 부디 은혜를 베푸시어 장영실을 그 어미와 함께 살 수 있도록 하여주시옵소서, 전하."

세종은 고개를 끄덕이며 잠시 생각에 잠겼다. 장영실의 심정을 이해 못하는 바는 아니나 그리 쉽게 결정할 문제도 아니다. 신분제는 조선이 건국하면서 집권세력을 떠받치는 중대한 기초제도다. 한번 관아에 묶인 몸을 풀어준다는 것은 지금까지 지켜온 신분 질서를 깨뜨리는 일이다.

세종은 신하들의 엄청난 반대를 무릅쓰고 장영실을 가까스로 면천하였는데, 이제 그 어미까지 불러들인다는 것은 쉽지 않을 것이라고 생각하였다. 나라를 경영하다 보면 왕도 할 수 없는 일이 있다.

"과인의 마음이야 당장이라도 그 어미를 모셔오라 하고 싶지만 국법이 지엄하니, 과인이 좋은 방도가 없는지 곰곰이 생각해 보리다."

세종은 한참만에야 이천에게 생각해보겠다는 뜻을 비쳤다. 그러나 이천은 이 정도만 해도 거의 반은 성공한 것이나 다름없다고 생각했다. 국법이 비록 추상같지만 왕의 의지만 있다면 길이 아주 없는 것도 아니다.

"성은이 망극하옵니다, 전하. 은혜를 잊지 않고 분골쇄신하겠습니다."

"허어, 아직 결정이 된 사실도 아닌데 왜 벌써부터 이러시오? 부담스럽소. 분명 어려운 청임에는 틀림없으나 내 대감의 얼굴을 봐서라도 좋은 쪽으로 생각을 해보겠소. 그런데 어째 대감께서 더욱 기뻐하시는 것 같소. 허허."

세종의 말마따나 이천은 마치 자기 일처럼 기뻐했다.

이천은 그 길로 궁궐을 나와 장영실의 집으로 달려갔다.

"여보게, 기뻐하게. 주상 전하께서 자네 어머니를 종의 신분에서 풀어주시고 자네와 같이 한양에 살아도 좋다고 허락할 것 같네. 우리 주상은 마음이 비단결같이 고우셔서 반드시 그런 어명을 내려주실 걸세. 아무렴."

"예에? 아니 그게 사실이란 말씀입니까?"

장영실은 좋아서 어쩔 줄을 몰랐다.

"자, 소문내지 말고 몰래 어머니를 모셔올 채비를 해놓게나."

장영실은 너무나 기뻐 그 자리에서 엎드려 울고 싶었다. 평생 잊지 못할 이천과 세종의 은혜도 그렇거니와, 지난 세월을 자기 하나만 바라보고 살아왔을 어머니를 떠올리니 감정이 복받쳐 올랐다.

"여보, 부인. 이런 경사가 어디 있겠소. 이제야 꿈에도 그리던 어머님을 곁에 모시고 살 수 있게 되었으니, 가슴속에 맺혀 있던 응어리가 한꺼번에 풀어지는 듯하구려."

"저도 기뻐서 어떻게 해야 할지 모르겠습니다. 혼례를 치르고도 뵙지를 못했으니, 비록 말은 못했어도 저도 어찌나 마음이 아픈지 몰라요. 빨리 가서 어머니를 모셔와 정성껏 모시고 싶은 마음뿐입니다."

"고맙소, 부인. 부인께서 이렇게 기뻐해주니 내 마음이 한결 편하구려. 아무래도 어머님을 모셔오면 부인이 더 마음을 써야 할 터인데. 고생은 좀 되겠지만 부인이 애쓰는 것을 잊지 않고 더 잘

하리다.”

“원 별 말씀을 다 하십니다. 부모님을 모시는 일에 고생이 다 무엇입니까? 당연히 해야 하는 일을 여태껏 못해서 바늘방석이었는데, 이제야 마음을 좀 놓겠습니다. 괜한 걱정 마시고 어서 어머님을 모셔오기나 하셔요.”

이천의 예상대로 세종은 장영실의 어머니를 데려와도 좋다는 어명을 내렸다. 아마도 반대하는 사람들을 미리 설득했을 것이다.

“이미 평생을 관비로 살았으니 그 늙은 나이를 고려하여 노역을 면해주는 셈치고 면천하십시다. 그 아들 장영실이 이미 여러 가지 공로로 높은 품계에 올랐는데 생모를 노비로 묶어놓는다는 것은 강륜(綱倫)에 어긋나는 일이오. 과인은 인정과 도리상 그렇게 못하겠소.”

세종은 이처럼 독단적으로 하지 않고 항상 신하들을 설득하여 이해를 구한 뒤에 어명을 내리는 습관이 있었다.

장영실은 마침내 어머니를 모셔오기 위해 동래로 내려가게 되었다.

아내 윤서가 먼 길을 따라나서려 하자 손사래를 치며 말렸다.

“부인을 보시면 어머니도 좋아하시겠지만 아무래도 갈 길이 더 더뎌질지 모르니 나 혼자 후딱 다녀오리다.”

“서방님 생각이 그러시다면 몸 건강히 잘 다녀오세요.”

장영실은 아내의 배웅을 받으며 말을 몰았다.

"이랴!"

장영실로서는 사실 어머니가 계속 관기로 묶여 있는 한 풀리지 않는 족쇄를 달고 사는 것이나 마찬가지다. 어머니까지 면천되는 이제야말로 명실공히 노비 신세를 면하고 어엿한 조정 신하로 처신할 수 있게 된 것이다.

이때 장영실의 어머니 수란은 아직도 자신이 종의 신분에서 벗어난 사실을 모르고 있었다. 물론 신분만 그러할 뿐 나이가 차서 고된 일을 하지는 않고, 또 아들이 정5품 고위관리로 한양에서 일하니 종6품이 현령을 맡고 있는 동래 관아에서도 함부로 구는 일이 없었다. 오히려 동래를 빛낸 인물 장영실의 어머니라 하여 마을 사람들의 존경을 받고 있었다.

장영실은 어머니가 종의 신분에서 벗어났다는 사실을 직접 알리고 싶어서 미리 연락을 하지는 않았다.

"어머니, 영실이 왔습니다!"

어머니 수란은 바느질을 하느라 정신이 없다가 귀에 익은 소리가 밖에서 들리자 깜짝 놀랐다. 아들 목소리라는 걸 금세 알아들었다.

수란은 들고 있던 옷감을 얼른 내려놓고 설마 하는 마음으로 방문을 열어젖혔다.

"아니, 이게 누구냐? 정말 내 아들이냐? 설마 지금 내가 꿈을 꾸고 있는 건 아닐 테지?"

어머니 수란은 아들 장영실을 보자 얼른 달려 나와 아들을 덥석 껴안았다.

"우리 영실이가 맞구나!"

수란은 관복을 입고 있는 아들 장영실을 어루만졌다.

"네가 한양에 가서 이처럼 출세하다니, 죽은 너의 아버지 음덕이로다. 아무렴, 아무렴. 우리 모자가 이처럼 목숨 붙이고 잘 살아 있는 게 네 아버지 음덕이고말고."

모자는 서로 부둥켜안고 울음을 터뜨렸다.

"어머니, 안으로 들어가시지요? 드릴 말씀이 있어요."

장영실은 어머니를 모시고 방으로 들어가 아랫목에 어머니를 앉게 했다.

"무슨 얘긴데 그러냐? 손주 보았다는 말이렷다?"

"어머니, 일단 절부터 받으세요."

"오냐, 그래. 어디 내 잘난 아들한테 절 좀 받아보자."

장영실은 온 마음으로 어머니에게 큰절을 올렸다. 그러고는 두 무릎을 꿇고 어머니 앞에 앉았다.

"어머니, 어서 한양으로 올라가실 채비를 하십시오. 이제야 어머니를 모시게 되었습니다."

"아니, 내가 어떻게 한양에 들어갈 수 있단 말이냐? 난 아직 관아에 딸린 노비 신분이다. 일이야 그럭저럭 조금만 하면서 산다지만 꼼짝없는 노비 아니더냐. 어쩔 수 없다. 너 하나 잘된 것으로 어미는 기쁘다. 여기 사는 것도 나쁘지 않구나."

"어머님, 놀라지 마세요. 우리 주상 전하께서 어머니의 신분도 풀어주셨어요. 어머니는 이제 종이 아닙니다."

"이 어미가 종이 아니라고? 주상 전하가 풀어주셨다고?"

"예, 그렇구말구요."

어머니 수란은 아무 말도 않고 하염없이 눈물을 흘렸다.

그 끔찍한 옛날 일을 겪은 이후 그의 어머니 수란은 아무도 원망하지 못하고 이렇게 천형(天刑)을 받은 듯 참고 살아왔다. 잘살고 못살고가 문제가 아니었다. 남편 장성휘가 이성계의 군사들에게 잡혀가는 순간 수란의 인생은 갈가리 찢어지고 말았다.

"어떻게 이런 일이……. 이 하찮은 것에게 이토록 큰 은혜를 베푸시다니……."

"어머니, 이제부터 제가 편히 모실 테니 오래오래 사셔야 합니다."

"아니다. 이 어미는 이제 죽어도 남은 한이 없다. 네가 이렇듯 장한 모습으로 돌아왔고 또 우리 모자가 함께 살게 되었다는데, 내가 더 이상 무엇을 욕심 부리겠느냐. 네가 어서 나라에 공을 세워 아버지의 한을 풀어드려라. 네가 잘돼야 하늘에 계신 네 아버지도 신원되는 것이라."

"그럼요. 하지만 어머니도 고생하셨으니 이제부터는 아들 며느리 효도도 받으시고 손자들 재롱도 보셔야지요. 제가 어릴 적에는 어머니와 단둘이 외롭게 살았지만, 이제는 가족이 있는 집에서 떠들썩하게 살아보셔야지요. 아무 염려 마시고 마음 편히 가지세요."

장영실은 주름지고 거칠어진 어머니의 손을 따뜻하게 감싸 쥐었다.

마을 사람들은 한양 가 출세한 장영실이 왔다는 소식을 듣고 하나둘 모여들기 시작했다.

게다가 그의 어머니마저 면천되었다는 말에 마을에 경사가 났다며 기뻐했다. 장영실은 마을 사람들에게 보답하는 마음으로 잔치를 벌였다.

면천은 자주 있는 일이 아니다. 면천이란 왕만이 내릴 수 있는 특별한 권한이다. 그런데 멀고 먼 한양 궁궐에 사신다는 왕이 동래현 노비 두 사람을 면천하여 한양으로 데려가는 것 아닌가. 동래현의 경사가 아닐 수 없다.

'어머니가 좋아하시는 모습을 보니 이렇게 기쁠 수가 없구나. 늦긴 했지만 이제라도 어머니를 모시고 살 수 있게 되었으니 이 아니 기쁜 일인가.'

어머니 수란은 머리가 희끗희끗하고 얼굴에 주름이 져 세월이 지나간 흔적이 뚜렷했지만 좋아하는 표정만큼은 소녀나 다름없었다.

수란은 하루도 잊은 날이 없던 아들과 아들이 좋아한다는 며느리, 손자들과 함께 살 것을 생각하니 가슴이 벅차올랐다.

동네 사람들도 평생 관비로 살아온 장영실의 어머니 수란을 위로했다.

"자네가 이제야 아들 덕을 보는구먼. 영실이가 어릴 때부터 남달리 똑똑해서 눈길을 끌더니. 될성부른 나무는 떡잎부터 알아본

다는 옛말이 하나도 그른 게 없지 뭔가."

"누가 아니랍디까. 이제 와서 하는 말이지만, 영실이 어렸을 적에는 그 총명함 때문에 제 어미가 속도 많이 썩었지요. 제 신분도 모르고 늘 책을 벗 삼아 선비 될 생각만 하였으니 어미가 마음고생을 좀 했잖습니까. 이렇게 될 줄 모르고 그때는 분수를 지켜야 한다고 꾸지람만 하였으니 원……."

수란은 장영실의 어린 시절만 떠올리면 가슴이 아프다. 송충이는 솔잎을 먹고 살아야 한다고 글공부를 못하게 야단치던 일이 죄스럽게만 느껴졌다.

"다 동네 사람들이 염려해주신 덕택이지요. 어미가 죄가 많아 제대로 키우지도 못하였건만 혼자 큰 것을 보면 대견스럽기만 합니다."

"이제는 대갓집 며느리까지 보았겠다, 무슨 걱정이 있으시오? 떡두꺼비 같은 손자만 하나 낳으면 부러울 것이 없으시겠수."

"그러게 말입니다."

수란은 사람들의 정 어린 말을 들으며 눈물을 찍어냈다. 너무 기쁜 나머지 같이 눈시울을 적시는 동네 사람도 있었다.

다음 날, 장영실은 동래현에 들러 현령, 아전, 관노비들에게 두루 인사를 한 뒤 마을 사람들의 배웅을 받으며 어머니와 함께 한양 길에 올랐다.

장영실은 이제 오랫동안 자신의 목을 죄던 사슬이 풀린 기분이었다. 하늘을 날아도 이처럼 홀가분하지는 않을 것 같았다.

이제는 있는 힘을 다해 물시계 연구에만 매달릴 작정이다. 세종 임금이 베푼 은혜를 갚아야만 한다.

장영실은 아직 한양 생활에 익숙하지 못한 어머니가 걱정되기는 하였지만, 다행히도 아내가 정성껏 시중을 들고 있어서 마음 놓고 일에 집중하기로 했다.

"걱정 마셔요. 제가 부족하긴 하지만 어머니를 편안하게 모시려고 노력하고 있습니다. 그래도 어머니께서는 생각보다 빨리 한양 생활에 정을 붙여가고 있습니다."

장영실은 아내 윤서를 믿고 자동 물시계 연구에 전념할 수 있었다.

그의 어머니도 가끔 동래의 산천과 고향 사람들을 그리워하긴 하였지만, 대체로 한양 생활에 잘 적응했다. 특히 아내의 착한 마음씨와 올바른 몸가짐에 어머니는 입에 침이 마르도록 칭찬을 하였다. 또한 손주들 재롱에 웃음이 떠나갈 새가 없었다.

'백번 천번 잘된 일이지. 어머니와 함께 살게 되고 또 아내가 저토록 신경을 써주니 이제는 정말 한시름 놓겠구나. 그건 그렇고, 나는 하루빨리 물시계를 완성해야 할 텐데.'

장영실은 기능이 훨씬 좋아진 자동 물시계 완성을 코앞에 두고 있었다. 작업실 앞마당에는 하얀 눈이 소리 없이 내리고 있었다.

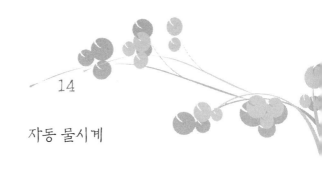

14

자동 물시계

1434년(세종 16년)이다.

영실은 조심스럽게 물시계의 물받이통에 물을 들이부었다. 그러자 화살대가 물에 떠오르더니 왼쪽에 있는 구리판 구멍의 장치를 튕겼다.

그러자 작은 구리구슬이 떨어져 구리통으로 굴러 들어갔다. 그러고는 큰 구슬을 굴렸다.

큰 구리구슬이 굴러가더니 고정 장치된 숟가락 모양의 판을 움직였다. 이 판은 나무 인형의 팔꿈치를 탁 쳤다. 그러자 북소리가 났다.

지난번에 만든 물시계보다 훨씬 더 정교하고 반듯하다.

영실은 만족스럽다는 듯 흐뭇하게 웃었다.

"드디어 자동 물시계가 완성되었구나!"

함께 연구를 해온 김빈(金鑌)과 장영실은 완성된 물시계 앞에서 마주 보며 웃었다.

"수고 많으셨습니다. 나 혼자였더라면 결코 이 장치를 만들어내지 못했을 것입니다."

장영실은 김빈에게 마음에서 우러나오는 말로 감사를 표했다.

"아닙니다. 저야 곁에서 시중을 든 것밖에 한 일이 없습니다. 이 복잡한 기계를 만드시다니, 정말 대단하십니다."

장영실은 자동 물시계를 찬찬히 들여다보았다. 자신이 만든 것이지만 보면 볼수록 신기하고 자랑스럽다. 이름은 자격루(自擊漏)라고 지었다.

영실은 중국에서 공부를 하고 돌아오자마자, 물시계를 만들려고 설계해보았지만, 그때는 알려진 이론을 정리해보는 데 지나지 않았다.

그래서 반드시 명나라 물시계보다 더 뛰어난 자동 물시계를 만들어보겠다는 꿈을 가졌었다. 이제야 그때의 그 꿈을 이루고 나니 여간 기쁘지 않았다.

물시계는 물론 장영실이 처음 만든 건 아니다. 세종 이전부터 사용하던 시계다. 해가 없는 밤중에는 물시계로 시간을 잴 수밖에 없다. 그러나 시간을 재는 관리가 물시계를 지켜보다 시간에 맞추어 종지기에게 알려주어야 하는데 만약 졸기라도 하면 제때에 시간을 알리지 못하는 어려움이 있었다. 그러나 장영실이 만든 물시계는 자동으로 시간을 알려주었다. 물시계가 알아서 북소리를 내고 종소리를 내기 때문에 인정이든 파루든 놓치는 일이 없게 된 것이다.

세종은 장영실이 자동 물시계를 완성했다는 소식을 듣고는 크게 기뻐하며 그를 궁중으로 불러들였다.

조정 신하들도 장영실이 자동 물시계를 발명했다고 하자 눈을 휘둥그렇게 뜨고 칭찬했다.

"역시 장영실은 예사 인물이 아니야. 하는 일마다 빈틈이 없는 건 말할 것도 없고, 한번 마음먹은 일은 끝까지 해내는 강한 신념이 있어. 머리도 영특하지만 조선 팔도 어디엘 가도 저만한 노력가는 찾아보기 힘들지, 암."

세종은 장영실을 생각하면 언제나 가슴이 뿌듯하고 왠지 모르게 마음이 든든하였다. 장영실은 그야말로 세종이 진흙 속에서 찾아낸 진주와도 같다. 뭐든 그의 손을 거치기만 하면 놀라운 기계로 변하지 않는가.

"매번 놀라운 장치들을 만들어내니 그저 놀랍고 또 자랑스러울 뿐이오. 그래, 이 자격루란 물시계는 어떤 원리로 만들었는지 설명해줄 수 있겠소?"

위에는 물을 흘려보내는 파수호(播水壺)를 놓고, 아래에는 물을 받는 수수호(受水壺)를 놓는다. 단지 중간에 길이 3.5미터, 너비 18센티미터, 깊이 12센티미터의 네모진 나무를 꽂아 물이 흘러가게 한다.

왼쪽에는 동판(銅板)을 설치하여, 판면에는 구멍 열두 개를 뚫어서 탄환만 한 구리구슬을 받도록 한다. 오른쪽에도 동판을 설치하고, 판면에는 스물다섯 개의 구멍을 뚫어 계란만 한 큰 구리구슬을 왼쪽과 같이 받게 한다. 판은 모두 열두 판인데, 절기에 따라 맞춰 쓴다.

"전하, 이 파수호에서 흘러내린 물이 수수호에 모이면 떠 있던 부전(浮箭: 살대)이 점점 올라와서 시각에 따라 왼쪽 동판 구멍의 기계를 건드립니다. 그러면 작은 구리구슬이 떨어져 내려서 구리통으로 굴러 들어갑니다. 이 구멍을 따라 떨어져서 이 기계를 건드리면 환히 열리고, 큰 구슬이 떨어져 여기 이 밑에 달린 짧은 통에 굴러 들어가서 뚝 떨어집니다. 그러면서 숟가락 같은 기계를 움직이지요. 그러면 기계의 한 끝이 통 안으로부터 자동으로 시각을 맡은 십이지신 열두 개 중 하나의 팔을 쳐 종이 울리게 됩니다. 이렇게 하여 하루에 종이 열두 번 울립니다. 그러면서 시각 안에서도 점을 나누어 울리게 됩니다. 한 시에 다섯 번 있는 경점을 알리는 원리는 같습니다. 다만 경점을 알릴 때는 종이 아니라 북을 치게 하며, 다만 초점(初點)은 징을 울리게 됩니다."

"음, 징과 북소리로 시각을 일일이 알리는 자동 물시계로구먼. 원리가 매우 복잡하고 정교한 기계입니다그려."

영실은 잠시 생각을 정리하고는 차근차근 더 자세한 설명을 시작했다.

"물시계의 작동 원리는 물시계에서 생기는 부력(浮力)을 이용한 것이옵니다. 즉 물에 뜨는 부력으로 시간이 표시된 잣대가 떠오르면 잣대 위에 있던 구리구슬이 아래로 떨어지면서, 구슬이 떨어지는 힘과 지렛대의 원리로 시각을 저절로 알려주는 것입니다. 이제 관리들이 설사 졸아도 북소리가 나고 종소리가 나서 아마 졸지 못할 것입니다."

"허, 이거야 원 어려워서 알아들을 수가 없구려. 대체 경은 이런 복잡한 원리를 어디에서 보고 익혔소?"

"물시계는 아라비아와 중국, 원나라를 거쳐 발전해온 것입니다. 그러니까 그 원리가 다른 나라에서는 이미 있는 것입니다. 제가 중국에 갔을 때, 송나라의 소송이란 사람이 만든 천문시계 장치와 아라비아 물시계의 자동 시보 기능을 보고 익혀두었다가, 기계 장치를 좀 더 정교하게 꾸며 조선 물시계답게 북을 치고 종을 치도록 새로 만든 것이옵니다."

영실이 설명을 끝내자 곁에 앉았던 김빈이 말을 이었다.

"하오나 주상 전하, 송나라의 소송이 만든 천문시계나 아라비아의 물시계를 가지고는 이렇듯 쓸모 있는 물시계를 만들 수 없습니다. 이 물시계는 장영실이 아니고서는 도저히 만들 수 없을 정도로 정교해서, 망가진다면 행사직 장영실밖에 고칠 이가 없을 것으로 압니다."

김빈의 칭찬에 영실의 얼굴이 붉어졌다.

"내 그대들의 공을 잘 알겠소. 그런데 이 물시계는 어디에 설치하면 좋겠소?"

"이 물시계 자격루와 함께 새로 개량한 해시계도 곧 완성할 것입니다. 그러면 일반 백성들에게 밤낮으로 정확한 시각을 알려줄 수 있을 것입니다. 소신의 생각으로는 밤 시각을 알려주는 물시계는 궁궐에 설치하고, 낮 시각을 알려주는 해시계인 앙부일구(仰釜日晷)는 혜정교와 종묘 남쪽 거리에 설치하는 것이 좋을 듯하옵니다만……."

"아니, 해시계도 새로 만들고 있었단 말이오?"

세종은 장영실이 만든다는 해시계 앙부일구를 보고 싶은 마음이 굴뚝같았다. 장영실이 만든다면 흔히 보던 해시계가 아니고 훨씬 더 정밀한 시계가 될 것이기 때문이다.

"예. 사실은 거의 다 만들었습니다. 전하, 조금만 더 기다려주시면 완성된 앙부일구를 바치겠나이다. 머지않아 백성들이 편하게 볼 수 있는 해시계로 선보일 작정을 하고 있사옵니다."

"장하도다. 그래 앙부일구가 어떤 해시계인지 설명 좀 해보게."

김빈이 말을 이었다.

"앙부일구는 천문학을 토대로 만든 것입니다. 밤에는 물시계인 자격루를 통해 시간을 알 수 있지만, 낮에는 시간을 알기 힘드니 해시계가 있어야 할 것 같아서요. 곧 보여드리겠습니다만, 시각과 계절을 읽을 수 있는 몸체와 이를 받치고 있는 네 개의 다리, 그리고 열십자 모양의 수평기로 구성되어 있사옵니다."

세종은 설명을 다 듣고는 더 궁금하다는 표정을 지었다.

"아무래도 궁금해서 참을 수가 없구나. 과인이 지금 꼭 봐야겠으니 어서 길을 안내하여라."

세종의 뜻이 완강한지라 장영실과 김빈은 앙부일구를 만들고 있는 공조 작업실로 앞장섰다. 아직 눈금이나 시각, 계절 등이 정확하게 적혀 있지는 않지만 겉으로 보기에는 그럴듯했다.

"그래 이것은 어떻게 시각을 읽는가?"

"해가 나면 바늘에 그림자가 지게 되는데 그 바늘 그림자가 닿는 곳을 읽으면 됩니다. 여기를 보시면 시침이 북쪽을 향해 서 있지 않사옵니까? 그러므로 동쪽에서 뜬 태양이 서쪽으로 기울면서 바늘의 그림자가 생기는데 이 그림자가 앙부일구 내부에 가로로 나타나지요. 그러므로 가로줄에 시각을 알 수 있게 표시하면 곧바로 그때의 시각을 알 수 있는 방식이옵니다."

세종은 원리를 확실하게 알아들을 수는 없지만 대충은 이해할 수 있었다. 또 앙부일구에는 시각선과는 달리 세로로 그은 계절선이 있어 계절에 따라 태양의 각도가 달라지므로, 이를 이용하여 24절기도 알 수 있도록 표시되어 있었다.

앙부일구는 오목하게 파인 반구형 대접 모양의 해시계라는 뜻이다. 물론 이전에 해시계가 없었던 것은 아니다. 하지만 앙부일구는 다른 해시계와는 달리 시반에 시각선뿐만 아니라 계절선이 표시되어 있어 동지에서 하지까지의 24절기를 정확히 알 수 있게 하였다.

동지 때는 하루 중 태양이 제일 낮은 곳에 떠 있으므로 해 그림자가 길게 드리워지고, 하지 때는 반대로 태양이 제일 높은 곳에 떠 있기 때문에 그림자가 가장 짧아지는 원리에 따라 가로줄을 그어 해 그림자의 길이로 24절기 중 어느 때인지를 정확하게 알 수 있게 하였다. 말하자면 양력 날짜를 확실히 알 수 있도록 만든 것이다.[6]

앙부일구가 완성되자 영실은 두 개를 더 만들어 서울의 혜정교와 종묘 남쪽 거리에 설치하였다. 이 앙부일구에는 글을 모르는 백성들을 위해 시간마다 글자 대신 동물 그림을 그려 넣었다.

세종은 해시계 앙부일구를 살펴보고는 내전으로 돌아와 깊은 생각에 잠겼다.

'어느 나라에도 뒤지지 않는 발명품을 만들어 조선을 빛나게 하였으니 이 공을 그냥 지나치는 것은 임금 된 도리가 아니다.'

세종은 장영실의 벼슬을 더 올려주어야겠다는 생각에 영의정 황희(黃喜)와 좌의정 맹사성(孟思誠)을 불러 의논을 하였다.

"행사직 장영실은 태조께서 개국하실 때 역적 정몽주의 무리이던 장영휘의 아들로서, 그때 노비가 되어 동래현에서 일했답니다. 다만 어려서부터 손재주가 워낙 뛰어나 동래현령이 아끼고, 현령의 동기인 이천 대감에게 천거해 마침내 과인이 발탁하기에 이르렀소. 경들도 알다시피 임인, 계묘년 무렵에 상의원별좌를 시키고자 하여 이조판서 허조와 병조판서 조말생에게 의논하였소. 그러나 허조는 '기생의 소생을 상의원에 임용할 수 없다' 하고, 조말생은 '재주가 비상하니 상의원에 적합하다' 하여, 의견이 일치되지

---

6) 양력인 24절기는 농사용으로 쓰였다.

않았던 것을 기억할 것이오. 그래서 단호히 결정을 내리지 못하다가 다시 대신들에게 의논한바, 유정현 등이 '재능 있는 자이므로 상의원 등에 임명할 수 있다' 하기에, 내가 그 의견을 따라서 별좌에 임명하였소. 장영실의 사람됨을 보자면 비단 뛰어난 솜씨에만 있는 것이 아니라, 과학기술 분야에 워낙 똑똑해서 과인의 곁에 가까이 두고 내관을 대신하여 명령을 전하기도 하였고, 여러 방면으로 나를 도왔다는 점은 다 아는 사실일 것이오. 그러나 어찌 이것을 공이라고 하겠소? 그러다가 장영실이 마침내 자격루와 앙부일구를 만들어 대조선을 천문 관측이 가능한 나라로 국격을 높였소. 우리도 마침내 천명을 받드는 나라가 되었단 말이오. 이렇듯 만대에 전할 귀한 기물을 만들었으니 그 공이 작지 아니하므로 호군(護軍)의 관직을 더해주고자 하오."

세종이 자세히 설명을 하고 의견을 묻자, 황희가 아뢰었다.

"김인(金忍)은 평양의 관노였사오나 날쌔고 용맹함이 보통 사람보다 뛰어나 태종께서는 특별히 호군의 벼슬자리를 내리셨습니다. 그것만이 특별한 예가 아니고 이런 예가 많사온데 행사직 장영실에게만 어찌 해당되지 않겠습니까? 신들의 생각에도 장영실의 공이 뛰어나니 마땅히 벼슬을 내리심이 옳을 줄로 아옵니다."

세종은 신하들의 의견을 듣고 장영실의 벼슬을 높여주기로 결정하였다. 세종은 앞으로도 자신을 도와 더욱 힘든 연구를 해나갈 터인데 호군으로 승진시키는 것은 그다지 분수에 넘치는 일이 아니라고 생각했다.

호군은 정4품이다.

영실은 정4품으로 벼슬이 높아지자 더욱 열심히 연구에 매진했다. 자격루나 앙부일구보다 좀 더 편리한 기계를 만들고 싶었다. 무엇이든 백성의 삶을 윤택하게 할 수 있는 기계를 마음껏 만들어 세종을 기쁘게 하고 싶었다.

"여보, 부인. 이번에 제작한 물시계와 해시계를 어떻게 고치면 백성들이 더 쉽게 사용할 수 있겠소? 어디 한번 부인의 생각을 말해보구려."

영실은 평소에도 아내 윤서의 의견을 중요하게 여겼다. 전문적으로 도움을 받을 수는 없지만 때로는 평범한 생각들이 오히려 도움이 되는 경우가 많다.

"제가 무엇을 알겠습니까? 그저 대감께서 하시는 일이 전부 신기하게만 보이는데요."

윤서는 쑥스러운 듯 손가락으로 방바닥을 문지르며 말했다.

"허, 그래도 뭔가 생각이 있을 것 아니오? 자격루나 앙부일구를 보고 더 보충했으면 하는 게 있다면 말을 해주시오?"

윤서는 잠자코 말이 없었다. 그의 아내는 무슨 생각을 할 때는 고개를 약간 갸웃하고 한참 있는 버릇이 있었다.

장영실은 그런 윤서의 버릇을 알고 있기에 가만히 기다렸다. 마침내 윤서는 생각이 떠올랐다는 듯 고개를 들었다.

"얕은 생각입니다만……."

"자, 어서 말해보시오. 망설일 것 없소."

"자격루나 앙부일구는 덩치가 큰 것으로 알고 있사옵니다. 게다가 한 장소에 붙박이로 설치돼 있어 다른 곳에서는 시각을 알 수 없는 것이 가장 큰 단점이 아닌가 생각하옵니다. 제 생각으로는 아주 작아서 가지고 다니기 편한 시계가 있었으면 하옵니다."

'옳거니!'

영실은 무릎을 치며 윤서에게 의견을 물어보길 정말 잘했다는 생각을 했다. 연구에 골똘하다 보면 이처럼 아주 쉬운 부분도 놓칠 수 있다.

"생각이 곧 발명이오. 당신이 나보다 낫소. 난 그냥 기술자일 뿐이고, 당신이야말로 진짜 하늘이 낸 사람이구려. 하하하."

영실은 아내의 의견에 따라 휴대하고 있다가 언제든 궁금하면 시각을 볼 수 있는 일성정시의(日星定時儀), 현주일구(懸珠日晷), 천평일구(天平日晷), 행루(行漏) 등을 잇달아 만들어냈다.

신기한 발명품이 쏟아지자 사람들은 영실을 보면 저절로 고개를 숙이곤 했다.

"호군께서 이번에 만드신 일성정시의에 대한 얘기를 듣고 싶어 왔습니다. 바쁘지 않으시면 잠깐 말씀을 나누고 싶습니다만……."

하루는 집현전 학사들 몇몇이 공조 작업실에 들어와서는 장영실에게 질문을 던졌다.

그들에게 장영실은 하늘같은 선배이자 존경하는 과학자다.

"어서들 앉게. 나야 기계를 만지는 잔재주나 있지 자네들처럼 학문이 높질 않아 미안하다네. 기술이나 천문이라면 내 힘닿는 데까지 설명을 해주겠네."

장영실은 젊은 학자들을 편안하게 해주었다. 영실은 적어도 학문을 얘기하는 자리에서만큼은 벼슬의 높고 낮음을 따지고 싶지 않았다. 더구나 하나같이 초롱초롱한 눈빛으로 대답을 기다리고 있는 집현전 학사들을 보니, 마치 젊은 날의 자신의 모습을 보는 듯하여 더욱 정이 갔다.

"일성정시의는 이름 그대로 해시계와 별시계의 혼합형 시계라네. 처음에는 전체 키를 높게 만들어 사대부 집안에 충분히 보급될 수 있도록 하였네만, 요즘에는 여행하는 사람들이 편리하게 가지고 다니면서 사용할 수 있도록 크기를 확 줄였네. 일성정시의로 시각을 측정하는 방법은, 낮에는 해시계와 같은 원리를 이용하고 밤에는 별자리, 즉 북극성과 북두칠성의 위치를 관측하여 시각을 아는 것이라네."[7]

별시계란 개념은 그 이전에는 없었다. 아라비아에서 생겨난 별시계는 곧 하늘시계이기도 한데, 움직이지 않는 별 북극성을 점으

---

7) 북극성과 북두칠성을 이용하면 시각을 구할 수 있다. 북극성에 머리를 둔 북두칠성의 손잡이는 매달 한 눈금씩 열두 번 이동하여 1년이 되면 한 바퀴를 돈다. 그뿐만 아니라 하루에 한 바퀴를 더 도는데, 한 시간에 15도씩 이동하여 24시간 동안 360도를 회전한다. 이로써 북두칠성의 손잡이가 가리키는 것을 보아 그 시각을 알 수가 있다. 그래서 이 천문학자들은 하늘을 12등분하여 마치 시계판과 같은 눈금을 정해 각각의 이름을 붙여주었다. 하늘을 구역 지어 보는 것은 범지구적인 현상으로 어느 나라, 어느 민족이나 가지고 있었다. 기록으로는 아라비아에서 바빌로니아인들에 의해 가장 먼저 출현했으며, 이어서 인도를 거쳐 중국, 한국으로 들어온 것이다.

196

로 두고 북두칠성을 시침으로 삼아 천구를 일주(一周)하는 대로 절기, 날짜, 시각을 모두 알아내는 것이다.

집현전 학사들 중 한 사람이 잠시 머뭇거리다가 입을 열었다.

"그렇다면 현주일구, 천평일구 등은 일성정시의와 어떻게 다른지요?"

"일성정시의를 가정용 시계라고 한다면 현주일구와 천평일구는 가지고 다닐 수 있는 휴대용 해시계지. 아직 보지 못했겠지만, 현주일구는 자그마한 정사각형 모양으로 평소 도포의 소맷자락에 넣고 다니면서 사용할 수 있을 정도로 작다네. 시침으로 막대판을 세우고 시계판을 비스듬히 세워 시간을 측정할 수 있는데, 밑바닥 홈에 구멍을 낸 후 물을 부어 수평을 잡고 지남침을 띄우면 남북 방향을 잡을 수 있도록 설계를 했네. 천평일구는 크기나 모양이 현주일구와 거의 비슷한데 가지고 다니기에 더욱 편리하게 만들었지. 이 현주일구는 말을 타면서도 시각을 볼 수 있도록 만들었네. 시각판을 따로 붙이지 않고 바닥에 시각을 그려 넣어 단순화했지. 이해가 가는가?"

집현전 학사들은 설명만으로 설계도를 머릿속에 그리기가 쉽지 않은지 잘 모르겠다는 표정을 지었다. 그러나 어떻게 해서든지 이해를 해보려고 노력하는 모습들이 역력했다.

"말로만 듣고 내부 기계장치까지 떠올린다는 것이 쉬운 일은 아닐 것이네. 그리고 한 가지 덧붙이자면 정남일구(定南日晷)를 들 수 있는데, 이것은 시각을 알 수 있을 뿐 아니라, 천문 관측을 통해

동서남북 방위를 잡을 수 있도록 만든 해시계라네. 자, 이 정도면 대충 설명이 되었는가?"

학사들은 저마다 아직도 이해가 어려운 듯한 표정이다. 그중에는 북경 유학까지 다녀온 선비들도 있으련만 어찌 된 일인지 영실의 얼굴을 똑바로 쳐다보는 사람이 없었다.

"호군의 지식과 능력에 비한다면 저희들은 아직 햇병아리나 다름없습니다. 앞으로 많이 가르쳐주십시오."

장영실은 자신이 어느새 어른의 자리에서 젊은이들에게 지식을 주는 입장이 되었다는 게 도무지 느껴지지 않았다. 하지만 영실은 뛰어난 발명품을 만들어내고 싶은 열정만은 젊은 사람 못지않게 뜨거웠다.

젊은 학사들이 돌아간 뒤 그는 다시 마음의 고삐를 단단히 틀어쥐었다.

아직도 할 일이 너무 많이 남아 있다. 뒤쫓아 오는 젊은이들에게 더 나은 모습을 보여주기 위해서라도 더 노력해야겠다는 생각이 들었다.

'자동 물시계의 발명은 시작에 지나지 않는다. 물시계를 발명했다고 만족해서는 안 된다. 노력을 게을리하지 말아야지. 만들어야 할 기계가 너무 많다.'

영실은 집현전 학사들을 보내고 한참 동안 그냥 앉아 있었다. 왠지 자신이 그들에게 추격을 당하는 것은 아닌지 하는 두려움이 들었다. 그럴수록 하나라도 더 만들어내고 싶었다.

15

인쇄술의 혁명, 갑인자

세종은 벌써 몇 시간이나 책을 보고 있었다. 그는 책을 읽으면서 국사를 상상하고 나라를 이끌 지혜를 찾아내곤 했다. 이 시대 세종이 읽을 수 있는 책이란 대부분 사서오경, 역사서, 시집, 문집 정도에 지나지 않지만, 특별히 명나라에서 수입한 실용서적들도 들춰가며 백성들에게 쓸모 있는 정책이 뭔가 구상하곤 했다.

책을 읽던 세종이 갑자기 무릎을 탁 쳤다.

'책은 무엇보다도 귀중한 것이다. 한꺼번에 여러 장을 찍어낼 수 있는 좋은 활자를 많이 만들어 백성들에게 널리 책을 읽힐 수 있다면 얼마나 좋을까. 더구나 우리글도 곧 반포되면 한문을 익히기 어려웠던 평민, 천민, 아녀자들도 쉽게 글을 읽을 수 있게 된다. 온 백성이 두루 책을 읽으면 나라가 발전하는데, 그 책을 대량으로 찍어낼 활자가 모자란다. 또 책을 쉽게 만들 수 있도록 인쇄술을 발전시켜야 한다. 그렇게만 된다면 지금처럼 책을 구하지 못해 안타까워하는 일은 없을 텐데⋯⋯ 무슨 좋은 방법이 없을까?'

세종은 퍼뜩 이천을 떠올렸다. 무관인 만큼 가끔 외직도 나가지만, 주로 공조참판을 오래도록 맡아온 이천은 인쇄용 활자에 관한 한 가장 경험이 많은 신하다.

"지중추원사 이천과 호군 장영실을 들라 하라."

세종은 이천과 장영실을 불러들였다.

"부르셨사옵니까?"

세종은 좋은 생각이 떠오를 때마다 주로 이천을 불러 논의하는 것이 습관이 되었다. 문자를 만드는 일은 주로 신숙주(申叔舟)나 성삼문(成三問)을 부르고, 건축이나 기기에 관한 것은 이천을 부르고, 무기에 관한 일은 박연을 부르고, 정사는 황희를 부른다.

"태종께서 처음으로 주자소를 설치하시고 큰 글자를 주조할 때에, 조정 신하들이 모두 어렵다고 반대하였던 사실을 경도 들어서 알 것이오. 그러나 태종께서는 굳이 우겨서 글자를 주조하지 않았소? 결국 책을 인쇄하여 사람들에게 널리 알리셨지요. 다만 처음이라 정밀하지 못하여, 인쇄할 때마다 먼저 밀랍을 판 밑에 고루 펴고 그 위에 글자를 차례로 맞추어 꽂아야 했지. 그러나 밀랍의 성질이 본디 부드러우므로 두어 장만 찍으면 글자가 한쪽으로 쏠리고 비뚤어지는 흠이 있어, 그럴 때마다 글자를 바로잡아야 하니 인쇄하는 사람이 얼마나 괴로웠겠소."

"그렇습니다."

이천도 이때 주자소 일에 참여했기 때문에 잘 안다. 세종은 지금 더 쉽고, 더 빨리, 더 많이 책을 찍어낼 수 있는 활자와 인쇄술을 만드는 방법이 없을까 고민하고 있는 것이다.

"과인이 그런 활자의 단점을 알고 일찍이 경에게 고치라고 하였고, 마침내 더 쉽게 책을 찍을 수 있도록 되었지 않소? 경이 지혜를 써서 판을 만들고 바르고 고르며 견고한 주자를 만들었던 것을 기억할 것이오. 장영실도 그때 같이 일했고. 그래서 밀랍을 쓰지 않고 글자를 찍어내도 심하게 비뚤어지지 아니하였지 않소. 내 그때 대감과 주자소 일꾼들이 어찌나 고맙던지. 그런데 이제 크고 작은 여러 가지 활자를 종류대로 만들어 책을 박아보고 싶소. 책을 많이 찍어 보급하는 것이 조선의 기틀을 바로잡는 길이라고 나는 믿고 있소. 하지만 북쪽을 정벌하다 보니(6진 개척 등) 병기를 많이 만드느라고 활자를 만들 동이나 철이 모자란다고 합디다. 그러니 이를 어찌해야겠소. 왕이 되고 보니 이것도 해야 하고 저것도 해야 하고, 다 해야 하는데 당장 활자를 만들 방도가 보이지 않아 답답하여 두 사람을 부른 것이오."

이천은 세종의 말을 들으며 고개를 끄덕였다. 이천도 세종이 생각한 것처럼 인쇄 활자를 발전시켜 많은 사람들에게 책을 읽히는 일을 무엇보다도 중요하다고 생각했다. 하지만 활자를 만드는 데 쓰는 구리와 철이 문제다.

"백번 만번 옳으신 말씀이옵니다. 전하께서 다시 소신을 불러 활자 제작을 맡겨주시니, 신은 그저 황공할 따름이옵니다. 최선을 다해 방도를 찾아내겠사옵니다, 전하."

"그렇게 생각한다니 고맙소. 지중추원사께서 책임을 맡아주셔야겠소."

"예. 분부대로 거행하겠사옵니다."

"이천 대감에게 말한 바가 있거니와, 과인이 그와 같은 생각에 골몰하다 보니 아무리 철과 구리가 부족하다 해도 더 이상 인쇄술 개량을 미뤄둘 수가 없어요. 두 분이 더욱 연구하여 인쇄술을 획기적으로 개선해주기 바라오. 좋은 책을 많이 찍어 백성들이 누구나 부담 없이 책을 읽을 수 있다면 이 얼마나 감격스런 일이겠소? 조만간 백성들이 저마다 손에 책을 들고 재미나게 읽을 수 있는 날이 오리라고 생각하오."

두 사람은 세종과 굳은 약속을 하고 밖으로 나왔다.

장영실이 이천에게 말했다.

"주상 전하의 뜻은 참으로 훌륭하십니다. 어찌 이 나라와 백성을 생각하는 마음이 저리도 깊으신지요. 지금 나라에 무엇이 필요하고 앞날을 위해 무슨 일을 해야 하는지 훤히 내다보고 계시니……."

"앞을 내다보는 안목이 뛰어나신 분이지. 우리 조선이 만대에 이르기까지 주상 전하 같은 훌륭한 임금만 계신다면 걱정할 일이 뭐가 있겠는가. 어느 것 하나 소홀하게 생각하지 않으시고, 균형을 맞추어 발전할 수 있도록 조절을 아주 잘하시니 말일세. 왕위에 오른 그날부터 지금까지 눈이 번쩍 뜨일 일만 해오셨으니, 조선을 정신적으로 문화적으로 건국하신 왕이라 해도 지나친 말이 아닐세."

"대감, 주상 전하께 입은 은혜를 생각해서라도 이번 일을 잘해내야겠습니다. 저는 아는 것이 없으니 경험이 많으신 대감께서 많이 지도해주십시오."

"알았네. 나 역시 자네보다 별로 나을 것은 없네만 내 힘닿는데까지 도와주겠네. 주상 전하께서 저토록 간절하게 우리를 믿고 부탁하시는데, 그 뜻을 높이 받들어 훌륭한 활자를 만들어보도록 하세."

"예. 온 정성을 다하겠습니다."

세종은 곧 집현전직제학 김돈(金墩), 집현전직전 김빈, 호군 장영실, 첨지사역원사 이세형(李世衡), 사인 정척(鄭陟), 주부 이순지(李純之) 등을 불러 이 일을 하도록 맡겼다.

장영실은 어전을 물러 나오면서 이천에게 물어 보았다.

"철과 구리를 구하는 것도 문제고, 그렇다 해도 활자야 만들어 낼 수 있지만 인쇄술을 더 편리하게 발전시키는 건 또 다른 문제입니다. 대감께서는 전에 인쇄술에 관해 연구를 해보신 적이 있다고 들었는데요?"

장영실이 이천에게 물었다. 세종이 즉위한 지 2년째 되던 해, 경자자라는 새 활자를 만들어낸 것을 가리키는 것이다.

"글쎄, 인쇄술이라는 게 아주 섬세해서 아주 작은 차이라도 찍어 놓고 보면 영판 다를 수가 있거든. 아무튼 함께 힘을 합쳐 열심히 연구해보세나. 철과 구리는 옛날에 만들어놓은 활자를 다시 녹여 써도 되는 것이니까."

이번 주자소 일에 참여한 사람들은 인쇄술에 관한 한 이천의 실력과 경험을 모르는 사람이 없다. 특히 금속활자에 대한 이천의 공로는 대단하였다.

그 다음 날부터 집현전에는 새로운 활자에 대한 논의가 시작되었다. 철과 구리는 직급이 가장 높은 이천이 책임지고 조달하고, 안 되면 전에 만든 활자 중 투박하거나 마모되거나 쓸모가 적은 것들을 모아 녹여 쓰기로 했다.

학자와 기술자들은 모두 한자리에 모여 더 좋은 방법을 찾기 위해 머리를 맞대고 생각을 짜냈다.

인쇄술 전반에 대한 지휘 경험이 있는 이천을 빼고는 모두 활자를 만드는 일이 낯설었다. 장영실은 그래도 처음 궁궐에 들어와 경험해본 것이 주자소 일이었던지라 감회가 새로웠다. 그때처럼 시키는 대로 할 게 아니라 어떡하면 책을 쉽고 아름답게 찍어낼 수 있을지 연구하기로 했다.

"어떻습니까. 잘해낼 수 있겠습니까?"

직제학 김돈이 장영실을 바라보며 걱정스럽게 물었다. 주자소에 배속된 관리가 많기는 하지만 대부분 활자체를 만들 글꼴을 붓으로 쓰거나 모양을 정하는 사람들이고, 실제로 청동과 구리 등을 합금하고 인쇄판을 만드는 정교한 일은 기술자인 장영실이 주관

할 수밖에 없다.

"글쎄요. 활자에 대해서는 아는 것이 없습니다만 하는 데까지는 해보아야지요. 활자체를 만들고 찍어내는 거야 어려운 일이 아닌데, 인쇄를 쉽게 하는 기술을 개발하는 게 난제입니다."

파견 나온 학자들은 다들 걱정스런 얼굴이다.

"대감, 활자며 인쇄에 대해 잘 모르는 사람들이 머리를 맞대고 끙끙거려보았자 뭐가 나오겠습니까? 옛날 것을 알아야 새로운 활자를 만들 수 있으니 잘 가르쳐주시기 바랍니다."

이천은 잠시 말을 끊었다가 인쇄 활자에 대해서 설명을 하기 시작했다.

"알다시피 우리나라에서 금속활자를 처음 만든 것은 고려 고종 21년(1234년)일세. 이 활자로 《상정고금예문》이라는 책을 인쇄했다는 사실을 자네들도 아마 알 것이네. 그 후 이 훌륭한 기술이 조선시대로 이어져 선대왕 3년(1403년)에 계미자라는 새로운 활자로 그 맥이 이어졌지. 그러나 계미자는 활자가 너무 크고 글자를 찍을 때 밀랍 판이 움직여 책을 많이 찍어낼 수가 없었지. 하여 주상 전하께서는 이러한 불편함 때문에 활자에 대해 이런저런 궁리를 하게 되신 것이라네."

"지난번 대감께서 만드신 활자는 어떻게 개선되었는지 말씀해주십시오."

"경자자 말인가? 뭐 특별한 설명이랄 것이 있나? 전하의 분부를 받고 연구를 하여 만들었지. 구리로 만든 활자였는데 계미자보다 글자의 크기가 작지. 또 판을 고정시키기가 쉬워서 한꺼번에 여러 장을 찍어낼 수 있도록 하였네. 그러나 경자자에도 흠은 있지. 여전히 밀랍을 써서 인쇄판을 고정하다 보니 글자의 모양이 똑바르지 못하다네. 바로 그 점 때문에 새로운 활자를 만들어야 하는 걸세. 아무리 많이 찍어도 괜찮고 찍기가 쉬워야 한다네. 그런 걸 만드세."

장영실은 이천의 말을 들으며 고개를 끄덕였다.

"그리고 장영실 호군, 자네도 나와 함께 주자소 일을 해본 경험이 있으니 좋은 생각을 낼 수 있지 않을까? 백권 천권 마음껏 찍어도 인쇄판이 흐트러지지 않는 그런 좋은 기술 좀 만들어주게. 난 자네만 믿고 있네."

"예? 하하……. 그때야 워낙 까막눈이라 그저 시중드는 일만 했을 뿐인데 무얼 알겠습니까? 열심히 노력하겠습니다. 합금 기술도 익히고, 인쇄판을 고정시키는 방법이나 잇달아 인쇄가 가능한 요령을 찾아내 보겠습니다."

이천과 장영실은 마주보며 가볍게 웃었다. 장영실은 인쇄 활자에 대한 호기심도 호기심이거니와, 이천 대감과 함께 일을 하게 되었다는 점이 기뻤다.

장영실은 또다시 새로운 일을 하게 되자 기운이 났다.

그는 얼굴에 웃음을 가득 담고 집으로 돌아갔다. 집에 가면 좋은 생각이 떠오르곤 한다.

"당신, 좋은 일이 계신 듯합니다. 무슨 일인지 저도 알면 안 되겠습니까?"

윤서는 남편이 즐거운 표정으로 들어서자 웃으며 말을 건넸다.

"내 얼굴에 그렇게 씌어 있기라도 하단 말이오? 아니면 그저 부인의 짐작이오?"

장영실 역시 장난스럽게 되물었다.

"워낙 속마음이 얼굴에 드러나지 않는 분이라고 생각하고 있었지만, 오늘은 어찌 된 일인지 얼굴이 밝아 보이십니다. 무슨 까닭인지요?"

장영실은 무슨 이유로 이렇듯 기분이 좋은지 딱 꼬집어 말할 수는 없다. 그러나 임금을 만나 인쇄 활자에 대한 얘기를 나눈 다음부터 마음이 편안하다. 왕이 즐거워하는 일이라면 그가 못할 일이 없다고 믿었다. 지금은 생각이 나지 않아도 기어이 기술을 개발해 왕을 즐겁게 해줄 수 있으리라는 자신감이 있었다.

"이번에는 활자를 만드는 일을 하게 되었소. 전에도 한번 해보았는데, 이번에는 주상 전하께서 내가 무슨 좋은 인쇄술을 내놓으리라 짐작하시는 것 같소. 그러니 책임감은 무겁지만 주상 전하께서 내 가치를 그렇게 알아주시니 한편으로는 매우 기쁘다오."

"아, 그러셨군요. 이제 연구보다는 사무 일을 맡고 싶다고 하시더니, 오늘 대감의 모습을 보면 꼭 그렇지만도 않은 듯합니다. 뭘 두드리고 만들어야 좋으신가봅니다?"

"그럼, 그게 내 천직인걸."

장영실은 빙그레 웃었다. 나이가 들다 보니 망치를 들고 뚝딱거리기보다는 다른 신하들처럼 전적을 들춰가며 연구하는 다른 일을 하고 싶은 생각도 갖기는 가졌다. 하지만 그가 잘할 수 있는 일이 따로 있는데 굳이 그럴 필요가 없다고 생각했다. 더구나 국왕의 총애를 입고 있는 마당에 일신의 평안만 추구할 수가 없다.

"역시 부인한테는 속마음을 감출 수가 없구려. 어찌 그리도 내 마음을 잘 꿰뚫어보고 있단 말이오? 거 참, 마음을 들킨 것 같아 민망하구려. 어쨌거나 이번 일은 설계를 하는 일이 아니라, 직접 실험을 거치고 책을 실제로 인쇄해내야 하는 어려운 일이니 그동안 해온 일과 다르기는 하지요. 주상 전하께서 저토록 관심이 크시니 열심히 해볼 생각이오."

이천은 힘 있는 사람인 만큼 구리와 쇠를 구하는 일에 나서서 그때마다 부족하지 않게 조달해주었다. 아직도 북쪽에서는 여진족과 전투가 벌어지고 있는 상황이라 무기를 만드는 데 쓸 구리와 쇠를 갖고 활자나 만드느냐고 비난하는 사람들이 있었지만, 세종이 워낙 강력하게 추진하는 사업이라 그런 목소리는 이내 잠잠해졌다. 게다가 고려 시절부터 전해온 활자들을 녹여 쓰다 보니 막상 구리와 철, 청동이 부족한 문제는 쉽게 해결되었다.

활자 주조는 우선 구리나 쇠를 녹여 합금을 만들고, 글자 모양을 만들고, 이것을 갈고 닦는 데서부터 일이 시작된다. 물론 이천과 단 둘이서만 일을 하는 것은 아니지만, 다른 관리나 기술자들은 워낙 손이 느려 실제적인 일은 두 사람이 도맡다시피 하였다.

그러던 중 집현전 학사인 김돈과 김빈이 본격적으로 일을 도왔다. 학문에 대한 열정이 만만치 않은 사람들이라 가만히 구경만 하지는 않았다. 그들은 서체를 개발하는 일뿐만 아니라 활자를 주조하는 데도 뛰어난 안목으로 의견을 내놓았다.

이천과 장영실은 그들의 도움을 기쁘게 받아들였다.

글자의 모양을 바르게 하고 크기도 글자마다 똑같이 만들었다. 서체는 집현전 학사들의 도움으로 미려하게 나왔다. 또한 큰 글자와 작은 글자 두 종류로 나누었다. 활자 수도 20만 자가 넘는다. 이 정도 활자를 갖추고 있으면 찍어내지 못할 책이 없을 정도다. 활자를 찾아 글에 따라 정렬하여 인쇄판을 만들면 저절로 책이 되는 획기적인 인쇄기법이 나오는 것이다. 장영실은 인쇄판이 잘 고정되어 여러 번 인쇄해도 뒤틀리거나 수평이 무너지지 않게 만들었다. 실험을 해보니 100권 이상 계속 찍어내도 인쇄판이 변형되지 않았다. 그러면 성공이다.

드디어 갑인자가 나왔다.

갑인자는 경자자보다 훨씬 아름답고 쓰기에 편리하게 만들어졌다. 기술적으로도 개선되어 인쇄도 두 배나 더 빠르게 할 수 있었다.

세종은 시험용으로 인쇄해 온 책을 받아 넘겨보더니 고개를 끄덕이면서 만족한 표정을 지었다.

"고생들 많았소. 글자의 모양도 좋고 크기도 작아서 말할 수 없이 편리하겠구려. 이만하면 하루에 수백 권이라도 거뜬히 찍어낼 수 있을 것 같소. 아마 명나라도 이런 인쇄술은 갖고 있지 않을 겁니다. 하하하, 참으로 기분이 좋소. 마음에 쏙 들어요."

세종은 갑인자 인쇄본을 몹시 마음에 들어 했다.

국왕은 활자를 만들고, 인쇄판 기술을 개발해낸 이천과 장영실, 김빈, 김돈 등에게 상을 내리고 갑인자로 여러 가지 좋은 책을 많이 인쇄해 널리 배포하라는 분부를 내렸다.

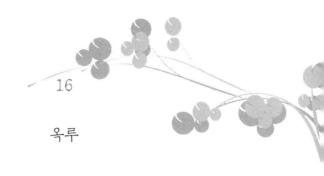

16

옥루

영실은 세종 앞에 앉아 분부를 기다렸다.

그는 이제 제법 나이도 들어 보이고 품위도 있어 보인다.

"그대가 연구하는 데 필요한 것이라면 재료든 뭐든 다 마련해줄 터이니, 이번엔 계절의 변화와 시간의 변화를 한눈에 볼 수 있는 장치를 만들었으면 좋겠소."

세종은 지시를 하고 나서 장영실의 얼굴 표정을 살폈다. 할 수 있을지 없을지는 표정을 보면 안다. 장영실은 왕이 시키지도 않은 별시계며 휴대용 해시계까지 더 만들어내기도 했다.

장영실의 눈이 빛난다. 국왕이 일을 시켜주는 것으로도 기쁘다.

세종은 빙그레 웃었다. 아니나 다를까, 장영실이 자신만만하게 대답했다.

"전하, 최선을 다하겠사옵니다."

영실은 새로운 분부를 받고 작업실로 돌아왔다.

장영실은 그날부터 책을 구해서 읽고 설계도를 만들어나갔다. 물론 설계도를 여러 번 고쳤다. 계절과 시각의 변화를 함께 볼 수 있는 장치를 만드는 것은 사실 그리 어려운 일이 아니다. 세종은 늘 새롭고 독창적인 것을 좋아하기 때문에 그저 기능만 좋은 것보다는 모양도 괜찮아야 할 것 같았다.

마침내 영실은 자격루와 혼천의의 역할을 함께 할 수 있는 자동 물시계이며 천상시계(天象時計)라 할 수 있는 장치를 만들어냈다. 이름은 옥루(玉漏)라고 지었다.

옥루는 해가 뜨고 지는 모습을 모형으로 만들어 시각, 절기, 계절을 알 수 있고 천체의 시각과 움직임도 관측할 수 있는 기계장치다.

1438년 1월 7일(양력 2월 1일)의 일이다.

장영실 나이 55세, 세종의 나이 42세였다. 장영실의 후원자인 이천은 63세가 되었지만 워낙 건강하여 아직도 조정의 든든한 실력자로 남아 있었다.

처마 밑에는 고드름이 주렁주렁 매달렸다. 눈에 뒤덮인 뒷산이 궁궐을 편안하게 감싸고 있다. 궁궐 안 정원에도 눈이 녹지 않은 채 아직도 겨울임을 알리고 있다.

세종은 코끝이 빨간 채 내관과 신하들을 거느리고 장영실을 만나러 공조 작업실로 갔다.

공조에 도착하자 작업실에 있던 장영실이 마중을 나왔다.

"호군이 물시계를 완성했다는 소식을 듣고 내 예까지 찾아왔소. 그래 연구는 잘되었소? 어서 자세히 말해보오."

"황공하옵니다, 전하. 이 보잘것없는 기계를 보시려고 여기까지 납시었으니 신은 몸 둘 바를 모르겠사옵니다. 우선 기계장치를 한번 보시지요."

장영실은 세종을 옥루가 있는 곳까지 모시고 갔다.

"이름을 임금님의 물시계라는 뜻으로 옥루라고 붙였사옵니다."

옥(玉)은 임금에게 주로 붙이는 한자다. 옥체는 임금의 몸이고, 옥좌는 임금이 앉는 자리다.

"물시계에 과인을 가리키는 글자를 넣어서 이름을 만들다니……. 어디 보세. 이름처럼 아주 아름답구려. 그럼 한번 움직여 볼 수 있겠소?"

옥루는 자동 천체시계로 산 모양을 하고 있었다. 대나무를 엮어 창호지를 바른 산 모양의 집 속에 물시계가 들어앉았다.

세종의 명에 따라 장영실이 옥루에 물을 부었다. 금으로 만든 태양이 아침에는 산에서 떠올라 저녁에는 산 뒤쪽으로 들어가게 만들었다. 그런데 해가 뜨고 지는 시각이 실제 해가 뜨고 지는 것과 똑같도록 장치를 하였다. 세종은 금 목탁을 가리켰다.

"저건 또 무엇이오?"

세종이 옥루의 중간쯤에서 움직이는 것을 보고 물었다.

"시각의 변화를 보기 쉽게 나타내는 것이옵니다."

영실이 대답한 것처럼 시각이 바뀔 때마다 옥루의 산기슭에서는 각기 다른 짐승들이 나타났다. 동쪽에는 푸른 용, 서쪽에는 흰 호랑이, 남쪽에는 붉은 공작, 북쪽에는 거북이가 각각 정해진 방향을 가리켰다. 그러다가 잠시 시간이 흐르자 산기슭을 따라 자리를 옮겨가는 것이다.

산의 남쪽에는 시각을 맡은 인형이 산을 등지고 서 있고, 서쪽에는 종·북·징을 든 장수 인형이 서 있다. 열두 종류의 시각을 맡은 인형이 매 시각마다 종을 든 장수 인형을 돌아보면 종을 든 인형은 마주보면서 종을 쳤다. 북을 든 인형은 세 시간마다, 징을 든 인형은 한 시간마다 징을 쳤다.

"하늘과 땅의 신비가 이곳에 다 모여 있구려. 그대는 과연 하늘이 내려준 천재요."

세종은 몇 번이나 감탄하며 장영실을 칭찬하였다. 곁에 선 신하들도 입을 다물지 못했다.

"그대의 업적은 조선이 빛나는 한 길이 남을 것이오."

세종은 장영실의 손을 꼭 잡아주었다.

영실은 세종이 기뻐하는 모습을 보자 더없이 기분이 좋았다.

"황공하옵니다, 주상 전하."

장영실이 만들어내는 기계들은 사실 왕실의 위엄을 드러내는 것들이었다. 하늘, 천문, 별, 태양, 24절기, 12시, 모두 왕의 권능을 갖지 않고는 알아낼 수 없는 천문현상들이다. 그것도 천자의 나라 명나라보다 훨씬 더 뛰어난 자동기계들이 아닌가. 세종은 개국한 지 오래되지 않은 조선이란 나라가 과학 분야에서 먼저 반석을 깔았다는 안도의 한숨을 쉬었다.

장영실은 임금한테 칭찬을 듣고는 집으로 향했다. 영실의 발걸음은 가볍기 그지없었다. 비록 '임금님의 물시계'라는 뜻으로 옥루를 만들기는 했지만 세종만이 볼 수 있도록 한 개만 만든 것은 아니다.

'전하께서 저토록 좋아하시니 정말로 어용 물시계를 만들어야겠다.'

장영실은 국왕 세종을 위한 작품을 정성껏 만들어 올려야겠다고 결심했다.

장영실은 집에 도착하여 노모의 방으로 먼저 들어갔다.

"어머니, 제가 만든 자동 물시계를 보시고 주상 전하께서 얼마나 기뻐하시는지 모릅니다. 특별히 공을 많이 들인 것이지요. 그런데 다행히도 임금님께서 흡족해하십니다. 저는 참으로 운이 좋은 사람인 것 같습니다."

목소리가 들떴다. 장영실의 말을 듣고 있던 어머니는 사랑이 가득 담긴 눈빛으로 아들을 쳐다보며 입을 열었다.

"내 아들 장영실아, 사람들은 자네를 두고 시대를 잘 타고난 행운아라고 한다지만, 나는 그렇게 생각하지 않아. 자네는 어릴 때부터 행동 하나하나가 남달랐지. 무엇이든 한번 잡으면 포기하는 법이 없었어. 의문이 생기면 꼭 그 해답을 찾아내고서야 잠자리에 들었지. 풀리지 않는 문제가 있으면 며칠 동안 밤낮으로 그 문제에만 매달려 집중했고……. 자네가 어릴 때에는 그런 성격 때문이난 무던히도 마음고생을 했는데. 다 지난 일이야. 그 마음고생이 이렇게 기쁨으로 바뀔 줄이야 누가 알았나? 옛말에 송곳은 주머니를 뚫고 나온다더니 너는 관노의 신분마저도 극복하고 국왕 전하의 총애를 받는 과학자가 되었다. 고맙구나."

"어머니가 저를 만들어주신 거지요. 어머니, 고맙습니다. 하늘에 계신 아버지께서도 한을 많이 삭이셨겠지요?"

"아무렴."

장영실은 눈이 내리는 마당에 섰다. 앞으로 해야 할 일이 태산이다. 이제 과거 따위는 다 잊고 오로지 조선의 과학기술을 끌어올리는 일에만 집중해야 한다. 믿어주고 지지하는 국왕이 있는 한잠시도 쉬어서는 안 된다.

하늘을 올려다보았다. 눈이 아우성을 치면서 영실을 향해 달려드는 것 같다.

"여보."

아내 윤서다.

"바람이 너무 차요. 감기 걸리겠어요."

그의 아내가 댓돌로 내려서며 말했다.

"부인도 이리 오시오. 눈발이 아우성을 치며 내리고 있구려. 좋은 일이 있으려고 내리는 눈이겠지요. 공기가 아주 상큼하구려. 난 하늘이 좋소. 눈 내리고, 비 내리고, 햇빛이 비치고, 별이 빛나는 이 하늘이 참 좋소."

장영실과 그의 아내는 나란히 서서 하늘을 올려다보았다. 마치 소원을 빌기라도 하듯이 두 손을 모으고 눈발을 맞았다.

장영실은 눈을 쳐다보다 말고 갑자기 흠경각(欽敬閣) 완공 날이 내일이라는 것을 기억해냈다.

세종은 장영실이 그를 위해 만든 옥루와 태조 때 제작한 천상열차분야지도를 보관하는 흠경각을 따로 지으라고 지시하여, 그간 목수들이 애를 써왔다. 이 일을 감독하는 일을 장영실이 맡고 있다.

"아, 그래 내일이지."

"뭐가요?"

아내는 갑자기 무슨 소리냐는 듯 눈썹을 추켜올렸다.

"전하께서 내가 만든 옥루를 보관할 흠경각을 지으라고 하셨는데, 바로 내일이 완공일이오."

"아, 그렇군요."

세종은 경복궁 내 왕의 침소인 강녕전 옆에 전각을 새로 짓도록 했다. 왕을 위한 옥루와 천상열차분야지도인 만큼 수시로 드나들 수 있는 자리에 흠경각을 짓도록 한 것이다. 조선의 왕이 천문을 쥐고 있다는 상징 효과도 보일 수 있는 자리다.

장영실은 자신이 만든 천문 기구가 보존될 흠경각을 생각하니 가슴이 따뜻해졌다.

윤서가 덕담을 건넸다.

"아, 이 눈이 흠경각 완공을 축하하는 거군요."

윤서는 손바닥으로 눈을 받으며 말했다.

"하하하, 당신은 맞장구도 참 잘 쳐주는구려. 고맙소. 아, 나는 참 복도 많지. 임금 사랑도 받고, 아내 사랑도 받고, 어머니 사랑도 받고, 아이들 사랑도 받고, 이천 대감의 사랑도 받고. 나는 참 행운아야."

장영실은 다음 날 아침 부지런히 궁으로 들어가 흠경각을 살펴보았다. 현판만 달면 된다. 어제 각자장이 들어와 현판을 새겨놓았으니 오늘 마지막으로 그걸 달기만 하면 된다.

"드디어 흠경각이 완성되었군. 주상 전하와 조정 신하들이 큰 기대를 걸고 있다고 들었는데, 그래 결과는 어떤가? 마음에 드는가?"

평생의 후원자 이천이 다가오며 물었다. 그는 공조참판으로서 관심 갖지 않을 수 없다.

"대감, 흠경각은 주상 전하께서 직접 감독을 하셨는걸요. 저는 한 일이 별로 없습니다."

"하긴 주상께서 여간 애착을 가지셔야 말이지. 그러니 나도 하루에 한 번씩 다녀갔지 않은가."

"오죽하시면 전하의 침전 곁에 세우라 하셨겠습니까."

"주상 전하는 참 대단하시지. 하나하나 신경 쓰시는 게 보통이 아니란 말이야. 국왕이 관심을 가져주느냐, 가져주지 않느냐에 따라 나라의 방향이 달라진다니까. 그런 점에서 보면 우리 주상은 참 절세의 영웅이라. 신하 된 입장에서는 비록 몸이 고달프지만 나라로 보면 성군 중 성군이라고 할 수 있지."

"물론입니다, 대감."

세종은 국왕으로서 남긴 업적이 조선의 왕 중 가장 뛰어나다. 당시 조선의 자주성을 널리 알리기 위해 천문기기도 만들라 했지만, 실은 한창 훈민정음을 만들고 있는 중이다. 명나라의 속국이 아니라 조선은 조선이라는 기개를 높이려면 중국인들이 쓰는 한자 한문 대신 우리글을 만들어 쓰고, 중국 황제가 쓰는 천문기기를 조선도 만들어 써야 한다고 생각하고 있었다. 아악을 정리하는 것도 중국의 아류가 아닌 조선만의 음악세계를 정립한다는 목표도 있었다. 조선이 건국한 지 얼마 되지 않은 신흥국인 만큼 문화로 자주성을 내보이겠다는 의지가 누구보다 강했다.

"주상 전하의 결심이 있긴 하지만, 그래도 장영실 자네가 없었으면 천문기기를 만드는 일은 꿈도 못 꾸었을 거야. 궁중의 어떤 기술자도 전하의 뜻을 깊이 헤아리는 사람이 없고, 또 있다 해도 그걸 실제로 만들 수 있는 재주를 가진 사람도 없었지. 그런데 호군 장영실만이 전하의 성심을 받들어 실천할 줄 안다고 하지 않던가? 전하의 지혜에 자네의 정교한 기술이 합쳐졌으니 훌륭한 발명품이 나올 수밖에. 그래서 전하가 자네를 그리 소중하게 여기는 거라네. 그저 우리 같은 신하들은 우리 주상 같은 분을 만나야 꽃을 피우는 법이지. 아무리 세상을 뒤집을 재주를 가졌다 해도 시대를 잘못 만나면 일개 촌부로 썩을 수 있는 거 아닌가."

"그럼요. 대감이나 저나 좋은 임금을 만나 보람 있는 일을 마음껏 할 수 있게 된 것 같습니다. 그래서 제가 대감 은혜를 잊지 않는 것입니다. 대감께서 저를 천거하지 않으셨으면, 저는 지금도 동래현에서 농기구나 고치고 있었을 겁니다."

"주상도 훌륭하고 자네도 훌륭하지. 그냥 듣기 좋으라고 하는 말이 아닐세. 사람들이 하나같이 그렇게 말하지 않나? 자네와 박연(朴堧)[8]은 주상 전하의 지혜를 훌륭하게 만들어내기 위해 태어난 인재라고들 하지."

이천은 장영실의 어깨를 두드려주었다.

흠경각 설치는 기쁘기 한량없는 일이지만 장영실은 왠지 마음이 무거웠다. 발명품 하나하나도 필요하지만 이제는 나라에, 백성에게 직접 보탬이 되는 일을 하고 싶어졌다.

---

8) 조선시대 궁중음악인 아악을 완벽하게 정리했다. 공조참의로 있을 때 장영실의 자격루, 흠경각, 앙부일구 제작에 큰 도움을 주었다.

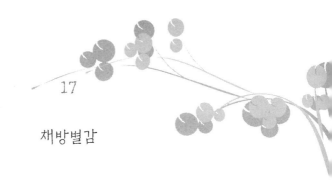

17

채방별감

"전하, 야인의 포로로 잡혀 있던 김새(金璽)가 지금 돌아왔습니다."

세종은 감고 있던 눈을 번쩍 떴다.

지난해 통사 김옥진(金玉振)의 지시로 요동을 정탐하던 일곱 명 중 야인의 포로가 된 김새가 돌아왔다는 것이다. 당시 세종은 압록강과 두만강 인근의 고토를 되찾기 위해 전력을 기울이고 있었다.

"뭘 꾸물거리고 있는 게냐? 어서 들라 하여라."

세종은 들뜬 목소리로 말했다.

김새는 1437년 8월 7일(음력 7월 6일)에 요동에 풀어준 중국인이다. 그는 금속기술자였는데 이날 1년 만에 도로 돌아온 것이다.

곧이어 세종 앞에는 오랫동안 북방 생활을 하다가 도망쳐 온 김새가 피곤하고 지친 모습으로 들어와 무릎을 꿇고 앉았다.

"자, 어찌 된 일인지 그간의 일을 자세히 얘기해보아라. 지금 요동 땅은 어떠하냐? 너는 또 어찌하여 명나라로 가지 않고 돌아왔느냐?"

세종은 다급하게 질문을 퍼부었다.

김새는 침을 꿀꺽 삼키고는 천천히 입을 열었다.

"전하, 야인의 포로가 되어 오랫동안 북방에 살았던 소인이 때를 타 도망쳐 오기는 하였습니다마는, 사실 몸이 묶여 있다 보니 정탐을 할 겨를이 없었사옵니다. 다만 그곳의 정교한 금속 기술이 하도 놀라워 그것에 대해서 말씀드리고자 이렇게 달려온 것입니다."

세종은 요동의 상황을 알고 싶어 하였지만 김새는 요동 사람들의 생활 문화와 기술에 대해서 먼저 이야기를 꺼내놓았다.

"여진족들은 금과 은을 불에 녹여 주홍색의 가벼운 가루로 만들어 하엽록(荷葉綠) 따위의 물건을 만들어냈습니다. 그런가 하면 돌멩이를 불에 녹여 금과 은을 만들어내기도 하였습니다. 그러다 보니 여진족이 쓰는 칼과 창은 매우 날카롭고 단단합니다."

하엽록이란 모자의 꼭대기에 다는 연잎 모양을 한 파란 장식물이다.

세종은 요동 땅에 대한 정탐은 별 효과가 없었다는 것을 알고, 앞선 기술 얘기라도 자세히 듣기로 마음먹었다. 여진족에게 좋은 합금 기술이 있다면 조선도 대응해야만 한다. 지금의 적은 여진족이다.

세종은 곧 장영실을 불렀다.

"우리 세작 김새가 요동 땅에서 몇 년 동안 생활하며 배운 것이라 하니 모르긴 몰라도 우리 조선의 것과는 차이가 있을 것이오. 경이 어련히 알아서 하겠소마는, 잘 들어두었다가 혹시라도 쓸모 있으면 우리 기술에도 적용해보도록 하시오."

장영실은 김새가 말하는 내용을 유심히 들었다. 광석을 녹여 여러 가지 금속을 뽑고, 그 금속을 합금하여 강철을 만들거나 여러 가지 합금으로 무기며 공예품 따위를 만드는 여진족의 기술을 글로 적었다.

"요동에는 여러 가지 광석이 많이 나는 모양이군. 그렇다면 우리나라에도 아직 알려지지 않은 좋은 광석이 많이 있을 수 있다는 말인데……."

장영실은 금속을 머금고 있는 광석에 대해 눈을 떴다. 그가 아직 손을 대지 않은 분야다.

한편 세종은 여러 방면에 걸쳐서 관심이 많았다. 과학과 문화에만 힘쓴 것이 아니라 국방에도 신경을 많이 쓰고 큰 힘을 기울였다. 위로는 여진족을, 아래로는 왜구를 막아내려면 좋은 무기를 많이 가지고 있어야 한다고 생각했다. 요동에서는 지금도 크고 작은 전투가 일어날 정도로 일상 전투태세다.

나라를 지키는 데 가장 필요한 것은 용감한 병력과 정예한 무기다. 무기를 좀 더 우수하게 만들려면 풍부한 철이 있어야 한다. 갑인자를 만들 때도 이천은 철과 구리를 구하기 위해 백방으로 뛰었다.

이렇게 철이 필요한 곳이 많기 때문에, 세종은 땅속의 광물을 캐는 일에도 깊은 관심을 갖고 있었다. 세종은 대신들과 의논한 끝에 좋은 합금을 만들기 위해서는 새로운 방법을 찾아야 한다는 결론을 내렸다. 그래서 또다시 장영실을 불러 방법을 찾아보라고 하였다.

장영실은 1432년 마흔아홉 살 때 평안도 벽동군 사람 강경순이 파란 옥을 진상한 뒤 현지로 가서 이 파란 옥을 채굴해 온 경험이 있다.

김새의 보고가 있은 지 얼마 지난 어느 날이다.

"호군, 어떻게 하면 좋겠소? 김새가 말하는 걸 보면 우리가 모르는 무슨 다른 합금 기술이나 특이한 쇠붙이가 있는 모양인데, 그런 돌을 찾든지 제련하는 기술을 찾아야 할 것 같소. 광석을 찾는 일에 손대보면 어떻겠소? 전쟁이 계속되다 보니 철금속이 많이 부족해요. 아마도 그대가 관심을 가지면 뭔가 나올 것 같은데? 광석을 잘 찾아내는 방법이라든가……."

세종은 장영실에게서 답을 찾고자 하였다.

장영실은 잠시 생각을 해보고는 신중하게 말을 올렸다.

"전하, 신에게 맡겨주소서. 제가 여러 가지 광물을 쉽게 캐내는 방법, 그리고 질 좋은 쇠붙이를 만드는 법을 알아내겠사옵니다. 너무 걱정하지 마소서."

세종의 얼굴이 순식간에 환해졌다. 자신의 부탁을 들어주리라고 믿고 있었지만 이렇게 쉽게, 그것도 스스로 나설 줄은 미처 짐작하지 못했다. 철금속 확보는 왕실과 국가를 보전하는 가장 중요한 일이다.

"고맙소. 내가 걱정거리가 있을 때마다 호군이 이렇게 온 마음을 다해 기쁘게 해주니 정말 고맙소. 하지만 꽤 오랫동안 가족들과 떨어져 있어야 할 터인데, 그래도 괜찮겠소?"

"그만한 각오는 되어 있습니다. 나라와 백성을 위해 하는 일인데 그런 사사로운 정에 매여 큰일을 그르칠 수 있겠습니까? 당치도 않사옵니다."

세종은 장영실의 각오를 듣고는 대단히 기뻐하였다. 광석을 캐내는 일이며 제련하는 과정이 얼마나 외롭고 험한 생활이 될지 모르지 않을 텐데, 오직 나라를 위하는 마음으로 기꺼이 나서주니 고마운 마음을 감출 길이 없었다.

"과인이 평소부터 그대를 믿고 의논하기를 즐겨하였는데, 역시 호군은 충신이오."

"신하로서 당연한 일을 할 뿐이옵니다."

장영실이 침착하게 말을 하자 세종은 더욱 마음이 든든해졌다.

"그럼 부탁하오. 강철금속을 많이 확보하는 것이 국방의 핵심이오."

"예, 명심하겠사옵니다."

세종은 장영실에게 채방별감(採訪別監)이라는 임시 직책을 내렸다. 땅에 묻힌 광물을 캐내어 구분하는 일을 감독하는 사람이다.

"그러면 언제쯤 돌아오시게 되는지요?"

아내 윤서는 다른 때와는 다르게 눈물을 글썽이며 물었다. 1년이 될지 2년이 될지 알 수가 없다.

영실은 아내와 의논 한마디 하지 않았기 때문에 여간 미안한 마음이 아니다.

"한두 해는 각오해야 할 것 같소. 긴 시간이기는 하나 일에 매달리다 보면 금세 지나가지 않겠소? 부인에게 미안한 마음 끝이 없구려. 그동안 아이들과 어머님을 잘 부탁하오."

"당신이 꼭 가야 할 일이라는데 어찌 저의 사사로운 감정 때문에 나랏일을 막을 수 있겠습니까. 아무 걱정 마시고 다녀오세요. 어머님은 제가 편히 모실 테니 부디 맡은 일을 잘 끝내고 돌아오세요."

장영실도 막상 아내와 헤어진다고 생각하니 눈물이 앞을 가렸다. 아내와 혼인을 한 이후 이렇게 멀리, 오래 떨어져보기는 처음이다. 힘들 때마다 늘 용기를 주었던 아내이기에, 서운하기는 아내보다 그가 더했다. 낯설고 물선 임지에서 외로이 버텨야 한다.

장영실은 어머니에게도 작별 인사를 올렸다.

"어머님, 부족한 소자가 나라님의 명을 받고 고향으로 내려가 일을 하게 되었습니다. 머지않아 돌아오긴 할 것이지만, 어머님 곁에 있지 못해 죄스런 마음입니다. 부디 제가 돌아올 때까지 걱정하지 마시고 몸 건강히 계십시오. 뭐든 잘 잡숫고요."

어머니 수란은 그새 많이 늙었다.

"내 걱정은 하지 말게나. 자네가 이 나라에 도움이 되는 일을 하기 위해 간다는데 내 어찌 눈물을 보이겠는가. 하루라도 빨리 끝내고 돌아오기만을 바랄 뿐이지."

장영실의 나이 쉰다섯이다. 이 시대로선 결코 적은 나이가 아니다. 이해 이천은 예순셋이고, 세종은 마흔둘이다.

장영실은 채비를 갖추고 이곳저곳에 들러 인사를 하였다. 물론 후견인인 이천에게도 정중하게 인사를 하였다.

"김새 그놈이 돌아올 때부터 자네가 그 일을 맡을 줄 내가 알았다네. 지금 철과 구리, 이런 물자가 너무 부족하여 무기를 만드는 군기시가 아주 난리라네. 지난번에 활자 주조할 때도 걔들하고 어지간히 다투었지."

"그러게 말입니다."

"그렇다고 쇠붙이가 뭐 아무 데서나 캘 수 있는 것도 아니고, 운에 맡겨야 하니 이거야 원. 오죽 답답하면 주상께서 자네한테 이런 일을 맡기셨겠나. 하지만 나도 걱정이네. 자네가 금이든 철이든 잘 찾아서 많이 캐내야 하는데, 과연 그런 운이 붙을지 솔직히 걱정이네. 그래 어디로 가는가?"

"경상도 문경 지방입니다."

"경상도라면 자네 고향이니 그래도 다른 지방보다는 어렵지 않게 일을 하겠구먼."

"문경하고 동래야 말이 경상도지 한참 멀지요. 그래도 지형이며 말씨와 풍속이 낯설지 않으니 도움이 많이 되리라고 생각하고 있습니다. 이번에 가면 꼭 무기를 만드는 데 중요하게 쓰일 쇠붙이를 많이 캐가지고 오겠습니다. 믿어주십시오. 당장 방법은 모르겠지만 가서 일하다 보면 뭔가 수가 날 겁니다. 하하하."

이천은 영실의 어깨를 두드리며 호탕하게 웃었다.

"그 기개는 여전하구만. 그래, 그런 기백이 있어야 무슨 일을 하든 성공하는 법이라네. 내 옛날부터 자네의 그 태도가 마음에 들었어. 자, 어서 가보게."

장영실은 1438년 여름, 경상도 문경 지방으로 내려갔다. 역마다 말을 바꿔 타고 식사도 하면서 혼자 부임했다.

문경 임지에 이르니 미리 연락을 받은 관리들이 마중 나와 그를 기다리고 있었다.

"별감 나리, 소식을 듣고는 진작부터 기다리고 있었습니다."

현령 등 관아의 아전들과 많은 일꾼들이 달려 나와 머리를 조아리며 장영실을 맞았다.

"고맙네. 이렇게 만나게 된 것도 하늘의 뜻이니 서로 도와가며 잘 지내보세. 내가 자네들에게 바라는 것은 그저 내가 이끄는 대로 열심히 따라와 주었으면 하는 것뿐이라네. 힘든 일도 많을 것이네만, 부탁하겠네. 도와들 주게."

"아이구, 그런 염려는 일찌감치 접어두십시오, 별감 나리. 그저 소인들은 나리의 분부라면 쓰다 달다 말 한마디 않고 열심히 해낼 각오가 되어 있사옵니다. 별감 나리께서는 이곳이 내 집이다 생각하시고 편하게 지내주십시오."

장영실은 한양에서 온 자신을 두려워하여 현령 이하 아전들까지
쩔쩔 매고 있다는 것을 단박에 알아차렸다. 혹시 잘못 보이기라도
할까 봐 몸가짐을 바르게 하고 입놀림을 조심하는 게 보였다.

'이런 것이 바로 권력의 힘이라는 것이구나.'

장영실은 지위에 따라 대접이 달라진다고 생각하니 입맛이 씁
쓸했다. 사람은 됨됨이에 따라 평가를 내려야 마땅하거늘, 국왕이
보낸 고관이라고 해서 사람들이 굽실거리는 것은 옳지 못하다는
생각이 들었다.

'내가 아직껏 노비로 살고 있다면 바로 저 사람들과 같은 자리에
서 있을 테지. 저들을 업신여겨서는 결코 안 된다.'

영실은 무거운 마음으로 사람들과 간단하게 인사를 나누었다.

가슴이 답답하였다. 영실은 말을 타고 드넓은 하늘과 산들을 보
며 달리고 싶었다.

"아니 어딜 나가시려구요? 곧 주안상이 마련되니 잠시만 기다려
주십시오. 오늘은 이곳에 오신 첫날이신데 마음 놓고 관기도 즐기
셔야지요. 잠시만 계시면⋯⋯."

관노 한 명이 신을 신으려는 장영실을 말렸다. 척 보니 관기까
지 대령시킨 잔치가 마련된 듯했다.

순간 장영실은 기분이 크게 상했다. 그렇지 않아도 지나친 대우
가 마음에 걸렸는데 주안상 운운하는 소리까지 들으니 화가 치밀
었다. 특히 관기가 준비되었다는 말에 정신이 아뜩할 정도로 불쾌

했다. 관기라니, 그럴 수는 없다. 그렇다고 어머니가 관기였다고 말할 수도 없다.

"무슨 소린가? 이곳에 술을 먹으러 놀러온 줄 아는가? 지금 북방에서는 전쟁이 한창이네. 난 병장기를 만들어낼 철광석을 많이 찾아야 하네. 막중한 소임이지. 나를 생각해주는 자네들 마음을 내 모를 리 없지만, 주상 전하께서 원하는 것은 그런 것이 아니니 전부 물리도록 하게. 나는 문경 산천을 둘러보며 바람이나 잠시 쐬다가 들어오겠네. 오늘은 그저 편하게 쉬고 푹 자는 것으로 충분하니 그리 알게나."

"그래도 별감 나리, 이제까지 오셨던 별감 나리들께서는 모두 이런 대접을 받으셨습니다. 이것은 처음에 오시는 모든 분들께 해드리는 일상 절차일 뿐이니…… 불편하게 생각하지 마시고 그냥 계시지요."

관노는 입장이 곤란한 듯 계속 장영실을 붙잡았다.

"잘 듣게. 내가 자네들의 성의를 몰라서 하는 말이 아니네. 부임해 온 첫날 관리들과 술 한 잔 나누는 것이 뭐 그리 어려운 일인가? 그러나 나는 주상 전하의 엄명을 받고 내려온 사람이네. 우리 군사들이 쓸 병장기를 만들 철광석을 캐는 게 내 임무란 말일세. 알겠는가? 가서 현령에게 그리 전하게."

관노는 얼굴이 발개진 채로 소리 없이 물러갔다. 장영실은 좀 심하게 말을 했다는 생각도 들었지만 곧 마음을 다잡았다.

장영실은 그 길로 말을 타고 드넓은 들판을 달렸다. 한참을 정신없이 달리다가 벌판 한가운데 들어섰다. 막혔던 숨통이 트이는 듯했다.

'동래는 아니지만 그래도 경상도 땅을 밟으니 가슴이 벅차구나.'

답답하던 가슴이 뚫리는 듯했다. 문경에서 동래현까지는 멀고도 멀지만 사람들의 말씨며 풍광이 어쩐지 낯이 익다.

가까이서 풀내음, 꽃내음이 향긋하게 풍긴다. 도포를 벗어놓으면 풀내음과 꽃내음이 고스란히 배어들 것만 같다.

장영실은 한양에 두고 온 아내와 아이들 그리고 어머니를 생각했다.

'앞으로 보고 싶어 잠 못 이루는 날이 셀 수 없이 많을 텐데 벌써부터 이렇게 마음이 약해져서야 원.'

영실은 눈을 들어 하늘을 바라보았다.

이제는 병장기를 주조할 강철용 광석을 많이 채굴하는 일이 목표다.

18

과학적으로 생각하라

장영실은 다음 날부터 산을 돌아다니며 표본조사를 하기 시작했다. 산의 모양은 어떤지 산의 토질은 어떤지 세세히 적으면서 자료를 만들어나갔다. 기왕에 캐던 광산도 있고 조사가 이뤄진 곳도 있다.

앞서 다녀간 별감들이 남겨놓은 자료도 있지만 새로운 광산을 찾아야 한다.

며칠째 계속되었다. 장영실은 아침부터 해가 질 때까지 끼니도 제대로 챙겨 먹지 않으면서 산길을 다녔다. 그러다 보니 얼굴이 핼쑥한 데다 입술까지 부르텄다.

'북방에서는 우리 군사들이 목숨 걸고 여진족과 싸우는데 이쯤이야.'

나무들은 진한 초록빛을 토해냈다.

장영실은 이마에 흐르는 땀을 닦으며 산허리를 올라갔다. 같이 일을 할 젊은이들도 헉헉거리며 산을 올랐다.

"별감 나리, 그러시다 병나시겠습니다. 하루 이틀도 아니고 벌써 보름이 지났습니다. 젊은 사람들도 배겨나질 못하고 있습니다. 더구나 야트막한 산도 아니고 산세가 보통 험합니까? 잘못하다가 사고라도 나면 어쩌시려고⋯⋯."

일꾼들이 쉬엄쉬엄 하라고 말려도 장영실은 막무가내였다. 한 번 일을 시작한 이상 끝을 보아야 하는 성격이다.

"이보게, 내가 이곳에 온 이유는 질 좋은 광석을 캐어 튼튼한 무기를 만들고자 함이 아니겠는가. 그런데 나보고 쉬라고? 말도 안 되는 소리 하지 말게. 지금도 두만강에서는 우리 군사들과 여진족이 서로 싸우고 있다네. 한가한 일이 아니라네. 나는 어서 주상 전하의 근심을 덜어드려야 하네."

"일을 하지 말라는 것이 아니라 좀 쉬었다가 하시라는 말씀이지요. 그러다가 덜컥 앓아누우면 누가 감독을 하겠습니까? 아무것도 모르는 저희들이 감히 별감 나리께서 하시는 일에 무슨 말씀을 올리겠습니까만, 건강이 걱정되어서 드리는 말씀입지요."

장영실은 자신의 건강을 염려해주는 아랫사람들이 고마웠지만 조금도 긴장을 늦출 수는 없었다. 오히려 국왕의 기대에 미치지 못하면 어쩌나 하는 걱정이 앞섰다.

이쯤 되자 사람들도 새로 온 채방별감에 대해서 이해하게 되었다. 말리기보다는 시키는 대로 일을 하는 게 채방별감을 돕는 길이라고 입을 모았다.

장영실이 필요하다고 하면 구하기 어려운 것이라도 어떻게 해서든지 구해다 주었다. 그 인품과 성실성에 감동하여 알게 모르게 도와주는 사람이 여럿 있었다.

하루에도 두세 번씩 같은 산을 올라도 별감 소속 일꾼들이 군소리 없이 뒤를 따랐다. 영실은 점점 힘이 솟았다. 산에 오르지 않는 시간에는 광석에 관한 책과 기록을 읽었다.

"아니 대감께서는 무슨 책을 그리 열심히 읽으십니까? 한밤중이 되어도 방이 늘 환하다고 하인들이 입을 모으던데, 대체 잠은 언제 주무십니까?"

하루는 선비 한 명이 찾아와 신기하다는 듯이 물었다.

장영실은 쑥스러워하며 대답했다.

"허허, 소문이 날 정도는 아닌데. 그저 광물을 캐는 일을 처음 하다 보니 아는 게 있어야지요. 그래 정보를 좀 얻을까 하여 책을 좀 보았지요. 문경에 부임한다니까 아는 집현전 학사들이 광물 관련 책을 구해다 줍디다. 공부가 아직 멀었습니다. 이거 부끄럽기 짝이 없소."

장영실은 책과 자료에 나와 있는 정보를 바탕으로 채굴을 해보았지만 번번이 실패했다. 아무리 광물질의 특성을 살피고 연구해도 막상 산에 올라 땅을 파보면 잘못 짚은 경우가 많았다.

그는 생각을 바꾸기로 했다. 광물의 종류를 어느 정도 알고 나서 본격적으로 채굴을 해야겠다고 마음먹었다.

결국 지표면의 토질이나 드러난 바위 등의 성분이나 색상 등을 보고 일대의 지질을 유추하는 수밖에 없었다. 관점을 갖고 보니 이미 문경을 다녀간 별감들이 남겨놓은 자료에도 그런 흔적들이 눈에 보이기 시작했다.

'됐다. 이 정도 상식으로 덤벼보자. 모험이 되더라도 우선 채굴을 시작하자. 되든 안 되든 시행착오를 거쳐야만 결과를 얻을 수 있겠는걸.'

장영실은 다음 날부터 긴 꼬챙이로 여기저기 땅을 찔러가며 관찰했다. 그러고는 이전 별감들이 남긴 기록과 비교해보았다.

거의 한 달 동안 그러고 돌아다니자 주위 사람들은 땅이 꺼지게 걱정을 했다. 아무래도 사람이 이상하다는 거였다.

그러던 어느 날이다.

"자, 이곳을 파거라. 이곳에는 구리가 있을 것이다."

장영실은 자신만만하게 땅의 한구석을 가리켰다. 사람들은 그가 가리킨 땅을 바라보았다.

"아니, 별감 나리께서 왜 저러신담? 여기에 구리가 있을지 차돌이 있을지 어찌 알고 저렇게 큰소리를 치시는 거지? 점쟁이도 아니고."

"다 믿을 만한 구석이 있으니 저러시는 게지. 아무 소리 말고 어서 파보세."

"믿을 만한 구석이라니? 제 발밑에 뭐가 묻혀 있는지를 무슨 수로 안단 말인가? 캐보기 전에는 알 수 없는 일을 가지고 믿긴 뭘 믿으란 말인가?"

"예끼, 이 사람. 입 다물게."

일꾼들은 이런저런 입담을 주고받으며 땅을 파기 시작했다.

잠시 후 구리가 있을 것이라는 말에 코웃음을 치면서 파 내려가던 사람들의 입에서 탄성이 흘러나왔다. 그곳에는 정말로 구리광석이 무더기로 있었다.

"대체 이게 어찌 된 일인가? 구리광석이 틀림없네그려. 이것 참, 별 신기한 일이 다 있네."

"그것 보게. 채방별감께서 처음 여기 오셨을 때 아무리 봐도 예사 분이 아닌 듯하다고 내가 말했지 않았나? 내 이런 일이 있을 줄 알았다니까."

사람들의 얼굴은 놀라움으로 가득 차 있었다.

"믿기지 않았지만 구리광석이 나오긴 나왔지?"

장영실은 일꾼들이 대체 무슨 일인가 하고 어안이 벙벙해 있자 한마디 덧붙였다.

장영실은 밖으로 드러난 바위의 색과 땅속의 광물과는 서로 관계가 있다는 것을 알고 사람들에게 일을 시킨 것이었다. 물론 구리 함유량이 높지는 않다. 부숴 제련을 해야만 한다. 그리고도 구리는 주석, 아연, 니켈 등과 합금하면 각각 다른 물질로 바뀐다. 그중에 가장 많이 쓰이는 주석을 섞어 청동합금을 만들어야만 한다.

그다음부터 장영실이 철이 있을 것이라고 가리킨 곳에서는 어김없이 철이 나왔다. 그런가 하면 금이 있을 것이니 조심해서 파라고 명령을 하면 또 금이 나오곤 하였다.

이렇게 장영실은 꼭 어떤 광물을 채취할 것이라는 말을 해두고 채굴을 시작하였다. 사람들은 장영실이 혹시 신이 내린 무당이 아니냐고 수군거리기도 했다. 하지만 인부들은 장영실을 정말로 믿고 따랐다.

광물을 캐는 사람들은 모두 영실을 가리켜 지신(地神)이라고 불렀다. 지신이란 땅의 귀신이라는 뜻으로, 보이지 않는 땅속 깊숙이 박혀 있는 광물까지 척척 알아맞힌다 하여 붙여준 별명이다.

"저분은 대체 뭘 하시는 분이기에 저리도 신통력이 있을꼬?"

"이런 이 무식한 사람하고는. 저분의 말씀을 못 들어봤는가? 신통력이 아니라 과학이라고 하지 않던가?"

한 사람이 과학이라는 단어에 힘을 주어 말하자, 곁에 서 있던 인부들이 모두 킬킬거렸다.

"과학? 과학이 뭔데? 아니, 캐보지도 않고 그 안에 묻혀 있는 쇠붙이를 척척 알아맞히는데, 이게 신통력이지 어떻게 과학이란 말인가?"

일꾼들은 모두 영실이 신통력이 있기 때문에 해낼 수 있는 일이라고 보았다. 사실 일꾼들은 과학이라는 말뜻을 알고 있지 못했다.

영실이 신통력을 가졌건 위대한 과학자였건 일반 백성들에게는 하나도 중요하지 않았다. 다만 장영실이 말하는 대로 땅에서 뭔가를 캐낸다는 사실이 신기할 따름이었다. 광석을 부수고 분류하고 빻고 제련하는 건 기술자들 몫이었다. 그렇게 해서 완성된 구리, 금, 철 등은 일정량이 모이면 한양으로 올려 보냈다.

한편, 사람들은 다른 무엇보다도 영실의 사람 됨됨이를 존경하였다. 장영실은 아무리 신분이 낮은 사람일지라도 마치 자기 가족처럼 아끼며 자상하게 대해주었다.

장영실은 신분 따위는 아랑곳하지 않고 모든 사람을 똑같이 대해주었다. 그가 관노로 있다가 면천하여 오늘날 당상의 자리까지 올라갔다는 입지전적인 사람이라는 사실을 아는 이는 드물었다.

"채방별감님은 임금님의 곁에서 나랏일을 하던 높은 분인데도 우리같이 하찮은 일꾼들에게까지 신경을 써주시니, 이런 고마울 데가 있나."

사람들은 장영실을 보면 저절로 고개를 숙였다.

장영실은 관노 시절을 잊지 않고 누구에게나 따뜻하게 대했다. 일꾼을 쓸 때는 먹을거리와 품삯을 넉넉히 주었다. 그렇기 때문에 그의 지시라면 몸을 아끼지 않고 열심히 일했다.

영실은 직접 곡괭이를 들고 땅을 파기도 하고, 광석에 붙어 있는 금속을 가려내어 쇳물을 만들기도 하였다. 그리고 쇠를 종류별로 나누는 일까지 하였다. 합금 시험까지는 시간 여유가 없어 하지 못했다.

"왜 이런 소소한 일까지 별감님이 직접 하십니까요. 소인들이 뵐 낯이 없습니다. 이러다 병이라도 얻으시면 어쩌려고 그러십니까요. 제발 이제 좀 쉬시고 저희들에게 맡겨주십시오. 나리께서는 분부만 내려주십시오."

"어허, 누가 자네들더러 일한다고 뭐라고 했는가? 나도 아직 힘이 팔팔한데 무슨 그런 섭섭한 소리를 하는가. 아무 염려 말게. 내가 다 자네들을 믿으니 이렇게 일을 하는 것이지, 자네들을 믿지 못한다면 이렇게 일을 못하지. 앞으로도 나를 도와주게. 나를 돕는 게 주상 전하를 돕는 일이고 곧 나라를 위하는 일이지."

"말해 무엇 하겠습니까. 소인들은 그저 나리께서 시키시는 일이라면 무엇이든지 할 각오가 되어 있습니다. 그러니 시켜만 주십시오."

"뭐든 내 눈으로 직접 봐야 무슨 방법을 찾아낼 수 있는 것이라네. 답은 손끝에서 나오더라구."

영실은 일꾼들과 일을 하면서 결코 관노 시절을 잊지 말자고 결심했다.

채굴 작업은 계획대로 잘 진행되었다. 처음보다 일꾼들도 손에 익어서 그런지 속도도 점점 빨라졌다.

그러던 어느 날이다.

일꾼 가운데 한 명이 머리를 조아리며 물었다.

"별감 나리, 나리께서는 캐보지도 않고 땅에 묻혀 있는 광물을 알아맞히시는데, 소인은 아무리 생각해도 그 비밀을 알 수가 없습니다. 다른 사람들은 나리가 무슨 신통력이 있어서 그렇다고들 소곤거립니다. 그런데 제 생각으로는 다른 비법이 있으신 것만 같습니다. 주제넘은 일인 줄 알고 있습니다만 보잘것없는 소인에게도 그 비법을 알려주실 수 없겠는지요?"

그 일꾼이 말을 끝내자 다른 일꾼들은 혀를 끌끌 차며 코웃음을 쳤다.

"저 녀석이 또 병이 도진 게로군. 하여간 뭐든 궁금한 것이 있으면 참질 못하고 저렇게 덤벼드니……."

"그래도 그렇지, 마음이 좋으시다고는 하지만 어디 감히 별감 나리 앞에 가서 그런 걸 물어보누? 저러다 한번 혼이 날 게야. 쯧쯧."

"누가 아니래나. 제 처지를 알고 까불어야 말이지. 관아에 매여 품이나 팔면서 먹고사는 관노 주제에 뭘 알려고 그러나. 그저 일이나 하고 품삯이나 두둑이 받으면 그만이지. 저 사람은 백날 타일러도 헛일이지 뭔가."

그 일꾼은 사람들이 아무리 코웃음을 쳐도 진지하게 영실의 대답을 기다렸다.

장영실은 그런 일꾼을 보며 옛날 자기 모습을 보는 것 같아 가슴이 아팠다.

'내가 책을 읽고 천문학에 대해 생각할 때도 사람들은 저렇게 비웃었겠구나!'

장영실은 젊은 일꾼에게 손짓을 했다.

"이리 오게. 내 간단하게나마 설명을 해주겠네."

다른 일꾼들은 눈을 휘둥그렇게 떴다.

장영실이 아랫사람들에게 잘 대해주는 것을 모르는 것은 아니지만, 이렇게까지 받아주리라고는 생각하지 못한 모양이다.

장영실은 오히려 더 다정스럽게 그 일꾼을 대해주었다.

얼떨결에 손을 잡힌 젊은 일꾼 역시 어안이 벙벙했다.

장영실은 일꾼들에게 잠깐 쉬라고 말한 뒤, 그 관노를 나무 그늘 밑으로 데리고 갔다.

"과학이 무엇인지 아는가?"

"예? 저…… 잘 모릅니다만……."

"과학이란 자연이 어떻게 돌아가는가 그 이치를 생각하는 것이라네. 그런데 그냥 생각하는 게 아니라 반드시 원인과 결과를 따져서 그 차례와 원리를 밝혀내는 것이지. 생각이 정리되면 차근차근 실험을 통해서 자기 생각이 맞았는지 틀렸는지 알아보고, 맞으면 확신을 갖는 것이야. 한 가지 원리를 찾아내면 그것을 응용하여 생활을 편리하게 할 수 있지. 어떤가, 과학이란 참으로 재미있지 않은가?"

젊은이의 얼굴이 달아오르며 눈동자가 반짝이기 시작했다.

"그러니까 과학이란 먼 곳에 있는 게 아니라 바로 우리 생활 속에서 찾을 수 있겠네요."

"바로 그렇다네."

"저, 하오면 광물을 캐내는 것도 과학이라고 하셨다는데, 그것은 어떤 뜻이옵니까?"

영실은 젊은이를 보며 빙그레 웃었다.

"네가 알지 모르지만, 난 이곳에 와서 제일 먼저 산의 지형과 지질을 살피고 다녔네. 그리고 여러 가지 전적을 보아가며 광물의 특성을 연구했지. 얼마간 그러고 나니 흙의 색깔과 광물 사이에는 깊은 연관이 있음을 알게 되었다네. 내가 어떤 광물이 어디에 묻혀 있는지 알아낸 것은 그런 이유일세. 내가 무당이라 땅속에 묻혀 있는 광물을 들여다본 게 아니라네. 모든 것을 과학적으로 생각하면 쉽게 알 수 있는 일이지."

영실의 설명을 듣자 젊은이는 벅찬 마음으로 고개를 끄덕였다.

"과학적으로 원리를 생각하라⋯⋯."

젊은이는 입속으로 그 말을 몇 번이나 중얼거렸다. 크게 깨달은 바가 있는 모양이었다.

"이제 궁금증이 좀 풀렸는가?"

"예. 말씀을 듣고 나니 제가 얼마나 어리석었는지 알겠습니다. 나리의 지혜에 놀랄 뿐입니다."

영실은 젊은이의 어깨를 두드려주었다. 그 손길에는 신분이 낮다고 좌절하지 말고 목표를 세워 열심히 노력하라는 뜻이 담겨 있었다.

날이 갈수록 채굴 작업은 성과가 좋았다. 구리, 금, 은, 철 등을 비롯한 금속 생산량이 크게 늘어났다. 그뿐만 아니라 품질이 좋은 광물이 많이 채굴되어 제련 양도 늘었다.

영실은 쇠붙이의 성질을 일일이 실험하고 연구하여 각각의 특성을 자세히 기록했다. 그리하여 어떤 쇠붙이로 어떤 무기를 만들어야 좋을지를 기록하여 조정에 올려 보냈다.

세종은 영실이 보내는 보고서를 보며 무척 대견스러워하였다.
'역시 재주가 뛰어난 사람이로다.'
세종은 뿌듯한 마음으로 영실이 채굴한 광물의 견본들을 자세히 훑어보았다. 창원, 울산, 영해, 청송, 의성 등 각 읍에서 캐낸 동철과 안강현에서 캐낸 연철 등 많은 광물들을 한양으로 운송 중이라고 했다. 세종은 곧 칭찬하는 편지와 상을 내렸다.

그날도 장영실은 금을 채굴하였다.
장영실이 일을 마친 다음 말을 타고 거처로 가고 있을 때였다. 갑자기 검은 구름이 몰려와 온 하늘을 덮더니 금방 장대같이 굵은 비가 쏟아지기 시작했다.
"방금 전까지만 해도 하늘이 맑았는데 웬 소나기지?"
장영실은 급히 말을 몰았다.
장대비는 이로부터 이틀 동안이나 그치지 않고 계속 퍼부었다. 더 이상 채굴 작업을 할 수 없었다. 비가 그치기를 기다릴 수밖에 없었다. 그동안 채굴해놓은 광석을 선별하고 빻아 제련하는 일만 하기로 했다.
비는 며칠이 지나도 그치지 않았다.

강둑이 무너지자 물가 초가집들이 강물에 휩쓸려 떠내려갔다. 논밭도 물에 잠겼다. 더러 사람과 가축이 물에 떠내려갔다는 보고도 올라왔다.

'언제는 가뭄이 들어 곡식이 말라 죽더니, 이제는 홍수로 모든 것이 떠내려가는구나.'

안타까웠다. 천문을 관측한다며 하늘을 올려다보기는 했지만 비가 내리는 건 아직 살피지 못했다.

'무슨 좋은 방법이 없을까?'

장영실은 곰곰이 생각해보았다.

당장은 좋은 생각이 떠오르지 않았다.

'홍수 피해를 막아야 해. 가뭄이든 홍수든 물을 다스리는 건 국왕의 중요한 책무야. 마땅히 내가 궁리를 해야 한다. 다른 사람에게 미룰 일이 아니야.'

장영실은 머지않아 임금이 자신을 부를지도 모른다는 생각이 퍼뜩 들었다. 이 정도 비면 한양에도 물난리가 났을 것이다. 한양에 이처럼 큰비가 내리면 피해가 훨씬 더 크다.

자신을 불러올린다면 그것은 분명 홍수에 대비해서 고민을 털어놓을 것이다. 장영실은 그때 보고할 생각으로 좋은 방안이 없을까 궁리했다.

장영실은 빗소리를 들으며 밤이 새는 줄도 모르고 물을 다스리는 방법을 생각하였다. 치수(治水)에 성공해야 성군이 된다는 내용을 그도 책에서 본 적이 있고, 사서에 여러 사례가 소개되어 있다.

19

측우기와 수표

예상대로였다. 세종은 그를 다시 한양으로 불러들였다.

갑작스런 어명에 채굴 작업을 하던 사람들은 어리둥절하였다.

"느닷없이 떠나신다니, 이 무슨 일입니까? 쇤네들은 그래도 한두 해 더 계시겠거니 생각했는데 이렇게 일찍 가실 줄은 정말 몰랐습니다. 이거 원, 서운한 건 둘째치고 도무지 경황이 없으니 뭘 어째야 좋을지……."

그동안 사람들은 장영실과 정이 들었다.

이곳에 장영실이 처음 올 때에는 높은 지위 때문에 사람들의 극진한 대우를 받았지만, 떠나는 날에는 그의 인덕을 보고 대우를 해주었다.

"나 역시 어리둥절하여 무슨 말부터 해야 할지 모르겠네. 그동안 고마웠던 일들을 생각하면 내 무엇으로 보답을 해야 좋을지 알 수 없네. 시간이 없어 제대로 보답도 못하고 떠나는 걸 이해하게 나. 특별히 곁에서 도와준 이들에게는 곡식이라도 좀 보탬이 될까 하여 미리 일러두었으니, 적지만 내 성의로 알고 받아주게."

"그런 데까지 신경을 안 쓰셔도 되는데……. 감사합니다, 나리. 그런데 이제 가시면 영영 못 뵙겠지요."

"그거야 가봐야 알겠지만, 아마도 다시 돌아오기는 힘들 것 같네. 홍수 때문에 부르시는 것이니 분명 내가 해야 할 일이 있을 것이네. 또 이곳 일도 거의 끝난 셈이 아닌가? 나 역시 이곳을 떠나게 되어 섭섭한 마음이 크다네. 그간 내가 한 일은 자세히 기록을 남겼으니 후임 별감이 오거든 꼭 전해드리게."

장영실은 서둘러 떠날 채비를 하였다. 한시가 급한 일이라 머뭇거릴 틈이 없다.

함께 채굴하고 제련한 사람들과 헤어지는 것이 아쉽기도 하지만, 한양에서 이제나 저제나 자신이 돌아오기만을 기다리고 있을 가족을 생각하면 한걸음에 달려가고 싶었다.

"가시는 길에 드시라고 음식을 약간 장만했습니다. 먼 길 가시는 데 요기나 하시어요."

늘 영실의 식사 준비를 맡아 해온 아낙이 작은 꾸러미를 내밀었다. 받아드니 따뜻하다.

"고맙소. 어느새 이런 걸 다……."

'가난하지만 성실하고 정 있게 살아가는 백성들, 이게 바로 아름다운 삶이 아니고 뭐란 말인가. 이들을 위해서라도, 이런 조선을

위해서라도 더더욱 열심히 연구를 해야겠구나.'

영실은 떨어지지 않는 발걸음을 재촉하여 한양 길에 올랐다.

장영실이 궁궐에 들어서자 대신들은 이제는 됐다는 얼굴빛으로 그를 맞이했다. 뭔지 모르지만 기술자인 장영실이 뭔가 대책을 내놓겠지 하는 바람이 그런 얼굴로 나타난 것이다.

세종은 안절부절못하고 있다가 그가 들어오자 손을 부여잡으며 마음을 털어놓았다.

"과인이 그대를 다시 부른 것은 한 가지 어려운 부탁이 있어서요. 좀 힘이 들겠지만 꼭 들어주어야겠소."

"예, 분부만 내려주십시오. 소신이 할 수 있는 일이라면 무엇이라도 하겠사옵니다."

물난리 때문에 세종이 근심에 싸여 있다는 것을 장영실은 금방 읽어낼 수 있었다.

"고맙구려. 아무리 생각해봐도 역시 믿을 만한 사람은 그대뿐이니 어쩌겠소. 이번 물난리로 피해가 적지 않다는 사실은 말하지 않아도 알고 있을 터요. 이미 당한 수해는 어쩔 수 없다 치더라도 다시는 이런 일이 없어야 하지 않겠소. 그러자면 근본적인 대책을 세워야 할 것 같소. 그래서 비의 양을 잴 수 있는 기구를 만들어야겠소. 하늘에서 내리는 비를 멈추게 할 수는 없는 일이 아니오. 앞으로는 비의 양을 측정해서 미리 대비책을 마련해야겠소. 또 언제 비가 내릴지도 가늠할 수 있으면 좋겠소."

세종은 이미 비의 양에 따라 구분하는 용어를 만들어두었다. 신숙주와 성삼문 두 사람이 세종의 명에 따라 비를 미우(微雨), 세우(細雨), 소우(小雨), 하우(下雨), 쇄우(灑雨), 취우(驟雨), 대우(大雨), 폭우(暴雨) 등 여덟 단계로 구별하여 매일 기록하는 방법을 연구하기도 하였다. 여덟 단계로 비를 구분하면 그나마 피해를 줄일 수 있을까 해서였다.

그러나 이런 방법은 눈짐작으로 하는 것이고, 비과학적이고 측정치가 정확하질 않아 보는 사람마다 다를 수밖에 없다. 세종은 이런 정도로는 만족하지 못했다.

그런 중에 세자 이향(李珦: 훗날 문종)이 4월에 급한 대로 구리를 부어 측우기를 만들었다. 하지만 물방울이 튀어나오고 넘치는 것이 많아 정확도가 떨어져 세종이 이를 근심하고 있었다.

그러던 차에 이렇게 큰 물난리가 났으니, 더 정밀한 측우기를 장영실에게 만들게 하려고 마음을 먹은 것이다.

"그대도 알다시피 몇 년 동안 가뭄 때문에 백성들이 고생하지 않았소? 그러더니 이번에는 물난리가 나서 야단이니 원……. 이렇듯 농사를 짓는 데 어려움이 많으오. 그러니 이런 재난을 막으려면 해마다 비가 얼마나 내리는지, 언제 주로 내리는지 그 양을 알아내어 저수지도 만들고 둑도 쌓고 물길을 내며, 또 씨 뿌리는 시기에 물을 알맞게 조절해야 합니다. 그대의 생각은 어떻소?"

"예, 아주 훌륭한 생각이옵니다."

"그래서 내 그대에게 이렇게 간절하게 부탁하는 것이니 쓸모 있는 우량계부터 꼭 만들어보시오.”

“분부 명심하겠사옵니다.”

임금의 명을 받으면서 장영실은 다시 한 번 놀랐다.

세종의 생각은 어느 누구도 쫓아갈 수가 없다. 항상 지시가 정확하다. 막연하지 않고 구체적이다. 나라와 백성을 생각하는 마음이 그만큼 간절하다는 의미일 것이다. 백성을 사랑하는 세종의 마음 씀씀이에 장영실은 그저 감탄하고 고개를 숙일 뿐이었다.

‘어떻게 하면 비의 양을 정확히 잴 수 있을까?’

그때부터 장영실은 고민을 하기 시작했다.

장영실은 전적을 찾아 읽으며 며칠 동안 온갖 궁리를 했다. 그러다가 일정한 크기의 그릇에 빗물을 받아서 그 깊이를 재어보기도 했다. 우선 높이 31.5센티미터에 지름 14.7센티미터인 원통 모양을 설계했다.

‘자, 우선 이 설계도를 전하께 보여드리고 나서 제작을 해야겠다.’

장영실은 세종에게 나아가 그가 구상한 설계도를 펼쳐놓고 자세히 설명을 하였다.

“한눈에 봐도 아주 훌륭하오. 어서 만들도록 하시오.”

세종은 칭찬을 아끼지 않고 원통 제작에 힘을 기울일 수 있도록 모든 준비물을 지급하라고 지시했다.

장영실은 설계도에 따라 청동으로 원통을 만들었다. 청동은 주조한 뒤에 변형이 없어서 정밀기계나 화포, 활자 등에 많이 쓰인다.

원통은 비의 양을 정확하게 측정하기 위해 크기와 빗방울이 떨어질 때 생기는 오차까지 고려해서 만들었다.

하루는 집현전 학사들이 장영실의 공조 작업실로 찾아왔다.

"비의 양을 측정하는 기기가 거의 완성되었다고 하던데, 어떻게 생겼는지 궁금해서 왔소이다."

장영실은 일을 하다 말고 일어나 앉으며 그들을 맞이했다. 집현전 학사들의 수준은 매우 높아서 그들이 툭 던지는 말 한마디 속에 기막힌 답이 숨어 있을 수도 있다.

"이제 마지막 실험을 앞두고 있긴 합니다만, 제대로 기능을 해줄지 어떨지 아직은 잘 모르겠습니다."

장영실이 자신 없게 대답을 하자 몇몇 학사들은 의문의 눈빛을 보였다. 어명을 받을 때는 언제고 이제 와서 자신 없는 소리냐는 눈치다. 그러나 성삼문을 비롯한 대학자들은 영실이 겸손하게 말하는 것임을 잘 알고 있었다.

장영실은 언제나 확실하게 완성된 것이 아니면 쉽게 내놓지도 섣불리 말을 하지도 않았다.

"이 기기가 완성되어 널리 퍼진다면 1년 내내 강우량을 잴 수 있으니 언제 비가 많이 오는지 언제 가뭄이 드는지 기록할 수 있겠구려. 그러면 이 자료를 바탕으로 물 관리를 할 수 있으니 얼마나 대단한 일이오."

"이르다 뿐입니까. 그렇게 되면 천문 기상과 맞물려 농사를 과학적으로 지을 수 있을 테니 얼마나 도움이 크겠소. 역시 전하께서 호군 장영실을 불러들이기를 잘하셨지요."

대학자들이 칭찬을 하자 영실은 몸 둘 바를 몰라 했다. 이를 보던 후견인 이천이 부드럽게 말을 건넸다. 조정에서는 장영실의 후견인이 이천이라는 사실쯤은 일반상식에 속한다.

"자네가 기어이 이 일을 해내리라 짐작했네. 그런데 이 기기의 이름을 뭐라고 지었는가?"

"일단 세자 저하께서 먼저 측우기를 만드셨으니 그대로 부르는 게 좋을 것 같아 저도 측우기라고 쉽게 붙였습니다만……."

"암, 그래야지. 그럼 이 자리에 걸음하기 어려운 대감들께서도 오셨으니 자네 측우기가 얼마나 개량이 된 건지 설명을 해주지 않겠는가? 홍수 난 뒤로 다들 혼이 나갔던 분들이라 관심이 아주 크다네."

장영실은 이천의 권유를 듣고 잠시 생각을 정리하고는 측우기 앞으로 다가섰다.

"원통의 넓이를 이 크기로 한 것은 특별한 이유가 있는 것인가?"

신숙주가 가볍게 질문을 던졌다.

"예. 더 넓게도 해보고 좁게도 해보았습니다만 아무래도 이 정도가 가장 적당한 듯해서 입 지름을 이렇게 제작했습니다. 빗물을 받는 원통 입구는 바람의 영향을 피해야 하고, 빗방울이 마구 떨어져 튈 때도 강우량의 측정 오차를 최소로 줄일 수 있는 정도라야 하거든요. 다음 해쯤 다시 한 번 손을 보려고 생각하고 있습니다만, 그때는 원통의 넓이를 약간 더 줄여서 보급할까 합니다. 지방 어디서고 활용할 수 있도록 간편하게 만들까 합니다."

"흠, 그렇다면 원통의 길이도 어림짐작으로 만든 것이 아니겠군?"

"물론입니다. 이 측우기의 깊이는 측우기 안으로 일단 들어온 빗물이 밖으로 튀어나오는 것을 막을 수 있는 높이입니다. 몇 차례의 실험을 거친 것이지요. 땅에서 측우기 입구까지의 설치 높이 역시 관측하기에 좋을 뿐 아니라 바람에 의한 오차를 최소화할 수 있는 높이로 만든 것입니다."

장영실의 설명을 들으며 집현전 학사들은 저마다 고개를 끄덕였다.

"오, 아주 사려 깊군. 이제 얼마만큼 정확하게 측정이 되느냐 하는 문제만 남았구려."

집현전 학사들은 대체로 장영실의 연구 성과를 높이 평가해주었다.

"자네도 이젠 좀 쉬어야지. 문경에서 올라오자마자 한시도 쉴 틈 없이 너무 고생이 많았구만. 주상 전하께서도 자네의 건강을 여간 걱정하시는 게 아니네. 측우기 발명은 백성들이 다 기뻐해야 할 경사이네만, 아무리 훌륭한 발명품을 만들면 뭘 하겠나? 우선 자네가 건강하고 봐야지. 자네 처는 물론이고 늙은 어머니께서도 걱정이 태산일 텐데, 몸 생각을 좀 하게나."

이천이 따뜻하게 걱정을 해주자 장영실은 고개를 숙였다.

한양으로 올라오자마자 공조 작업실에 틀어박혀 측우기 연구를 시작했으니 어머니나 아내 윤서는 몹시 걱정했을 것이다. 며칠 쉬면서 가족들과 단란하게 지냈으면 좋겠지만 큰 물난리를 겪은 세종 임금이 몹시 걱정하고 있다는 걸 잘 아는데 그럴 수가 없었다.

영실은 측우기를 완성할 때까지는 쉬어서는 안 된다고 생각했다. 하던 일을 마무리 지어야 한숨 돌릴 수 있을 것 같았다.

"마음 써주시는 건 고맙습니다만 저는 아직 할 일이 남아 있습니다, 대감. 측우기 말고도 제가 몇 가지 시험하고 있는 일이 있는데, 그것까지만 끝나면 저도 당분간 쉴 작정이니 너무 염려하지 마십시오. 올해 홍수 피해를 생각하면 쉴 틈이 없습니다. 주상 전하께서도 노심초사하시는 눈치고요."

"지금 시험하고 있는 일이라니? 또 뭐가 있는데 그러는가?"

"예, 한강과 청계천의 물높이를 잴 수 있는 자를 만드는 중입니다. 본래 측우기와 함께 생각했던 것이라……."

이천을 비롯한 학사들이 놀랐다.

"아, 얼핏 들은 바가 있네만 그 수표(水標)라는 것 말인가?"

"예, 그렇습니다."

그는 아직은 밝힐 단계가 아니라는 듯한 표정으로 쑥스럽게 입을 열었다.

"아니 수표라면…… 시내나 강물이 넘치는 것을 미리 막기 위해서 물의 높이를 재는 자를 이르는 것입니까?"

"나도 그렇게 들었소이다."

학사들이 주고받는 말을 듣고 있던 이천이 한마디 거들었다.

"대감들께서도 아시겠소만, 농사를 짓는 다른 나라에서도 가뭄과 물난리로 농작물의 수확량이 크게 달라지오. 그러니 수표를 사용하여 미리 재난을 막자는 거지요. 매년 수표를 적고 강우량을 확인하다 보면 장마가 오고가는 시기를 대략 알 수 있게 될 것 같습니다. 우리 호군은 주상 전하께서 하나를 시키면 알아서 서넛을 나아가는 사람이구려. 허허허."

장영실이 만든 측우기와 수표에 대해 집현전 학사들은 여러 가지 의견을 내놓았다. 측우기와 수표는 그만큼 대단한 발명품이었다.

장영실은 밤낮없이 기계를 깎고 시험해가면서 드디어 수표를 만들었다.

세종은 측우기와 수표를 완성했다는 소식을 듣고 장영실을 불렀다.

"애썼소, 호군. 측우기와 수표의 잇따른 성공 소식을 듣고서 얼마나 기뻤는지 모른다오. 문경에서 올라온 후 몸과 마음이 힘들었을 텐데 이렇게 훌륭한 발명품을 만들었으니 정말 장하오."

다른 말이 필요 없다. 임금의 칭찬을 받는 것 이상 바랄 것이 없다. 피로가 씻은 것처럼 사라지는 듯하다.

"호군의 큰 공을 어찌 잊을 수 있겠소? 당장 정3품 상호군으로 벼슬을 높일 것이니 그리 아시오."

"성은이 망극하옵니다, 전하."

"또한 호군이 만든 측우기를 여러 개 만들어 각 도에 나누어줄 예정이오. 그리하면 이 측우기에 고인 물을 날짜 별로 적어두었다가 그 이듬해 농사를 지을 때 이용할 수 있지 않겠소? 각 지방별로 강우량을 비교할 수 있지 않겠느냐는 말이오?"

이로써 조선은 기후의 예측과 통계를 통한 농사가 가능해졌다.

"옳은 생각이십니다, 전하. 소신 역시 모든 조사의 기초는 정확한 시각 측정이라는 것을 깨닫고 있던 터라 물시계와 해시계를 이용하여 세밀한 관측일지를 쓰고 있사옵니다. 이러한 자료가 밑천이 되어 장차 농사에 큰 힘을 보탤 수 있을 것입니다."

장영실의 설명을 들은 세종은 더욱 관심 있는 태도로 물었다.

"시각을 더 정확히 계산하고 기록을 위한 자료로 삼으려면 어떻게 하는 게 좋겠소?"

"예, 저는 일상생활에 편리하다고 생각되어 12시법을 사용했습니다. 일반 백성들에게는 12시법이 가장 편안하게 이해될 듯싶습니다. 물론 조정에서야 낮 시간 1각 1시를 8각으로 나누고, 밤 시간 1경을 5점으로 나누어 기록하는 정밀함이 필요할 것입니다."

세종은 장영실의 관측일지인 《풍운기》의 얘기를 듣고 그와 같은 방법으로 관측 자료를 남기라고 지시했다.

세종은 절차를 밟아 장영실을 상호군에 제수했다.

측우기와 수표를 만드는 동안 장영실은 아내의 얼굴을 찬찬히 쳐다볼 새도 없이 지내왔다. 언제나 숨 가쁘게 집안일을 해내는 아내, 그리고 자신 하나만을 믿고 한양 땅까지 올라온 어머니를 생각하니 미안하기 그지없다.

이제 큰 상을 받고 길이 남을 업적을 이루기는 하였으나, 그 때문에 주위 사람들에게 끼친 걱정을 생각하면 가슴이 쓰렸다. 영실은 어머니와 아내, 자식들을 보고 싶은 마음에 집으로 서둘러 돌아갔다.

"부인, 오늘은 특별히 더 기쁜 날이라오. 이번에 만든 측우기와 수표를 시험 측정했는데 결과가 아주 정확하게 잘 나왔소. 게다가 주상 전하께서 내게 정3품의 상호군 벼슬을 내리셨다오. 이런 기쁜 날이 또 있겠소?"

"그런데 얼굴빛은 왜 그리 밝지 못하신지요?"

장영실은 아내의 어깨를 가만히 안아주었다.

"그동안 마음고생만 시켜서 미안해서 그렇소. 집에 돌아오다 생각하니 내가 가족들을 내팽개친 채 일에만 너무 매달렸던 게 아닌지 후회했소. 어머님께도 그렇고 당신과 아이들에게도 그렇고 내가 해준 게 없어서……. 살면서 하나씩 하나씩 갚아나가리라."

장영실은 아무 말 없이 서 있는 아내와 눈빛을 나누었다. 지금까지는 관측기구를 연구하고 발명하는 데만 온 정열을 쏟아왔지만, 이제 가족들과 오순도순 살고 싶은 마음뿐이다.

큰일을 몇 가지 마친 뒤이고, 또 나이도 쉰여덟이나 되었으나 이제 가족을 더 귀하게 여기며 살아야겠다고 결심했다.

'나의 근본은 우리 가정이다. 남편으로서, 아버지로서, 아들로서

내 도리를 다하자. 관노의 굴레에서 벗어난 이래 너무 앞만 보고
달려온 듯하다. 지금부터라도 내가 사랑하는 사람들에게 더 정성
을 기울이자.'

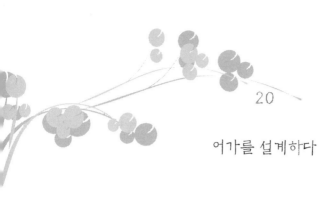

20

어가를 설계하다

장영실은 누구보다도 세종의 큰 신임을 얻고 있었다.

비록 나이 들고 힘이 약해진 터라 힘쓰는 연구를 계속하는 것이 어렵기는 했다. 그러나 가만히 앉아 쉬는 체질이 아니었다.

장영실은 얼마간이라도 가족과 지내야겠다고 마음을 먹으면서도 쉽게 공조 작업실을 떠나지 못했다. 관노 이래 늘 일을 하는 것이 몸에 밴 탓이다.

"상호군께서는 무얼 그리 열심히 하십니까? 그 연세에도 연구에 골몰하시는 걸 보면 참으로 놀랍습니다. 저희들로서는 영……."

집현전의 젊은 학사들은 장영실의 지칠 줄 모르는 열정을 부러워했다.

장영실은 젊은 시절에는 사명감이나 책임 의식 때문에 열심히 연구를 했다. 하지만 이제는 그저 일이 재밌다. 또 세종이 좋아하는 일이니 저절로 신이 난다.

"연구는 무슨……. 젊어서부터 해온 버릇이라 그런지 책이며 도구들이 손에서 떨어지면 영 마음이 불안하다네. 눈만 뜨면 이것저것 들추어보고 만들어보기를 벌써 30년 이상 해오지 않았는가? 글쎄 뭐라고 딱 잘라서 이야기할 수는 없네만, 나는 뭘 어떻게 만들까 궁리할 때가 가장 즐겁고 행복하다네."

젊은 학사들은 감탄을 하면서 한편으로는 그를 부러워하기도 하였다. 집현전은 성과를 내기 위해 아무리 애를 써도 잘 표시가 나지 않는 일을 하고 있었다. 학문 성과라는 게 하루아침에 나오는 것이 아니기 때문이다.

"부럽고 존경스럽습니다, 대감. 저희들은 다른 생각이 많아서인지 좀처럼 집중이 되질 않습니다. 어떻게 하면 대감과 같은 집중력을 기를 수가 있습니까?"

한 젊은 선비가 묻자 영실은 잠시 그 사람을 쳐다본 뒤 입을 열었다.

"자네는 무엇을 할 때 가장 기쁘고 편안한가?"

"……?"

젊은 학사들은 서로 얼굴만 바라보았다. 그중 한 학사가 작은 소리로 대답했다.

"친한 친구들과 모여 이야기를 나누며 술잔을 기울이고 시를 짓고 읊을 때가 가장 즐겁습니다. 마음도 편하구요."

영실은 대답을 한 선비의 어깨를 잡고 말했다.

"그렇다면 바로 그 기분으로 연구를 하게. 절친한 친구를 만난 듯 반갑게 책을 대하게. 친구와 이야기를 하듯이 책을 읽고 의문점을 찾아내게. 그리고 부담 갖지 말고 설계도를 작성하는 게야. 너무 욕심을 부리기 때문에 자꾸만 다른 생각이 나는 것이지. 적당히 즐기고 노는 기분으로 연구를 해보게나. 그러면 재미있게 연구를 할 수 있을 걸세. 뭔가를 해내야겠다고 너무 얽매이니까 더 어려워지지. 마음속 욕심을 버리고 연구를 해야 좋은 결과가 있다네."

집현전 학사들은 영실의 말에 고개를 끄덕였다.

한 학사가 고개를 갸웃하며 질문을 던졌다.

"하지만 대감, 대감께서는 밤이고 낮이고 쉴 새 없이 연구를 하신 것으로 알고 있습니다. 자격루, 측우기도 그런 노력 끝에 완성된 걸작이 아닙니까? 그런데 지금 저희들에게는 연구를 쉬엄쉬엄 하라고 말씀하시니 이해가 잘 되지 않습니다."

영실은 '허허' 하고 가볍게 웃었다. 그러더니 말을 이었다.

"이보게, 자네는 왜 하나만 알고 둘은 모르는가? 나는 노는 기분으로 일을 하라고 한 것이 아니라, 자네들이 원하는 것을 할 때의 그 기분으로 일에 집중하라고 말한 것이라네. 나는 비록 밤을 새워 일해도 싫증나거나 힘들다고 생각한 적이 없었네. 재미있거든. 일하는 게 재미있으니 저절로 집중이 되거든."

"대감께서는 연구하고 만드는 기질을 타고나셨군요."

"저희들도 좀 더 나이를 먹으면 할 수 있겠지요."

집현전 학사들은 고개를 설레설레 흔들며 돌아갔다. 장영실은 이렇게 한동안 평화롭고 안온한 나날을 보냈다.

그러던 어느 날, 세종이 다시 장영실을 찾았다.

"이제는 대감도 좀 쉬어야 할 텐데……. 그동안 너무 몸을 돌보지 않고 좋은 발명품을 많이 만들어내서 참으로 고맙게 생각하오. 그런데 과인이 욕심이 많아 대감을 편하게 놓아둘 수가 없구려. 허허……."

세종이 미안한 얼굴을 하자 장영실은 목소리에 힘을 주어 말했다.

"천만부당한 말씀이시옵니다. 소신은 전하가 명하시는 일이라면 무슨 일이든 기쁜 마음으로 해낼 준비가 되어 있사옵니다. 일절 괘념치 마시고 분부를 내려주시옵소서."

"대감의 충성스러운 마음을 내가 왜 모르겠소? 그래도 대감이 그렇게 말씀을 해주시니 미안한 마음이 앞서긴 하지만 부담 없이 말하리다. 오늘 과인이 그대를 부른 것은 마지막으로 한 가지 더 부탁을 하기 위해서요."

"하명하시지요. 신이 힘닿는 데까지 열심히 하겠사옵니다."

세종은 웃으면서 말했다.

"과인이 타고 다닐 가마를 하나 만들어주었으면 하오. 바깥나들이에 쓸 연(輦)을 하나 제대로 만들었으면 하오."

장영실은 느닷없는 가마 얘기에 깜짝 놀라는 표정을 지었다. 가마는 벌써 충분히 있다. 그리고 가마는 목수들이 짓는 것이지 장영실 같은 과학자가 관여하는 것이 아니다.

"아니, 지금 타시는 연이 마음에 안 드시옵니까?"

"지금 과인이 타는 연은 겉모양에서부터 장식까지 모두 중국의 법제를 그대로 본떠 만든 것이라오. 그래서 과인은 조선의 멋을 한껏 살리고 우리의 독창적인 솜씨로 만든 가마를 타보고 싶은 것이오. 전부터 이 일을 생각해오긴 하였으나 대감이 늘 바빠서 말을 꺼낼 수 없었다오. 연보다 급한 일이 많았고요. 이제 측우기며 물시계, 해시계, 별시계 등 천문 기상의 일은 대략 마무리되었으니 자그마한 욕심이 생기는구려. 미안하오. 하지만 과인이 상상하는 그런 연을 만들어줄 사람은 오직 그대뿐이라고 생각하오. 어떻소? 내 부탁을 들어주겠소? 그대는 아마 이 세상에서 가장 아름답고 훌륭한 연을 만들 수 있을 것이라 믿소만⋯⋯."

세종은 이토록 장영실이 만든 연을 타고 싶어 했다. 지금까지 6진 개척, 장영실을 통한 과학기술 토대 마련, 대마도 정벌, 박연을 통한 아악 정리, 인쇄술 개선을 이루었고, 비밀리에 세자와 집현전 학사들을 총동원해 훈민정음 창제에 들어간 상황이었다.

"소인이 주상 전하의 연을 만든다는 것은 큰 영광이옵니다. 맡겨만 주신다면 정성껏 만들어 올리겠사옵니다."

세종은 역시 부탁하길 잘했다는 듯 흐뭇하게 웃었다.

"과인이 마음속 말 좀 한마디 하리다. 내관은 저리 물렀거라."

세종은 가까이 서 있던 내관더러 뒤쪽으로 물러나라고 지시했다.

주변에 목소리가 퍼져나가지 않을 것을 확인한 세종이 나지막하면서도 처연하게 말했다.

"그대는 과인을 따라 참으로 많은 일을 했지. 비록 아버지를 잃었지만 어머니와 아내와 자식들에게 둘러싸여 행복하게 살지 않는가? 하지만 과인의 부친인 태종대왕께서는 자네 아버지를 비롯해 수많은 고려 신하들을 죽이고, 조선 개국 이후에도 두 번에 걸친 정변을 주도하시며 또 가까운 사람, 먼 사람 많이 죽이셨네. 그래서 굳이 나같이 공부만 하는 아들을 후계자로 삼으셨던 거지. 과인은 이러한 일을 어려서부터 잘 보고 자란지라 왕이 되고부터 죽을힘을 다해 나라의 기틀을 바로세우는 일에 전념했어. 그러다 보니 지쳤네. 솔직히 말하면 중풍이 왔어. 혈압이 높아 조금만 걸어도 헐떡거린다네. 공주 하나, 왕자 둘이 죽는 비극도 있었지. 얼마 전에는 세자빈(단종의 어머니 현덕왕후)이 아들을 낳아놓고 죽는 일도 생겼네. 그 뒤로 눈도 침침하고 오줌을 누어도 아프고, 이젠 미인을 봐도 마음이 안 생겨. 책 읽기를 그렇게 좋아했는데, 솔직히 말하면 요즘엔 글자가 안보이네. 그런 중에 중국에서 사신이 다녀갔는데, 이후 천자께서 제후 주제에 감히 천문을 들여다보느냐면서 해시계와 물시계, 별시계를 만든 일을 놓고 꾸지람을 하셨다네. 그런 김에 과인의 몸도 좋지 않고 하여 그만 세자에게 대리청정을 맡겨버렸네."

"전하."

"중풍에는 따뜻한 온천욕을 하는 게 좋다 하여 아산이나 이천으로 가고 싶은데, 아산은 멀고 가까운 이천으로 가고 싶네. 그러자면 먼 길을 연을 타야 하는데, 자네가 편안하게 타고 갈 수 있도록 만들어주었으면 하는 거네. 과인의 마지막 화려한 행차로 삼아주게."

장영실은 세종의 간곡한 분부를 받고 스스로 다짐했다.

'어쩌면 이 일이 주상 전하의 은혜에 보답하는 마지막 기회가 될지도 모르니 온 정성을 다해 만들어야겠다.'

장영실은 나이가 너무 들어 하루라도 젊을 때 세종의 어명을 수행하고 싶었다.

그는 내전을 나와 자신의 얼굴을 만져보았다. 주름살이 잡힌다. 이번에는 거울 속에 비친 머리카락을 보았다. 머리카락이 하얗다. 긴 세월이 느껴진다. 그보다 나이 더 어린 세종이 늙고 병들어 온천 행을 하는 참인데, 그보다 훨씬 나이가 더 많은 장영실이니 실은 근력이 떨어지고 총기가 흐려지기는 마찬가지다.

장영실은 가만히 자신이 만들어온 발명품들을 생각해보았다. 임금 한 분만을 위한 것은 하나도 없다. 그래서 장영실은 길이 역사에 남을 가장 아름답고 훌륭한 연을 만들어 바치고 싶었다.

장영실은 그날부터 설계도를 만들기 시작했다. 우선 가마를 종류마다 구하고 자료를 모두 모아 연구한 뒤 설계도를 그려나가기 시작했다. 탈것을 만드는 일이라 천문 관측기구를 제작할 때처럼 힘들지는 않았다. 하지만 임금이 타실 어가(御駕)[9] 중에서도 가장 중요한 연을 만든다고 생각하니 여간 신경이 쓰이는 게 아니었다. 또한 중국 어가와 달리 조선 특유의 아름다움을 살리고, 그러면서도 타는 사람이나 메는 사람이나 다 편리해야 한다.

장영실은 며칠 동안 밤낮으로 연구를 하여 설계를 끝내고 세종에게 설계도를 바쳤다.

"아주 훌륭하오. 어서 만들어보시오."

세종은 아주 만족스러워했다. 장영실은 이제 가마를 만들 재료를 직접 준비했다. 최고급 소나무와 안료들이 속속 들어왔다.

목재와 연장, 안료 등 모든 재료가 준비되자 이번에는 이름난 목수와 단청장들을 가려 뽑았다.

"주상 전하께서 타실 가마이니 온 정성을 기울여서 만들어야 하느니라. 몇 백 년 갈 어가이니 정성을 다해야 한다."

장영실은 목수들에게 단단히 일러두었다.

그는 지금까지 임금이 타던 가마의 불편한 점을 보완하는 데 초점을 맞추었다. 무엇보다 왕이 가마에 오르고 내리기가 편해야 하고, 타고 나서도 편해야 한다.

"요즘 들어 또다시 힘겨운 일을 하는 것 같구려. 임금님께서 타실 가마를 만드는 중이라고는 들었는데, 일은 잘 되어가는가?"

---

9) 어가는 연을 비롯해 안여(安輿), 승여(乘輿)로 칭한다.

영실의 어머니는 또 일에 집중하는 아들을 보고 걱정하는 마음을 감추지 못했다.

"걱정 마십시오, 어머니. 아직은 할 만하니까 하는 것이지요. 또 주상 전하를 위해 일을 한다고 생각하면 조금도 힘들지가 않고 오히려 신바람이 난답니다. 걱정하지 마십시오."

아들의 말을 듣고서야 그의 어머니는 안심했다.

"그래, 대감이 그토록 일하는 것을 즐거워하니 한편으론 보기 좋구려. 일을 하던 사람이 손을 놓으면 폭삭 늙는다고 하던데, 대감은 아직까지 일에 재미를 붙이고 있으니 생각해보면 좋은 일일세. 이번 일만 하고 자네도 그만 집으로 들어와 여생을 보내세."

그의 어머니는 흰 머리가 희끗희끗한 아들의 손을 잡고 웃었다.

"이제 가마 만드는 일이 마무리 단계에 와 있으니 곧 완성될 것입니다. 그 일만 끝나면 두 다리 뻗고 잘 수 있을 것 같습니다. 그저 바라는 것이 있다면 주상 전하께서 가마를 마음에 들어 하셨으면 하는 것이지요."

"아무려면 대감이 정성을 들여 만든 것을 마음에 안 든다 하시겠는가? 모르긴 몰라도 아마 마음에 들어 할 걸세. 그러니 아무 걱정 말게나."

어머니의 격려를 받고 나니 영실은 더 힘이 솟았다. 빨리 가마 제작을 마쳐 이번 종묘 행차 때에는 꼭 자신이 만든 가마를 타고 나가실 수 있도록 해드리고 싶었다.

장영실은 목수들과 더불어 가마 제작에 온 정성을 다했다. 그리하여 드디어 그해 4월(1442년)에 가마를 완성하였다.

"벌써 연을 다 만드셨소?"

세종은 장영실을 불러 물었다. 얼굴을 살피니 매우 피곤해 보인다. 눈이 많이 어두워졌다더니 초점마저 흐릿해진 듯하다.

'웬일로 어서 나가 연을 타보겠다는 말씀을 하지 않으실까?'

영실은 세종의 급한 성격을 알고 있었기에 임금이 침착하자 오히려 불안했다.

"예, 마마. 마음에 드실지 모르겠습니다만⋯⋯."

"수고했소, 대감. 이번에 온천욕을 하러 이천으로 행차하는데, 그때 대감이 만든 연을 타고 나갈 수 있겠구려. 경이 애써준 덕분이오."

"정성을 다하긴 하였습니다만, 그래도 전하께오서 연에 한번 올라보시는 것이 어떨는지요."

영실은 세종에게 가마에 올라보라고 말했다.

"글쎄, 별로 마음이 내키질 않는구려. 경이 만든 연이 마음에 안들어 그러는 것이 아니라 그저 기분이 좀 가라앉은 탓이니 걱정하지 마시오. 연은 아마 우리 세자가 살필 것이오. 요즘 과인은 국사에는 아주 손을 놓았소. 과인은 이천 행차 때 타기로 하겠소."

영실은 세종의 느릿느릿하고 힘없는 말투에 의아한 생각이 들었지만 말없이 절을 하고 물러나왔다.

'무슨 일일까? 저토록 기분이 안 좋으시니.'

영실은 어가가 마음에 들지 않아 타지 않으려는 것일까 하는 생각밖에 들지 않았다.

"주상 전하께서 어가를 타보지 않으셨다고 하던데, 무슨 일이 생겼는가?"

이천이 걱정스런 눈빛으로 다가와 말을 걸었다. 아무리 작은 소문이라도 삽시간에 퍼져나가는 곳이 궁궐이니 또 무슨 말들이 오고간 모양이다.

"전하께서 기분이 안 좋으신 탓에 이천에 행차하실 때 타시겠다고 하셨습니다."

"음, 평소 같으면 그럴 분이 아니신데 좀 이해가 안 가는구만. 몸이 그렇게 안 좋으신가?"

"……."

"세자 저하께서 요즘 대리청정을 하면서 웬만한 국사는 스스로 다 처결하시는 걸 보니 그런 것도 같고……."

"저, 그럼 저는 마무리를 해야 하니 이만 가보겠습니다."

이천은 잊었다는 듯이 영실의 손을 잡으며 말했다.

"하여간에 자네가 수고 많았겠구먼. 전하께서 오늘 어가를 타보지 않으신 것이 이상하긴 하네만 너무 신경 쓰지 말게나. 타보시면 틀림없이 흡족해하실 것이니……."

"감사합니다, 대감."

장영실은 이천의 손을 놓으며 뒤돌아서 걸었다.

장영실은 이천의 말처럼 별로 걱정할 필요가 없는 일에 자신이
묶여 있는지도 모르겠다는 생각이 들었다.

그러나 장영실의 가슴속에서는 여전히 뜻 모를 불안감이 들어
차 좀처럼 지워지질 않았다.

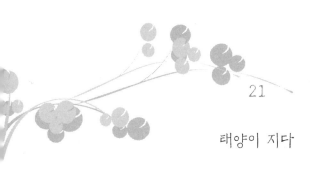

태양이 지다

"저 가마가 바로 임금님께서 타실 새로운 연이로군."

"정말 독창적이고 아름다운걸? 좋은 목재만 써서 튼튼하게 만들었다더니 틀린 말이 아닐세그려. 저렇게 좋은 연은 아마 중국에도 없을 거야."

"상호군 장영실 대감께서 특별히 재료를 구해 만드신 것이라는데 여부가 있겠는가? 저 색의 조화나 나무를 깎은 이음새를 보게. 여간 정교한 것이 아니질 않은가?"

신하들은 어가를 둘러서서 한마디씩 했다.

장영실은 대궐의 넓은 뜰 한가운데에 어가를 갖다놓고 세종이 나오기를 기다렸다. 발명품이 아닌, 임금을 위해서 만드는 일은 처음이라 마음이 떨렸다.

이윽고 세종이 나와 신하들과 함께 어가를 찬찬히 살펴보았다.

대리청정 중인 세자도 나왔다.

"오, 아주 훌륭하구려. 역시 상호군의 솜씨는 아무도 따라갈 수가 없소. 자, 어서 타보아야겠소."

세종은 기뻐하며 연에 올라앉았다. 곁에서 신하들이 도와주지 않아도 타고 내리기 쉽게 설계되었다.

"정말 훌륭하오. 모양도 훌륭한 데다가 앉아보니 아주 편안하구려."

세종은 연에서 내려 장영실의 손을 잡았다. 이렇게 자신을 위해 좋은 연을 만들어준 공을 칭찬하는 뜻에서다.

"황공하옵니다. 주상 전하께서 그동안 베풀어주신 은혜에 비하면 이런 노력쯤이야 아무것도 아니옵니다."

장영실은 송구스러워 똑바로 임금의 얼굴을 쳐다볼 수가 없었다. 자신이 힘을 쏟아 만들기는 하였지만 늘 세종은 칭찬을 넉넉하게 해주었다.

"내일 이 연을 타고 이천까지 행차할 것이니 준비해두도록 하시오."

세종은 들뜬 목소리로 신하들에게 분부를 내렸다.

세자는 아무 말 없이 서 있다가 세종을 강녕전으로 모시고 들어갔다.

이튿날 날이 밝자 세종은 장영실이 만든 연에 올라 이천으로 행차했다. 다만 대리청정하는 세자는 경복궁에 남았다.

연은 편안하고 널찍하여 세종은 아무런 불편 없이 편안하게 행차를 시자하였다.

세종은 이천까지 무사히 행차하여 며칠간 온천욕을 즐겼다. 그런 다음 그 길을 밟아 한양으로 향했다.

한강을 건너 돌아오던 중 남대문에 들어서니 대리청정하는 세자가 마중 나왔다가 맞이했다. 연이 멈추고 세자가 예를 올렸다. 그런 뒤 세자는 연을 이리저리 살피더니 고개를 갸웃거렸다.

"여기 왜 금이 가 있느냐?"

세자가 가리키는 곳을 보니 과연 금이 가 있었다. 어제까지만 해도 없던 금이다. 교꾼들이 깜짝 놀랐다.

"아바마마, 이 연은 타실 수가 없사옵니다."

세종은 무슨 일인가 하여 세자가 가리키는 곳을 들여다보았다. 단청이 칠해진 곳을 자세히 보니 과연 금이 길게 가 있다.

"아바마마, 이쪽 어가로 옮겨 타소서. 천만다행입니다."

"오냐, 그러자꾸나."

세자는 준비해 온 어가를 대령하여 세종이 옮겨 타도록 했다.

이천까지 국왕을 모시고 다녀온 연은 빈 채 어가를 따라 궁으로 들어갔다. 이제 큰일이 터진 것이다.

국왕 전용 어가인 연에 금이 가는 사건이 일어났으니 아무리 세종의 신임을 받고 있는 장영실이라 해도 무사할 리가 없다.

세자는 영을 내려 장영실을 잡아들이게 했다.

"여봐라, 주상 전하의 연을 부실하게 만든 장영실을 당장 잡아들이도록 하라!"

명을 받든 포졸들은 곧바로 장영실의 사가로 들이닥쳤다.

"장영실은 어서 나와 포박을 받아라."

"아니 이게 무슨 날벼락입니까? 나리께서 어쩌다 이런 일을
다……."

아내 윤서는 눈물을 흘리며 슬퍼하였다.

장영실의 어머니는 그러잖아도 연로해 몸을 가누기도 힘든데,
장영실이 잡혀간다는 말에 놀라 쓰러졌다.

"도대체 이게 어떻게 된 일이라더냐. 대감이 그토록 고생을 해
가며 만들었는데, 대체 무엇이 잘못되었다는 게냐?"

장영실은 할 말이 없었다. 어떻게 된 영문인지 알 수 없지만 자
신의 잘못으로 일어난 사건이니 그저 한숨만 나올 뿐이다.

"불효자식을 용서하십시오, 어머니. 저도 어찌 된 일인지 알 수
없지만 어찌 되었든 제가 만든 연이 부서져 주상 전하께서 크게
놀라셨다니 마땅히 벌을 받아야지요. 제가 다시 어머님을 뵈올 수
있을지 모르겠습니다만……."

"흉측한 소리 마시오. 대감의 죄가 아무리 대역죄라고는 하나
주상 전하께서 이제까지의 공로를 모르실 리도 없소. 그러니 너그
럽게 용서해주실 거요. 크게 걱정하지 마시오."

영실은 어머니의 말을 듣고 고개를 떨구었다.

"명심하겠습니다, 어머니. 소자 임금님의 명을 받고 궁궐로 들

어가옵니다. 설혹 무슨 일이 생긴다고 하더라도 마음을 굳게 가지십시오. 몸 건강히 오래오래 사셔야 합니다."

영실은 말을 마친 뒤 눈물을 닦아내고 있는 아내 윤서에게 얼굴을 돌렸다.

"당신에게도 미안하고 죄스럽구려. 평생 마음 편하게 해주지 못하고 걱정만 끼치는구려. 용서해주시오. 그리고 염치없지만 어머님과 아이들을 부탁하오. 내 당신만 믿고 가리다."

장영실의 집안은 순식간에 울음바다가 되었다. 이 당시에는 임금의 몸을 다치게 하면 그 죄는 벌 중에서 가장 중한 것으로 받도록 되어 있었다. 말하자면 참형감이다.

영실은 목숨이 오락가락하는 상황에서 마지막으로 볼지도 모르는 가족들과 이별을 하였다.

'주상 전하께서 나 때문에 그런 욕을 당하시다니……. 밤낮을 가리지 않고 최선을 다하였는데 어째서 그렇게 쉽게 부서졌을까? 이천 좀 다녀왔다고 연이 부서질 리가 없는데?'

영실은 의금부로 끌려오자마자 그 즉시 옥에 갇히고 말았다.

장영실뿐만이 아니다. 연 제작에 참여한 박강, 이순로, 이하, 임효돈, 최효남 등도 체포되어 의금부에 들어왔다.

장영실은 옥에 갇혀서 곰곰이 생각해보았으나 아무리 생각해도 가마에 금이 간 까닭을 알 수가 없었다.

국문이 이뤄졌다. 하지만 어디서 누가 무엇을 잘못했는지 원인을 알아내지 못했다.

결과는 끔찍했다.

"주상 전하, 상호군 장영실은 죽어 마땅한 죄를 지었으니 극형을 내리는 것이 옳을 줄로 아옵니다."

"그러하옵니다, 전하. 감히 전하의 옥체를 다치게 했으니 이보다 더 큰 죄가 어디 있겠습니까? 통촉해주시옵소서, 전하."

신하들은 장영실의 사형을 요구했다. 그동안 이룩한 공적이 비록 크지만 이 나라의 기강과 법도로 볼 때 어쩔 수 없다는 의견들이다. 세자는 그렇게 하라고 결정했다. 다만 장영실이 부왕인 세종의 신하이니 허락을 받아야만 했다.

"아바마마, 장영실 등 연 제작에 참여한 목수들을 참수하여 왕실의 지엄함을 보이고자 합니다."

조정 대신들은 조마조마했다. 그동안 세종은 대리청정하는 세자가 하는 대로 지켜보다가 "어찌하오리까" 물으면 "그리 하라"고만 했다. 오늘도 "그리 하라"고 말하면 장영실은 죽는 것이다.

그러나 세종은 가느다란 목소리로 세자더러 가까이 오라는 손짓을 했다.

"과인이 목소리에 힘이 없으니 이리 좀 가까이 오너라."

세자가 옥좌에 앉아 있는 세종에게 가까이 다가갔다.

먼저 작은 목소리로 세자에게 말했다.

"난 이제 천하에서 가장 좋은 연을 타고 행차까지 해보았다. 여한이 없다. 참형은 과하니 장형으로 줄여주되 세자가 알아서 노신을 예우하라. 알겠느냐?"

"예, 아바마마."

"정녕 아비의 뜻을 알았느냐?"

"소자, 효(孝)와 은(恩)을 잘 배웠나이다."

"그럼 내가 대신들에게 말하겠다."

세자가 옆으로 물러나자 세종이 조정을 향해 말했다.

"경들도 알다시피 상호군이 일부러 그런 것이 아니라 원인을 알 수 없는 우연한 사고였질 않소? 과인이 그동안 장영실을 아껴온 것은 재주가 뛰어난 까닭도 있었지만, 무엇보다도 몸을 아끼지 않고 뛰어들어 끝을 내는 그의 성실성과 노력 때문이었소. 그런데 이제 나라 발전을 위해 한평생을 바친 상호군에게 극형이라니, 말이 안 되는 말씀이오. 그런 말들이라면 당장 물러가시오."

세종은 완강하게 신하들의 의견을 물리쳤다.

세자는 일단 장영실 등의 죄를 다시 따지자고 하여 조회를 물렸다.

5월 3일(양력 6월 10일)에 이르러 영의정 황희가 결론을 내렸다.

"장영실을 비롯하여 어가 제작에 참여한 사람들의 죄는 불경에 관계되니, 마땅히 직첩을 회수하고 곤장 100대를 집행하여 그 나머지 사람들을 징계해야 할 것입니다."

세자의 보고를 받은 세종은 2등을 감해 파직만 시켰다. 다만 곤장은 피할 수 없었다. 100대로 정해진 것을 세자가 나서서 80대로 감해줬을 뿐이다.

소문을 들은 그의 아내 윤서는 그나마 기적이라도 일어난 듯 반가워했다. 사실 목숨을 보전하기 어려운 불경죄라서 다들 장영실이 살아나지 못할 거라는 소문이 있었다.

"어머님, 주상 전하의 넓으신 마음으로 대감이 극형만은 면하게 되었답니다."

장영실의 아내가 어머니에게 얼른 소식을 전했다.

"극형이 아니라는 것은 좋은 소식임에 틀림이 없구나. 그러나 어떤 식으로든 벌은 받게 되는 것이 아니냐? 그래 무슨 형이라더냐?"

수란의 힘없는 목소리에 잠시 들떠 있던 윤서 역시 맥이 빠졌다.

"그것은…… 장 80대의 벌이라 하니 결코 가벼운 것은 아닙니다만…… 그래도 어머님, 극형을 면하여 천만다행이지 무엇입니까?"

장 80이라는 것은 몽둥이로 무려 80대의 매질을 당하는 형벌이다. 이런 장형을 받는다는 소리를 듣고 나자 어머니 수란의 눈에서는 굵은 눈물이 툭 떨어졌다. 관아에서 노비로 일할 때 장형을 집행하는 것을 직접 본 적이 있다.

"그렇지 않아도 나이가 들어 몸이 많이 축갔을 텐데, 장 80이라니……. 몸이 성할지 걱정이구나."

아내 윤서 역시 목이 메어 말을 이을 수가 없었다. 그러나 윤서는 시어머니의 손을 잡으며 말했다.

"어머님, 집에 남아 있는 사람이라도 마음을 굳게 먹어야지요. 그래야 남편이 돌아와도 정성껏 간호하여 하루빨리 몸이 낫도록 해드릴 수 있지 않겠습니까? 눈물을 거두시고 좋은 쪽으로 생각하시어요."

윤서는 마음을 굳게 먹고 시어머니에게 용기를 주었다. 그러자 수란은 힘없이 웃었다. 윤서의 말대로 여기서 약한 모습을 보일 수는 없었다.

"그래, 네 말이 옳다. 내 너에게 이런 모습을 보이다니 부끄럽고 미안하구나."

두 여인은 의금부에서 장형을 당하고 있을 장영실을 생각하며 입술을 깨물었다.

장형을 당한 장영실은 가까스로 몸을 추슬렀다. 다리가 후들거리고 온몸에 힘이 빠져 제대로 걸을 수가 없었다.

매질을 당하는 동안 그의 후견인인 이천이 눈물을 글썽이며 계속 지켜보았다. 이천에게도 부끄럽고 미안했다. 다 잘되다가 단 한 번의 실수로 치욕을 안았다.

장영실이 맨 먼저 장형을 받고, 이어 목수들이 맞기 시작했다. 함께 어가를 만든 사람들은 오늘 중으로 모두 장형을 받아야 한다.

이천이 다가와 장영실의 어깨를 잡아 일으켜주었다. 역적은 아니니 이천도 기꺼이 형장으로 와준 것이다.

"대감, 창피하게 여기까지 나오십니까."

"쉿, 세자의 명을 받고 나왔네."

"말씀하지 않으셔도 잘 압니다. 제가 이래봬도 관노 출신 아닙니까. 장형, 태형 많이 봤습니다. 장 100대면 젊은이도 죽습니다."

"무슨 뜻인지 말 안 해도 알겠구먼. 저기 서 있는 자들, 저게 명나라 사신들이야. 주상 전하의 연이 황제의 연보다 더 화려하다고 저이들이 시비를 걸었다지 뭔가."

"압니다. 주상 전하께서 딱 한 번 제가 만든 연을 타고 싶어 하셨다는 그 마음을요. 괜찮습니다. 우리 주상께서 자존심 한번 높이 세우셨잖습니까."

"그러게 말일세. 훈민정음까지 반포되면 중국이 가만히 안 있을걸세. 그러자니 작은 문제는 우리가 져줘야 나중에 감당할 수 있지. 이젠 팔도유람도 하면서 쉬엄쉬엄 여생을 보내세. 주상 전하는 마지막으로 훈민정음을 반포하시는 것으로 끝을 내겠다는 각오시라네."

"대감, 걱정 마시고 이 장영실이는 죽을 때까지 주상 전하의 은혜를 잊지 않겠다고 꼭 전해주십시오."

장영실은 이천이 마련해준 4인교를 타고 집으로 돌아갔다.

아내와 자식들이 기다리고 있다가 장영실을 보고는 얼른 뛰어나왔다.

"여보!"

"아버지!"

해가 서쪽 하늘로 지고 있었다.

"동네 소란스러우니 어서 안으로 들어가세. 나 이제 등청할 일이 없으니 이제 당신과 우리 애들한테 딱 붙어 있으리다. 하히하!"

하늘에는 말로 표현하기 어려울 정도로 붉은빛이 타오르고 있다. 마치 오래 탄 장작더미처럼 구수하고 훈훈한 향기마저 뿜어내는 듯하다.

장영실은 어두워져가는 하늘 저편을 묵묵히 바라보았다.

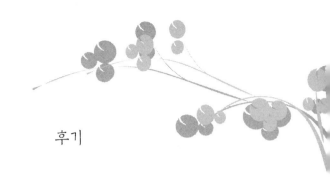

후기

이후 장영실은 다시는 등용되지 않았다. 나이가 이미 쉰아홉이니 과학자로서는 한계에 이른 것이다.

더구나 세종은 훈민정음 반포를 준비하느라 신하들과 씨름 중이었다. 대소사는 세자가 다 처결하고, 세종은 오직 훈민정음 단 한 가지에만 집중했다. 워낙 큰일이므로 장영실을 생각할 겨를이 없었을 것으로 이해했다.

한참이 지나 그의 후견인을 자처해온 이천이 슬며시 귓속말로 저간의 사정을 전해주었다.

"장영실 대감, 주상 전하께서 자네에게 성심을 전하라더군."

"무슨 성심이 따로 있으리까, 대감."

"자네가 만든 연, 그거 명나라 황제의 연보다 더 화려하고 크고, 감히 발가락 다섯 개짜리 용까지 그려 넣었다며?"

"그렇습니다. 마땅히 주상 전하가 타실 어가인데 아무려면 신이 소홀히 만들었겠습니까. 각오한 일이었습니다."

"그게 문제였다네. 명나라 사신들이 마침 들어왔다가 함께 행차에 나서 따라갔는데, 그중에 누군가가 그걸 시비했다네. 명 황제에게 보고하겠다고 협박하는 걸 세자가 알아서 사태를 수습한 거라네. 일부러 연을 부수고 자네들에게 벌을 내림으로써 명나라와의 갈등을 잠재운 것이니 그리 알게나."

"다 짐작하고 저지른 일입니다."

"내 잘못이기도 하네. 연을 보고 명나라 황제가 알면 문제를 크게 삼겠구나 싶었는데, 역시나 그랬던 거야. 물론 우리 주상 전하 성미로 버티고 넘어갈 수도 있었겠지만, 자네도 알다시피 훈민정음 반포라는 전무후무한 대사건을 눈앞에 두고 계셨지 않았는가. 그 대사업도 실은 세자가 중간에서 몰래 주관했는데, 어가 문제로 자칫 명나라와 조선의 관계가 심히 틀어지면 훈민정음을 놓고도 싸울까 봐 미리 손을 쓴 것이라네."

"대감, 죄송스럽습니다. 평생 동안 저를 지지해주고 격려해주셨는데 끝마무리가 좋지 않게 되었습니다. 다만 훈민정음만 무사히 반포된다면 저야 어찌 되든 그게 무슨 상관이겠습니까."

"아니네. 자네가 만든 발명품이 어디로 가겠는가. 오늘도 앙부일구와 자격루는 잘 돌아가고 있다네. 비가 오면 측우기도 어찌나 요긴한지 지방에서도 대환영이라네. 훈민정음 문제만 깔끔하게 정리되면 자네도 신원이 될 것이니 그리 알고 좀 편히 쉬게나. 참으로 큰일 했네. 고맙네."

장영실은 그나마 안도했다.

이천은 여전히 세종의 가장 막강한 측근으로 신임을 받고 있었다. 본디 죄인이 나면 천거한 이도 벌을 받게 되어 있지만 장영실을 추천한 이천은 더욱 승승장구했다.

왕실 과학자로서 평생을 지낸 장영실은 이후 고향 아산으로 내려가 여생을 마쳤다.

- **1376년(丙辰)**

  장영실 후견인인 이천이 태어나다.

- **1380년(庚申)**

  음력 4월, 최영이 해도도통사를 겸하다.

  음력 9월, 이성계가 전라도 운봉에서 왜적을 격파하다.

  이해, 고려 창왕이 태어나다.

- **1382년(壬戌)**

  음력 1월, 요동 호발도(胡拔都)가 의주를 약탈한 후 달아나다.

  음력 7월, 이성계가 동북면도지휘사가 되다.

- **1384년(甲子)** 장영실 1세

  장영실이 개성에서 정몽주의 측근 장성휘의 아들로 태어나다.

시조 장서(蔣壻)의 10세손이다.

– 장(蔣)은 원래 중국의 옛 지명으로 지금의 여남현이다. 이곳을 주공의
아들 백령이 영지로 받고 지명을 그대로 성으로 삼았다.

　우리나라 장씨의 시조 장서는 《대동운부군옥》에 따르면, 중국 송나라
신경우위대장군으로 금나라의 횡포가 심하자 평화론을 주장하는 사
람들에게 '선대에게 물려받은 영토를 한 치라도 남에게 주어서는 안
된다'며 맞서다 뜻대로 안 되자, 고려 예종 때 배를 타고 충남 아산에
도착하였다고 전한다. 당시 좌복야 박인량과 재보 위계정이 아산에
장서가 와 있는 사실을 예종에게 알리자, 왕이 장서를 아산군에 봉하
고 후손들이 본관을 아산으로 하였다.

– 묘소는 아산시 인주면 문방리에 있다.

– 9세손 장성길, 장성발, 장성휘, 장성미, 장성유 5형제의 판전서(判典書)
가 유명하다.

• **1388년(戊辰)** 장영실 5세, 이방원 22세

음력 1월 15일, 최영이 문하시중에 임명되다.

음력 5월 24일, 이성계가 위화도에서 회군하다. 쿠데타 성공하
여 최영이 귀양 가다.

음력 6월, 쿠데타 세력이 원나라 제도를 버리고, 홍무 연호를
다시 쓰고 의복을 명나라 의관으로 착용하다.

음력 6월 9일, 이성계가 우왕을 폐하고 창왕을 세우다.

- **1389년(己巳)** 장영실 6세, 이방원 23세

  음력 2월, 박위가 대마도를 정벌하다. 왜선 300여 척을 격파하다.

  음력 11월 14일, 이성계가 창왕을 폐위하고 공양왕을 세우다.

- **1391년(辛未)** 장영실 8세, 이성계 57세, 이방원 25세, 주원장 64세, 정몽주 55세, 정도전 50세

  2월 11일(음력 1월 7일 을미일), 이성계가 삼군도총제사가 되어 군사 통수권을 장악하다.

  10월 21일(음력 9월 23일 정미일), 이성계의 부인 한씨가 사망하다.

- **1392년(壬申)** 장영실 9세, 이성계 58세, 이방원 26세, 주원장 65세, 정몽주 56세, 정도전 51세

  4월 26일(음력 4월 4일 을묘일), 정몽주가 이성계의 아들 이방원에게 피살되다.

  이 무렵 장영실의 아버지 장성휘가 죽고, 장영실이 경상도 동래현 관노가 되다.

  8월 5일(음력 7월 17일 병신일), 이성계가 조선국 왕으로 수창궁에서 즉위하다.

  8월 25일(음력 8월 7일 병진일), 강씨를 왕비로 정하고 현비라고 하다. 여러 왕자들을 군(君)으로 봉하다. 고려 마지막 왕 공양왕 왕요를 공양군으로, 왕우를 귀의군으로 봉하여 왕씨의 제사를 주

관하게 하다. 관향인 전주를 완산부로 승격시키다.

9월 7일(음력 8월 20일 기사일), 아들 방원을 제치고 방석을 왕세자로 정하다. 개국공신의 위차(位次)를 정하다.

11월 10일(음력 10월 25일 계유일), 정도전을 명나라에 사은사로 보내다.

12월 13일(음력 11월 29일 병오일), 국호를 조선(朝鮮)과 화령(和寧) 두 개로 정하여 명나라 황제의 재가를 청하는 주문을 보내다.

• **1393년(癸酉)** 장영실 10세, 이성계 59세, 이방원 27세, 주원장 66세, 정도전 52세

3월 27일(음력 2월 15일 경인일), 국호를 조선으로 결정하다.

  − 이해부터 장영실이 동래현 관노로 일하기 시작했다.

• **1394년(甲戌)** 장영실 11세, 이성계 60세, 이방원 28세, 주원장 67세, 정도전 53세

6월 28일(음력 5월 30일 무진일), 정도전이 《조선경국전》을 편찬하다.

7월 22일(음력 6월 24일 임진일), 정도전이 부병시위제도에 관한 저술을 하다.

11월 18일(음력 10월 25일 신묘일), 한양으로 천도하다.

• **1395년(乙亥)** 장영실 12세, 이성계 61세, 이방원 29세, 주원장 68세, 정도전 54세

2월 15일(음력 1월 25일 경신일), 정도전 등이 《고려사》 37권을 간행하다.

6월 23일(음력 6월 6일 무진일) 한양부를 한성부로 개칭하다.

9월 7일(음력 8월 23일 갑신일), 이성계의 계비인 신덕왕후 강씨가 사망하다.

- **1396년(丙子)** 장영실 13세, 이성계 62세, 이방원 30세, 주원장 69세, 정도전 55세
  10월 26일(음력 9월 24일 기묘일), 한양 성곽을 완성하다.

- **1397년(丁丑)** 장영실 14세, 세종 1세, 이성계 63세, 이방원 31세, 주원장 70세, 정도전 56세
  5월 7일(음력 4월 10일 임진일), 태종의 셋째아들 이도(훗날의 세종)가 경복궁 서쪽 인왕산 기슭 준수방에서 태어나다.

- **1398년(戊寅)** 장영실 15세, 세종 2세, 이성계 64세, 이방원 32세, 주원장 71세, 정도전 57세
  8월 6일(음력 6월 24일 무진일), 명나라 태조 홍무제 주원장이 사망하다.
  10월 6일(음력 8월 26일 기사일), 제1차 왕자의 난(무인정사)이 일어나다. 이날 명나라 정벌을 준비하던 정도전이 이방원의 습격을 받아 사망하다.
  10월 14일(음력 9월 5일 정축일), 이방원의 쿠데타로 태조 이성계가 왕위를 버리고 이방과가 왕위를 잇다. 그가 정종(定宗)이다.

- **1400년(庚辰)** 장영실 17세, 세종 4세, 이성계 66세, 태종 34세

  2월 22일(음력 1월 28일 계사일), 제2차 왕자의 난(방간의 난)이 일어나다.

  2월 25일(음력 2월 1일 병신일), 이방원을 왕세자로 책봉한다는 전대를 내리다.

  2월 28일(음력 2월 4일 기해일), 이방원을 왕세자로 책봉하다.

  11월 26일(음력 11월 11일 신미일), 정종이 이방원에게 선위하다.

  11월 28일(음력 11월 13일 계유일), 태종 이방원이 즉위하다.

- **1402년(壬午)** 장영실 19세, 이성계 68세, 세종 6세, 태종 36세

  2월 7일(음력 1월 6일 기축일), 무과를 실시하다.

  7월 4일(음력 6월 4일 병진일), 명나라 2대 황제 건문제가 숙부인 연왕(영락제)의 반란으로 불에 타죽다.

  8월 30일(음력 8월 2일 계축일), 호패법을 실시하다.

- **1403년(癸未)** 장영실 20세, 이성계 69세, 세종 7세, 태종 37세, 이천 28세

  3월 5일(음력 2월 13일 경신일), 인쇄용 금속활자 계미자를 주조하다.

  4월 28일(음력 4월 8일 갑인일), 명나라에서 고명(告命)·인장(印章)·조칙(詔勅)을 보내오다.

- **1408년(戊子)** 장영실 25세, 이성계 74세, 세종 12세, 태종 42세, 이천 33세

  6월 18일(음력 5월 24일 임신일), 태조 이성계가 창덕궁 광연루 별전

에서 사망하다.

11월 29일(음력 11월 12일 병진일), 각도 시위군을 절도사로 고치다.

- **1410년(庚寅)** 장영실 27세, 세종 14세, 태종 44세, 이천 35세

  3월 12일(음력 2월 7일 갑진일), 처음으로 주자소로 하여금 서적을 인쇄하여 팔도록 하다.

- **1413년(癸巳)** 장영실 30세, 세종 17세, 태종 47세, 이천 38세

  11월 8일(음력 10월 15일 신유일), 도·군·현의 칭호를 개정하다.

- **1414년(甲午)** 장영실 31세, 세종 18세, 문종(이향) 1세, 태종 48세, 이천 39세

  2월 8일(음력 1월 18일 계사일), 중앙관제를 고치다. 경기좌도와 우도를 경기도로 하다.

  11월 15일(음력 10월 3일 계유일), 후일 문종이 될 이향이 충녕대군(세종) 사저에서 태어나다.

- **1417년(丁酉)** 장영실 34세, 세종 21세, 문종 4세, 태종 51세, 이천 42세

  11월 7일(음력 9월 29일 신사일), 세조 이유가 영견방에서 태어나다.

- **1418년(戊戌)** 장영실 35세, 세종 22세, 문종 5세, 태종 52세, 이천 43세

  7월 6일(음력 6월 3일 임오일), 세자 이제(양녕대군)를 폐하고 셋째 왕자 충녕대군 이도를 왕세자로 책봉하다.

9월 9일(음력 8월 10일 정해일), 세자 이도가 조선 제4대 임금(세종)으로 즉위하다. 태종 이방원은 상왕으로 물러나다.

이해, 이천이 공조참판이 되어 제기 주조를 감독하다.

• **1419년(己亥)** 장영실 36세, 세종 23세, 문종 6세, 태종 53세, 이천 44세

7월 4일(음력 6월 12일 을유일), 이종무가 왜구의 근거지인 대마도를 정벌하기 위해 마산포를 출발, 거제도 남쪽 주원방포(지금의 추봉도)에 기착하다.

7월 11일(음력 6월 19일 임진일), 이종무의 정벌군이 주원방포를 출발하여 대마도로 향하다.

7월 12일(음력 6월 20일 계사일) 이종무의 정벌군이 낮 오시에 대마도에 도착, 적선 129척을 빼앗고 가옥 1993호를 불태우다.

10월 15일(음력 9월 26일 무진일), 왕위에서 물러나 있던 정종 이방과가 인덕궁에서 사망하다.

• **1420년(庚子)** 장영실 37세, 세종 24세, 문종 7세, 태종 54세, 이천 45세

4월 28일(음력 3월 16일 갑신일), 집현전과 경연청을 설치하다.

5월 1일(음력 3월 19일 정해일), 경상·전라·충청도의 수군도절제사를 해임하고, 병마도절제사가 겸임하게 하다.

8월 18일(음력 7월 10일 병자일), 태종 이방원의 비인 원경왕후 민씨가 수강궁에서 사망하다.

이해, 이천이 공조참판에 올라 국장도감의 제조가 되다. 세종의

명으로 '경자자'라는 새로운 활자를 만들다.

이해, 장영실이 동래현 관노로 있다가 현령의 추천으로 이천에게 발탁되어 세종을 모시다.

 - 다만 이때는 태종이 상왕으로 살아 있었기 때문에 기록에 따라 태종 대에 입궁한 것으로 간주한다. 다만 실록 표기 중 "태종이 보호하셨다. 나도 그를 아낀다."는 세종의 말로 보아 태종이 왕위에 있을 때부터 입궁한 것으로도 보인다. 왜냐하면 세종이 "매양 강무(講武)할 때에는 나의 곁에 가까이 모시어서 내시를 대신하여 명령을 전하기도 하였다."라고 말하는 것으로 보아, 초기에는 궁중에서 잔심부름도 했던 것으로 보인다. 신분도 관노를 유지했던 것으로 보인다.

• **1421년(辛丑)** 장영실 38세. 세종 25세. 문종 8세. 태종 55세. 이천 46세

3월 3일(음력 1월 30일 계사일), 유관과 변계량이 《고려사》를 교정하여 올리다.

이해, 세종이 장영실·윤사웅·최천구를 명나라에 보내어 천문기기의 모양을 배워 오도록 하다. 이때 장영실을 중국으로 보내기 위해 면천시켜 실첨지를 제수한 듯하다. 상으로 안장 있는 말을 하사받다.

• **1422년(壬寅)** 장영실 39세. 세종 26세. 문종 9세. 태종 56세. 이천 47세

5월 30일(음력 5월 10일 병인일), 왕위에서 물러나 있던 태종 이방원이 연화방 신궁에서 사망하다. 세종은 대리청정에서 국왕으로

신분이 바뀌다.

이해, 이천이 저울을 정확하게 개조하다. 사륜차를 만들다.

• **1423년(癸卯)** 장영실 40세, 세종 27세, 문종 10세, 이천 48세

4월 2일(음력 2월 22일 계유일), 호조에서 진휼방법을 아뢰다.

4월 6일(음력 2월 26일 정축일), 한성의 남산에 봉수대를 축조하다.

10월 20일(음력 9월 16일 갑오일), 세종이 조선통보 주조를 명하다.

이해, 장영실이 천문기기를 제작한 공으로 정5품 상의원별좌에
임명되다.

• **1424년(甲辰)** 장영실 41세, 세종 28세, 문종 11세, 이천 49세

9월 17일(음력 8월 25일 정묘일) 천추사로 갔던 총제 이천이 북경에
서 돌아오다.

• **1425년(乙巳)** 장영실 42세, 세종 29세, 문종 12세, 이천 50세

5월 5일(음력 4월 18일 정사일), 장영실이 평안도에 석등잔 대중소
30개를 만들어 보내다. 이 무렵 정5품 사직(司直) 벼슬을 받다.

5월 25일(음력 5월 8일 정축일), 장영실이 이간의 뇌물을 받은 대사
성 황현 등 6인과 더불어 혐의를 추고 받고, 태(笞) 20대를 받다.

이해, 이천이 또 병조참판이 되다.

- **1430년(庚戌)** 장영실 47세, 세종 34세, 문종 17세, 이천 55세

  장영실이 종사관 자격으로 명나라에 다녀오다가 명나라 요동도사와 분쟁이 생겨 여러 사람이 장형, 직첩 회수 등의 처벌을 받을 때 그는 속전(贖錢)을 바치는 가벼운 벌을 받았다.

- **1432년(壬子)** 장영실 49세, 세종 36세, 문종 19세, 이천 57세

  2월 5일(음력 1월 4일 갑자일), 평안도 벽동군 사람 강경순이 파란 옥을 진상하여, 사직 장영실을 보내 채굴하게 하다. 이때 처음으로 광물에 대해 눈을 뜨다.

  4월 9일(음력 3월 9일 무진일), 맹사성 등이 《신찬팔도지리지》를 편찬하다.

  7월 6일(음력 6월 9일 병신일), 《삼강행실도》를 편찬하다.

  이해, 목제 간의를 제작하다.

  ― 이해부터 장영실이 1438년까지 이천의 책임 하에 천문 기구 제작에 참여하였다.

- **1433년(癸丑)** 장영실 50세, 세종 37세, 문종 20세, 이천 58세

  5월 23일(음력 5월 5일 정사일), 압록강변의 여진족을 토벌하다. 화포전(火砲箭)을 발명하다.

  6월 25일(음력 6월 9일 경인일), 이천의 책임 하에 정초·박연·김진 등이 혼천의를 제작하다.

  10월 24일(음력 9월 12일 신묘일), 예조에서 민속 노래의 가사를 채

집 기록하는 법 마련이 없음이 마땅치 않다고 아뢰다.

10월 28일(음력 9월 16일 을미일), 장영실이 정4품 호군이 되다.

세종이 영의정 맹사성에게 이르기를, "행사직 장영실은 그 아비가 본래 원나라의 소주·항주 사람이고, 어미는 기생이었는데, 공교(工巧)한 솜씨가 보통 사람에 뛰어나므로 태종께서 보호하시었고, 나도 역시 이를 아낀다. 임인·계묘년 무렵에 상의원별좌를 시키고자 하여 이조판서 허조와 병조판서 조말생에게 의논하였더니, 허조는 '기생의 소생을 상의원에 임용할 수 없다.'고 하고, 말생은 '상의원에 적합하다.'고 하여, 두 의논이 일치되지 아니하므로, 내가 굳이 하지 못하였다가 그 뒤에 다시 대신들에게 의논한즉, 유정현 등이 '상의원에 임명할 수 있다.'고 하기에, 내가 그대로 따라서 별좌에 임명하였었다.

영실의 사람됨이 비단 공교한 솜씨만 있는 것이 아니라 성질이 똑똑하기가 보통에 뛰어나서, 매양 강무(講武)할 때에는 나의 곁에 가까이 두어서 내시를 대신하여 명령을 전하기도 하였다. 그러나 어찌 이것을 공이라고 하겠는가. 이제 자격궁루(自擊宮漏)를 만들었는데 비록 나의 가르침을 받아서 하였지마는, 만약 이 사람이 아니었더라면 암만해도 만들어내지 못했을 것이다. 내가 들으니 원나라 순제(順帝) 때에 저절로 치는 물시계가 있었다 하나, 그러나 만듦새의 정교함이 아마도 영실의 정밀함에는 미치지 못하였을 것이다. 만대에 이어 전할 기물을 능히 만들었으니 그 공이 작지 아니하므로 호군의 관직을 더해주고자 한다."

하니, 영의정 황희가,

"김인은 평양의 관노였사오나 날래고 용맹함이 보통 사람에 뛰어나므로 태종께서 호군을 특별히 제수하시었고, 그것만이 특례가 아니오라, 이 같은 무리들로 호군 이상의 관직을 받은 자가 매우 많사온데, 유독 영실에게만 어찌 불가할 것이 있겠습니까."

하니, 임금이 그대로 따랐다.

• **1434년(甲寅)** 장영실 51세, 세종 38세, 문종 21세, 이천 59세

8월 6일(음력 7월 2일 정축일), 지중추원사 이천에게 활자를 만들어 책을 박도록 하다. 장영실이 참여하다.

– 이천이 총책임자로 있으면서 장영실 등이 구리로 만든 활자인 갑인자 주조에 참여했다. 갑인자는 20만 자이며 하루 40장을 찍을 수 있었다.

8월 21일(음력 7월 17일 임진일), 갑인자로 《자치통감》을 간행하다.

11월 2일(음력 10월 2일 을사일), 장영실이 처음으로 앙부일구를 혜정교와 종묘 앞에 설치하고, 아울러 장영실 등이 경복궁에 자격루(自擊漏)를 설치하다.

– 자격루는 이후 조선의 표준시계로 이용되었다.

• **1437년(丁巳)** 장영실 54세, 세종 41세, 문종 24세, 이천 62세

5월 5일(음력 4월 1일 경신일), 세종이 세자 이향에게 섭정할 것을 의정부에 지시하나 영의정 황희 등이 반대하다.

5월 19일(음력 4월 15일 갑술일), 장영실이 물시계인 행루(行漏) 등을

제조하다. 이때 대간의와 소간의도 만들었다.

8월 7일(음력 7월 6일 갑오일), 중국인 7명을 요동에 풀어주다(이듬해 이중 금속기술자인 김새란 사람이 여진족에 붙잡혀 있다가 돌아와 여진족의 금속 제련 기술에 대해 보고하다. 이에 세종은 장영실에게 채방별감이라는 직책을 주어 경상도에 가서 광물을 채취하게 하다).

10월 7일(음력 9월 8일 을미일), 인수대비 한씨, 즉 소혜왕후가 태어나다.

• **1438년(戊午)** 장영실 55세, 세종 42세, 문종 25세, 이천 63세

2월 1일(음력 1월 7일 임진일), 장영실이 자동물시계 옥루(玉漏)를 제작하다. 공으로 종3품 대호군이 되다.

5월 21일(음력 4월 28일 신사일), 세종이 세자 섭정을 신하에게 묻다. "내가 전일에 대신들과 재차 의논하기를, '만일 사람을 쓴다거나 군병을 동원한다거나 사형수를 결단하는 등의 일을 제외한 그 나머지의 모든 일은 모두 세자로 하여금 섭행(攝行)해 다스리게 하려 한다.'고 하였더니, 대신들이 모두 '불가하다.'고 하여, 드디어 그 의논을 정침한 바 있다.

그러나 내가 전부터 물을 자주 마시는 병이 있고, 또 등 위에 부종을 앓는 병이 있는데, 이 두 가지 병에 걸린 것이 이제 벌써 2년이나 되었다. 그러나 그 병의 뿌리가 다 근절되지 않은 데다가 이제 또 임질(淋疾)을 얻어 이미 열하루가 되었는데, 번다한 서무를 듣고 재가(裁可)하고 나면 기운이 노곤하다.

이 병을 앓은 자가 모두 말하기를, '비록 나았다가도 다시 발작한다.' 하며, 또 의원이 이르기를, '이 병을 치료하려면 마땅히 희로(喜怒)를 하지 말고 마음을 깨끗이 가지고 화락하게 길러야만 한다.'는 것이다. 또 근래에는 기억력이 전보다 많이 감퇴하여 무슨 일을 말하려고 사람을 불러서 오면 문득 말하려던 것을 잊어버리곤 하며, 모든 일이 다 전과 같지 않다. 옛날 인군이 미리 계획하지 못하고 일이 위태하게 된 후에 아들에게 전하여 풍자를 받는 것이 자못 많다. 지금 나는 사소한 일을 다스리지 않고 세자로 하여금 이를 섭행하게 하려는 것은, 편히 놀려는 것이 아니라 일을 다스리기를 꺼리는 것이며 단지 병만 치료하려는데, 일이 너무 번다하여 이를 듣고 결단하기가 어려운 사세에 놓여 있기 때문이다. 그러나 세자로 하여금 전혀 모든 서무를 다스리게 할 필요는 없는 것이다. 어떻게 하면 일도 간략하면서 듣고 결단하기가 편리하겠는가."하니, 황희 등이 말하기를,

"아직 긴급한 일은 없사오니, 전례에 의하여 이행하는 일 같은 것이야 혹 잠시 지체한다 하더라도 무슨 지장이 있겠습니까. 그동안은 계사(啓事)를 그치는 것이 마땅하여 동궁으로 하여금 섭행해 다스리게 할 수는 없습니다."

하매, 임금이 말하기를,

"삼대(三代) 때에도 역시 병으로 인하여 전위(傳位)한 사실이 있었으니, 만약 성심으로 임금을 사랑하고 그의 병을 근심한다면 내

가 명하는 바에 따라 세자로 하여금 섭정하게 하는 것이 옳을 것이다. 그러나 우리나라 풍속이 본시 이러하니 어찌하겠는가. 긴급하지 않은 일은 내 병이 낫기를 기다려서 계달하고, 시기를 잃어서는 아니 될 긴급한 일은 매일 그치지 말고 계달하여 유체하는 일이 없도록 하라." 하였다.

• **1439년(己未)** 장영실 56세, 세종 43세, 문종 26세, 이천 64세

8월 13일(음력 7월 4일 경술일), 세종이 세자의 강무에 대해 의논하다. 의정부에서 아뢰기를,

"신 등은 세자가 강무(講武)하라는 명령을 듣고 놀라움을 이길 수 없습니다. 되풀이하여 이를 생각하여도 예전에는 이런 예(禮)가 없었사오니 행할 수 없습니다."

하니, 임금이 말하기를,

"나는 경들의 말이 매우 오활(迂闊)하다고 생각한다. 《춘추》에 말하기를, '국군(國君)이 밖에 있으면 세자가 나라에 있다.'고 하였고, 《주역》에 말하기를, '아비의 일을 아들이 맡아 처리한다.'고 하였다. 세자가 장차 나를 대신하여 나라를 다스릴 것이니, 군사를 나누어 거느리고 권도(權道)로 강무를 행하는 것이 또한 의리에 해롭겠는가. 당 태종 때에는 태자가 좌우 둔영(屯營)을 주장하여 대장 이하가 모두 처분을 받았고, 명나라에 이르러서는 태종황제가 북경에 있고 태자로 하여금 남경을 진무(鎭撫)하게 하였다. 하물며 강무하는 법을 내가 친히 태종께 명령을 받은 것이겠

는가. 또 우리나라는 군국(軍國)이니 무예를 강습하는 것을 더욱 늦출 수 없다. 어찌 내 몸의 병으로 혹시라도 폐할 수 있겠는가."

하였다. 또 아뢰기를,

"당 태종 때에는 태자가 나라 안에서 나라를 보살폈으니, 군사를 거느리고 출입하는 것에 비교할 것이 아니옵고, 태종 황제는 태자로 하여금 남경을 진무하게 하고 친히 금군(禁軍)을 거느리고 북경에 있었으므로 행재(行在)라고 이름 하였습니다. 예로부터 임금이 군사를 세자에게 나누어서 밖에 나가게 한 일은 없습니다. 새 법을 만들어서 후세에 비방을 받게 하지 마소서."

하였다. 임금이 말하기를,

"중국 조정에서는 종친을 의심하고 꺼리는 것이 심하나, 그 사이에 혹 섭정한 때도 있다. 나는 그렇지 아니하여 종친에게도 매우 후하게 대접하고 조금도 의심하고 꺼리는 마음이 없다. 하물며 세자는 장차 나를 이어서 나라를 다스릴 사람이겠는가. 대개 강무는 병사(兵事)를 훈련하고 익히는 것이니 감히 폐할 수 없다. 만일 세자가 행할 수 없다면, 경들은 강무를 폐하지 않는 방법을 생각하고 의논하여 아뢰라."

하였다. 영의정 황희, 좌의정 허조, 우의정 신개, 좌찬성 이맹균, 우찬성 성억 등이 대궐에 나아가 아뢰기를,

"신 등은 학술(學術)이 넓지 못하여 고사(故事)를 알지는 못하오나, 대개는 알고 있사온데, 이런 예법은 없습니다. 대소 신료들이 모두 불가하다고 하오니 어찌 후세의 비방이 없겠습니까. 지

금 전하께서 강무를 폐지할 수가 없어서 세자로 하여금 대행하게 하신다면, 혹시 세자가 연고가 있으면 또 어느 사람으로 대신하시렵니까. 신 등의 뜻을 이미 갖추 아뢰었사오니 다시 무슨 말을 하겠습니까."

하였다. 김돈이 이 뜻으로 친히 사정전(思政殿)에 아뢰니, 임금이 말하기를,

"내가 무술년에 세자로 있을 때에 벼가 꽤 잘되었는데, 가을에 이르러 즉위한 뒤에 장맛비가 벼를 상하였고, 기해년에 이른 가뭄이 있었고 경자년에 또 이른 가뭄이 있었으니, 내가 즉위하지 못할 사람으로서 즉위하였기 때문일 것이다. 혹 형륙(刑戮)을 받는 자가 있으면 나는 그때 용서하고 싶었으나, 태종께서 대신들과 의논하고 법으로 처치하였는데, 내가 지금까지 이를 후회한다. 병진년에 가물고 흉년이 들어 기근이 몹시 심하였는데, 고금에 없었던 일이었다. 내가 세자에게 선위하려 하였으나, 재변(災變)을 타서 갑자기 대위(大位)를 물려주면 혹자의 의심을 가져올까 염려하여 결행을 못하였다. 지금 또 추성(秋成)이 되는 때를 당하여 수십 일 동안 비가 내리지 않는다. 재변이 이와 같으니 내가 매우 부끄럽다. 내가 즉위하던 처음에는 나이가 젊었기 때문에 능히 나라를 다스릴 수 있을 것으로 생각하였고, 여러 신하들도 더불어 나라를 다스릴 수 있다고 생각하였다.

기해년에 오른쪽 다리가 아팠으나 의원 치료를 하여 조금 나았고, 매년 등에 또 부종이 나서 몸을 움직이지 못하다가 계축년

에 온천에 목욕하여 조금 나았고, 그 뒤 한두 해 동안 부종이 있기는 하였으나, 아픈 것이 3분의 2는 감하였고, 또 소갈병을 앓아서 하루에 마시는 물이 어찌 한 동이만 되었겠는가. 내가 염려하기를, 만일 3년만 지나면 기부(肌膚)가 피곤하여질 것이라 하였더니, 지금 완쾌한 지가 2, 3년쯤 되었다. 전년에는 임질을 앓아서 오랫동안 정사를 보지 못하였다. 모든 일이 위에서 행하면 아래에서 본받는 것은 상리(常理)이니, 게으른 버릇이 나로부터 시작될까 두렵다. 간 가을에 제릉(齊陵)에 거둥하였고, 올봄에 평강(平康)에서 강무한 뒤에 임질이 다시 도졌다가 3일 만에 그치었고, 지금 또 눈병이 나서 오래 일을 보지 못하니, 온갖 정사가 해이함이 없겠는가. 그러나 내 나이 아직 늙지는 않았다. 지난번에 내가 큰일은 총찰하여 다스리고, 세자로 하여금 작은 일은 익혀 다스리도록 하려고 하였는데, 지금 다시 생각하니 내가 경이(輕易)하게 말을 낸 것을 후회한다.

오직 강무만은 조종(祖宗)의 성헌(成憲)이요 나라의 큰일이니, 폐할 수 없는 것이다. 예전 사람이 말하기를, '전쟁을 그만두고 문교(文敎)를 닦고 밝힌다.' 하였고, 또 병기를 부수어 농기를 만들었으니, 문(文)을 숭상한 것이 오래되었다. 그러나 한나라·당나라 이하의 제왕들이 모두 무(武)를 중하게 여겼기 때문에, 광무제는 건무(建武)로 연호를 삼았고, 촉한의 선주(先主)는 장무(章武)로 연호를 삼았으며, 고황제는 홍무(洪武)로 연호를 삼았으니 모두 무를 중하게 여긴 뜻이다. 만일 한나라·당나라 이하로 본다

302

면, 한갓 문사(文士)를 높이고 무비(武備)를 중히 여기지 않고서 능히 천하를 차지한 자는 있지 않았다. 하물며 우리나라는 북으로는 야인과 연하고, 동으로는 섬 오랑캐와 접하였으니, 강무 훈련의 법을 더욱 폐할 수 없다. 그러므로 내가 군사를 나누어 세자에게 거느리게 하여 무예를 강습하려는 것이니, 경들이 불가하다고 고집하는 것을 매우 그르게 여긴다. 나의 병 증세가 몸을 수고롭게 하면 복발하니, 올가을과 명년 봄에는 내가 친히 행하기 어려울 것이 분명하다. 그러나 한 몸의 연고로 인하여 국가의 큰일을 폐할 수는 없다. 내가 반드시 세자로 하여금 강무하게 하려고 하는 것은 아니나, 타성(他姓)으로 하여금 군사를 거느리게 하는 것은 진실로 불가하고, 자제(子弟)가 군사를 거느리는 것도 역시 불가하니, 내가 생각하기에는 세자와 같은 사람이 없기 때문이다. 경들이 만일 세자가 행할 수 없다고 한다면 물러나서 다른 방법을 생각하여 아뢰라. 경들이 또 아뢰기를, '세자가 연고가 있으면 또 어떤 사람으로 대신하겠느냐.'고 하는데, 이것은 어찌 세 번 생각하는 데에 이르는가. 두 번만 생각하면 가할 것이다. 계문자(季文子)가 세 번 생각한 뒤에 행하는 것은 잘못한 것이었다. 경들이 내 뜻을 저지하려고 하여 세 번 생각하기에 이른 것이리라."

하였다. 황희 등이 또 아뢰기를,

"신 등이 비록 물러나서 생각하고자 한들 다시 무슨 말이 있겠습니까. 만일 몸에 병이 있으시어 원행하시기가 어렵다면, 대열(大

閱)을 하시든가 혹은 근교에 거둥하여 무사(武事)를 익히시면 거의 의리에 합할 것입니다. 구양공(歐陽公)이 말하기를, '천하만사가 모두 구법(舊法)이 있는데, 옛날 제왕들이 깊이 생각하고 지극히 염려하여 법을 만세에 전한 것이니, 뒷사람은 다만 마땅히 준수할 뿐이요 새 법을 세울 것이 아니다. 새 법이 세워지면 폐단이 반드시 생기어 후회하여도 미칠 수가 없다.'고 하였습니다."

하니, 임금이 말하기를,

"내 뜻으로는 아름다운 일이라고 생각되는데, 경들은 어째서 불가하다 하는가."

하였다. 황희 등이 아뢰기를,

"당(唐)·우(虞) 이래로 이런 법이 있지 않았으니, 원컨대 전하께서는 굽히셔서 노신(老臣)의 말을 좇으소서."

하니, 임금이 말하기를,

"내 계책이 이미 정하여졌으니 끝내는 반드시 행하겠다. 다만 지금 비가 시기를 어기고 있으니, 나의 이 거행이 시의(時宜)에 어긋나는 것 같다. 내가 마땅히 다시 생각하여 후일을 기다리겠다."

하고, 인하여 김돈에게 이르기를,

"지금 천기(天氣)가 고르지 못하니 아직 이 거행을 정지하고 만일 비가 오거든 네가 홍약(洪約) 등과 더불어 강무할 곳을 상의하여 아뢰라."

하였다.

• **1441년(辛酉)** 장영실 58세, 세종 45세, 문종 28세, 이천 66세

5월 10일(음력 4월 20일 병술일), 세자 이향이 매우 간단한 기본 형태의 측우기를 만들다.

8월 9일(음력 7월 23일 정사일), 경복궁 자선당에서 단종이 문종의 외아들로 태어나다. 하루 뒤에 문종의 비이자 단종의 어머니인 현덕왕후 권씨가 경복궁 자선당에서 단종을 낳은 뒤 사망하다.

9월 3일(음력 8월 18일 임오일), 호조에서 서운관에 측우기를 설치할 것을 건의하다.

호조에서 아뢰기를,

"각도 감사(監司)가 우량(雨量)을 전보(轉報)하도록 이미 성법(成法)이 있사오니, 토성(土性)의 조습(燥濕)이 같지 아니하고, 흙속으로 스며든 천심(淺深)도 역시 알기 어렵사오니, 청하옵건대, 서운관에 대(臺)를 짓고 쇠로 그릇을 부어 만들되, 길이는 2척이 되게 하고 직경은 8촌이 되게 하여, 대 위에 올려놓고 비를 받아, 본관(本觀) 관원으로 하여금 천심을 척량하여 보고하게 하고, 또 마전교 서쪽 수중(水中)에다 박석을 놓고, 돌 위를 파고서 부석(趺石) 둘을 세워 가운데에 방목주(方木柱)를 세우고, 쇠갈고리로 부석을 고정시켜 척(尺)·촌(寸)·분수(分數)를 기둥 위에 새기고, 본조(本曹) 낭청이 우수(雨水)의 천심 분수를 살펴서 보고하게 하고, 또 한강변의 암석 위에 푯말을 세우고 척·촌·분수를 새겨, 도승(渡丞)이 이것으로 물의 천심을 측량하여 본조에 보고하여 아뢰게 하며, 또 외방 각 고을에도 경중(京中)의 주기례(鑄器例)에 의

하여, 혹은 자기(磁器)를 사용하든가, 혹은 와기(瓦器)를 사용하여 관청 뜰 가운데에 놓고, 수령이 역시 물의 천심을 재어서 감사에게 보고하게 하고, 감사가 전문(傳聞)하게 하소서."

하니, 그대로 따랐다.

- 이로써 장영실 등이 기능을 획기적으로 개선한 측우기를 만들어 설치하고, 양수표(量水標)를 세웠다.

• **1442년(壬戌)** 장영실 59세, 세종 46세, 문종 29세, 이천 67세

4월 26일(음력 3월 16일 정축일), 대호군 장영실이 안여(安輿)를 감조(監造)하였는데, 견실하지 못하여 부러지고 허물어졌으므로 의금부에 내려 국문하다.

6월 10일(음력 5월 3일 임술일), 박강·이순로·이하·장영실·임효돈·최효남을 불경죄로 다스리다.

임금이 박강·이순로·이하·장영실·임효돈·최효남의 죄를 가지고 황희에게 의논하게 하니, 여러 사람이 말하기를,

"이 사람들의 죄는 불경에 관계되니, 마땅히 직첩을 회수하고 곤장을 집행하여 그 나머지 사람들을 징계해야 될 것입니다."

고 하니, 그대로 따랐다.

• **1443년(癸亥)** 장영실 60세, 세종 47세, 문종 30세, 이천 68세

5월 18일(음력 4월 19일 갑진일), 집현전부제학 최만리 등이 세자가 정사를 섭행하도록 한 것과 남면하여 조회를 받는 것에 대한 부

당함을 상소하다.

집현전부제학 최만리 등이 상소하기를,

"신 등은 엎드려 듣자오니, 전하께서 세자에게 섭정하도록 명하시어 남면(南面)하여 조회를 받고, 1품 이하는 모두 신(臣)이라 칭하도록 하셨는바, 사체(事體)가 지극히 중대하여 보고 듣는 자가 놀라워하며, 신 등도 놀랍고 황공한 마음을 견딜 수 없어서 감히 간곡한 충정을 진달(陳達)하오니, 너그럽게 용납하시기를 엎드려서 바랍니다. 대저 정권을 두 개로 나누는 것은 옛사람도 경계한 바이고 신 등도 이 앞서 이미 진달하였습니다. 태자가 청정(聽政)하는 것은 말세의 일이며 모두 부득이한 데에서 나온 것이었고, 국가의 아름다운 법이 아니었습니다. 하물며 우리 조종 이래로 이런 일이 없었는데, 어찌하여 일조(一朝)에 대단찮은 병환으로써 정권을 두 개로 만드는 단서를 열어 누일(累日)의 폐단이 되도록 하시는 것입니까. 대개 정월과 동짓달의 초하루는 전하께서 정전에서 대조하(大朝賀)를 받고, 5일 만에 여는 상참(常參) 아일(衙日)은 세자가 궁당(宮堂)에서 조회를 받게 되면 이것은 여러 신하에게 두 개의 조정을 가지게 하는 것이며, 명령을 출납하는 데에 이미 승정원이 있는데도 일반 정무를 세자가 자품(咨稟)하게 되는 것이며, 또 첨사원(詹事院)을 두게 되면 이것은 호령(號令)이 두 곳에서 나오게 되는 것입니다. 지존에는 두 임금이 없고 정권도 나눌 수 없는 것입니다. 세자가 이미 백료(百僚)들과 함께 신이라 일컬으면서 하례를 드리고, 또 남면하여 백료들을 신하로 삼아서 정사를 처결한다면 정사에 통일과 기상이 없고 두 개의 조정이 있는 듯하여, 오직 임금이 있고 아비가 있을 뿐이라는 옛 말에 어그러짐이 있을 뿐만 아니라, 국가 사체(事體)에도 매우 타당하지 못함이 있습니다. 전하께서는 반드시 정사를 부탁할 사람을 얻었으니 다른 염려가 없다고 하실 것이나, 신 등은 생각하기를, 오늘날에 있어서는 비록 걱정할 것이 없더라도 만세 후에는 반드시 오늘날 일을 구실로 삼는 일이 있어, 그 폐단은 말로 다 못할 것이니, 이것은 더욱 염려하지 않을 수 없는 것입니다. 전하께서 비록 병환을 염려하시더라도, 다만 세자에게 아침저녁으로 시선(視膳)하고 만기(萬機)에 참예 처결하도록 하여, 다만 오늘날과 같이 하면 족히 일반 정무를 폐하게 되지 않을 것이며, 백성들도 의혹하지 않을 것입니다.

신 등이 삼가 《통전(通典)》을 상고하니, '제왕·공(公)·후(侯)는 조정 정사를 보좌하며, 적자(嫡子)는 국사를 감독하고 다만 그 정사만 알 뿐이고 그 지위는 범하지 아니한다. 이것은 임금은 두 사람일 수 없고 지존도 둘이 없기 때문이다. 국상(國相) 이하가 적자를 뵈올 때에는 마땅히 신하로서 행동하되, 신이라 칭하지는 않는다.'고 하였으며, 또 《예기》에는, '적자는 그의 신하가 아니면 답배(答拜)하는데, 나라에서 특명을 받은 인사가 임금에게 직접 주달(奏達)하는 경우에는 적자라도 답배하는 것이 마땅하며, 문서와 표문·소장(疏章)에는 모두 신하 예로서 하나, 직접 대하여서는 신이라 칭하지 않는다.' 하였습니다. 그런즉 제후의 세자로서 국사를 감독하면서 백료들을 신하로 하지 않는 것은 옛날부터 정해진 논의가 있었습니다. 신 등은 생각하건대, 세자가 섭정하는 것은 이미 좋은 법이 아닌데, 더군다나 옛 제도를 어기면서까지 백료에게 신이라 칭하도록 하여 지존과 같게 하는 것은 실로 타당하지 못합니다. 또 평상시 서연에 진강(進講)할 때에는 세자가 빈객을 보면 자리에 나아가서 답례하고, 사부(師傅)를 보면 섬돌을 내려가서 먼저 오르도록 사양하여 예를 더욱 공경하게 하는 것은 스승을 높이고 사도(師道)를 중하게 하는 아름다운 뜻을 넓히는 것입니다. 지금 사부와 빈객에게 신이라 칭하면서 당하(堂下)에서 절하도록 하고, 세자에게 남면하여 조회를 받게 한다면, 이것은 사부와 빈객이 같은 그 사람이건만, 조회 받을 때와 서연에서 강할 때에 세자가 대우하는 예는 전후가 아주 달라지게 되는 것입니다. 이것은 바로 세자의 거동에 대한 큰 절차이므로 또한 깊이 생각하지 않을 수 없습니다. 전하께서는 재삼거듭 생각하시와 이 거조(擧措)를 정지하도록 명하시어, 후세 사람의 논의가 없도록 하시고, 일국 신민의 여망을 위로하시기를 엎드려 바랍니다.”

하였으나, 윤허하지 아니하였다.

5월 19일(음력 4월 20일 을사일) 집현전부제학 최만리 등이 세자가 남면하여 조회를 받는 것에 대한 부당함을 아뢰다.

집현전 부제학 최만리 등이 상소하기를,

“하늘에는 두 개의 태양이 없고 백성에게는 두 임금이 없으니다. 명분이 지극히 엄하니 조심하지 않을 수 없습니다. 세자가 비록 첫째 사위(嗣位)에 있으나, 신자(臣子)라는 의리를 겸했는데, 지금 만약 남면하여 조회를 받고 백관들이 신이라 칭한다면 이것은 지존과 분별이 없게 될 터이니, 그 명분에 어떻다고 하겠습니까. 전하께서 말씀하시기를, '이것은 태종 문황제도 시행한 옛일이다.'고 하시나, 신 등은 생각하기를, 전하께서 비록 조그마한 병환이 계신다 하더라도 춘추가 한창이어서, 문황제의 많은 연세와 위독한 병환과는 형편이 진실로 다른데, 문황제의 일을 인용하여 본받을 수는 없습니다. 전하께서 만약 병환을 염려하신다면 모든 정무를 세자에게 맡겨서 처결할 뿐이지, 어찌하여 반드시 여러 신하의 조회를 받게 하여서 지존과 비슷하게 한다음이라야 가하다는 것입니까. 세자의 섭정은 조회 받는 것과는 관계가 없으나, 세자의 조회를 받는 것은 실로 명분에 관계가 되므로, 신 등이 말을 어지럽게 하여 능히 그만두지 못하는 것입니다. 엎드려 바라옵건대, 전하께서는 뜻을 굽히시고 여망을 따르시어, 신이라 칭하고 조회를 받도록 한다는 명령을 거두시어서 천하 만세의 명분을 바르게 하시면 매우 다행이겠습니다. 만일 부득이하여 세자에게 조회를 받도록 한다면, 설과 동지에 여러 신하의 하례를 받는, 이미 정해진 의식에 의거하여 2품 이상에게는 답배하도록 하면, 명분이 어지러워지지 않고 임금과 비슷하다는 혐의스러움도 없을 것입니다. 성상의 재가를 엎드려서 바랍니다."

하였으나, 윤허하지 아니하였다.

같은 날, 세자 대리청정에 대해 다시 논의하다.

영의정 황희, 우의정 신개, 좌찬성 하연, 우찬성 황보인, 좌참찬 권제, 우참찬 이숙치 등이 대궐에 나아와서 아뢰기를,

"세자에게 신이라 칭하면서 조회를 받게 하면, 지존에게 혐의스러운 뿐만 아니라, 더군다나 자선당과 승화당은 이미 지존께서 임어(臨御)하시는 처소이니, 더구나 불가합니다."

하니, 임금이 말하기를,

"내가 고집하여 여러 신하의 말을 듣지 않는 것이 아니다. 나의 병이 나을지 아니 나을지는 한 해 한 달을 한정하여 기대할 수가 없고, 나날이 심해지고 감해지지는 않기 때문이다. 조참(朝參)과 일반 정무를 어찌 오랫동안 폐지할 수 있겠는가. 전일 경 등이 아뢰기를, '태종 문황제가 태자에게 국사를 감독하도록 한 것은 오로지 귀가 먹었고 눈이 어두워서 그렇게 하였다.'고 하였으나, 황제께서 본국 사신에게 친히 유시(諭示)하기도 하셨는데 잠시라도 귀가 먹고 눈이 어두운 형적이 없었고, 다만 병 때문에 태자에게 국사를 감독하도록 하셨던 것이다. 지금 나도 병으로서 세자에게 섭정하게 하는 것인데, 무슨 불가한 것이 있는가."

하매, 희 등이 다시 아뢰기를,

"만일 부득이하다면 세자는 동궁 정문 동쪽에 앉고, 여러 신하가 재배례(再拜禮)를 거행하는 것이 어떻겠습니까."

하므로, 임금이 말하기를,

"대신의 말이 이와 같으니 나의 마음도 또한 편하다. 여러 신하가 비록 세자에게 신이라 칭하지 않더라도 가하나, 사부와 종친 존장(宗親尊長)이 조참할 때에 세자가 행할 모든 예절을 고금을 참작하여 보고하도록 하라."

하니, 희 등이 다시 아뢰기를,

"이 일은 모든 전적을 상고한 다음이라야 의정(議定)할 수 있습니다."

하였다. 임금이 말하기를,

"예조와 집현전에서 모든 서적을 서로 상고하고 의논하여서 보고하도록 하라."

하고, 이어서 앞서 내린 교지를 고쳐서 명하기를,

"자선당과 승화당은 내가 임어하는 처소인데, 세자가 남면하기가 혐의스러우니, 동궁 정문에서 남면하여 앉게 하되, 1품 이하는 뜰아래에서 재배하고 세자는 답배하지 않도록 하라."

하고, 또 진양대군 이유와 안평대군 이용에게 진나라·송나라 이후 여러 나라의 세자에 대한 고사(故事)를 기록하여 올리게 명하고, 이어서 희 등에게 묻기를,

"세자빈이 불행하게 세상을 떠나서 지금 복제(服制)를 마치지 않았는데, 대개 옛 제도를 보면 예(禮)에 두 사람의 적처(嫡妻)가 없으나, 차비(次妃)로 있다가 왕후로 승격된 자도 또한 많았다. 지금 동궁을 받드는 승휘(承徽)들 중에 덕과 용모가 훌륭한 사람은 없으나, 그중에도 덕이 나은 사람을 가려서 빈으로 봉하고 안

일을 주장하도록 하는 것이 어떠하겠는가."

하니, 희 등이 아뢰기를,

"빈으로 봉하는 것은 명분이 지극히 중하니 경솔하게 논의할 수 없습니다. 그중에 덕행이 있는 자에게 우선 안 일을 주장하도록 하였다가 서서히 그 사람의 덕행을 본 다음에 주부(主婦)로 명하여도 또한 늦지 않을 듯합니다."

하였다.

－ 이후로도 세자는 거듭 세자의 대리청정 중 왕처럼 남면하는 것에 대해 반발하였다. 훈민정음 반포를 앞두고 신하들의 관심사를 돌리기 위한 전략으로 보인다.

• **1444년(癸亥)** 장영실 61세, 세종 48세, 문종 31세, 이천 69세

1월 19일(음력 1443년 12월 30일 경술일), 훈민정음을 창제하다.

이달에 임금이 친히 언문 28자를 지었는데, 그 글자가 옛 전자(篆字)를 모방하고, 초성·중성·종성으로 나누어 합한 연후에야 글자를 이루었다. 무릇 문자에 관한 것과 이어(俚語: 우리말)에 관한 것을 모두 쓸 수 있고, 글자는 비록 간단하고 요약하지마는 전환(轉換)하는 것이 무궁하니, 이것을 훈민정음이라고 일렀다.

3월 5일(음력 2월 16일 병신일), 집현전교리 최항· 부교리 박팽년 등에게 언문으로 《운회》를 번역하게 하다.

4월 19일(음력 3월 24일 신묘일), 세종의 비인 소헌왕후 심씨가 수양 대군 사저에서 사망하다.

9월 30일(음력 9월 10일 을해일), 훈민정음을 반포하다.

10월 19일(음력 9월 29일 갑오일), 《훈민정음》이 이루어지다.

이달에 《훈민정음》이 이루어졌다. 어제(御製)에,

"나랏말이 중국과 달라 한자와 서로 통하지 아니하므로, 우매한 백성들이 말하고 싶은 것이 있어도 마침내 제 뜻을 잘 표현하지 못하는 사람이 많다. 내 이를 딱하게 여기어 새로 28자를 만들었으니, 사람들로 하여금 쉬 익히어 날마다 쓰는 데 편하게할 뿐이다. ㄱ은 아음(牙音)이니 군(君)자의 첫 발성과 같은데 가로 나란히 붙여 쓰면 규(?)자의 첫 발성과 같고, ㅋ은 아음이니 쾌(快)자의 첫 발성과 같고, ㆁ은 아음이니 업(業)자의 첫 발성과 같고, ㄷ은 설음(舌音)이니 두(斗)자의 첫 발성과 같은데 가로 나란히 붙여 쓰면 담(覃)자의 첫 발성과 같고, ㅌ은 설음이니 탄(呑)자의 첫 발성과 같고, ㄴ은 설음이니 나(那)자의 첫 발성과 같고, ㅂ은 순음(脣音)이니 별(?)자의 첫 발성과 같은데 가로 나란히 붙여 쓰면 보(步)자의 첫 발성과 같고, ㅍ은 순음이니 표(漂)자의 첫 발성과 같고, ㅁ은 순음이니 미(彌)자의 첫 발성과 같고, ㅈ은 치음(齒音)이니 즉(卽)자의 첫 발성과 같은데 가로 나란히 붙여 쓰면 자(慈)자의 첫 발성과 같고, ㅊ은 치음이니 침(侵)자의 첫 발성과 같고, ㅅ은 치음이니 술(戌)자의 첫 발성과 같은데 가로 나란히 붙여 쓰면 사(邪)자의 첫 발성과 같고, ㆆ은 후음(喉音)이니 읍(?)자의 첫 발성과 같고, ㅎ은 후음이니 허(虛)자의 첫 발성과 같은데 가로 나란히 붙여 쓰면 홍(洪)자의 첫 발성과 같고, ㅇ은 후음이니 욕(欲)자의 첫 발성과 같고, ㄹ은 반설음(半舌音)이니 려(閭)자의 첫 발성과 같고, ㅿ는 반치음(半齒音)이니 양(穰)자의 첫 발성과 같고, ㆍ은 탄(呑)자의 중성(中聲)과 같고, ㅡ는 즉(卽)자의 중성과 같고, ㅣ는 침(侵)자의 중성과 같고, ㅗ는 홍(洪)자의 중성과 같고, ㅏ는 담(覃)자의 중성과 같고, ㅜ는 군(君)자의 중성과 같고, ㅓ는 업(業)자의 중성과 같고, ㅛ는 욕(欲)자의 중성과 같고, ㅑ는 양(穰)자의 중성과 같고, ㅠ는 술(戌)자의 중성과 같고, ㅕ는 별(?)자의 중성과 같으며, 종성(終聲)은 다시 초성(初聲)으로 사용하며, ㅇ을 순음 밑에 연달아 쓰면 순경음(脣輕音)이 되고, 초성을 합해 사용하려면 가로 나란히 붙여 쓰고, 종성도 같다. ㅡㆍㅗㆍㅜㆍㅛㆍㅠ는 초성의 밑에 붙여 쓰고, ㅣㆍㅓㆍㅏㆍㅑㆍㅕ는 오른쪽에 붙여 쓴다. 무릇 글자는 반드시 합하여 음을 이루게 되니, 왼쪽에 1점을 가하면 거성(去聲)이 되고, 2점을 가하면 상성(上聲)이 되고, 점이 없으면 평성(平聲)이 되고, 입성(入聲)은 점을 가하는 것은 같은데 촉급(促急)하게 된다."

라고 하였다. 예조 판서 정인지의 서문에,

"천지자연의 소리가 있으면 반드시 천지자연의 글이 있게 되니, 옛날 사람이 소리로 인하여 글자를 만들어 만물의 정(情)을 통하여서, 삼재(三才)의 도리를 기재하여 뒷세상에서 변경할 수 없게 한 까닭이다. 그러나 사방의 풍토가 구별되매 성기(聲氣)도 또한 따라 다르게 된다. 대개 외국의 말은 그 소리는 있어도 그 글자는 없으므로, 중국의 글자를 빌려서 그 일용(日用)에 통하게 하니, 이것이 둥근 장부가 네모진 구멍에 들어가 서로 어긋남과 같은데, 어찌 능히 통하여 막힘이 없겠는가. 요는 모두 각기 처지에 따라 편안하게 해야만 되고, 억지로 같게 할 수는 없는 것이다. 우리 동방의 예악 문물(禮樂文物)이 중국에 견주되었으나 다만 방언(方言)과 이어(俚語)만이 같지 않으므로, 글을 배우는 사람은 그 지취(旨趣)의 이해하기 어려움을 근심하고, 옥사(獄事)를 다스리는 사람은 그 곡절(曲折)의 통하기 어려움을 괴로워하였다. 옛날에 신라의 설총이 처음으로 이두(吏讀)를 만들어 관부와 민간에서 지금까지 이를 행하고 있지마는, 그러나 모두 글자를 빌려서 쓰기 때문에 혹은 간삽(艱澁)하고 혹은 질색(窒塞)하여, 다만 비루하여 근거가 없을 뿐만 아니라 언어의 사이에서도 그 만분의 일도 통할 수가 없었다.

계해년 겨울에 우리 전하께서 정음(正音) 28자를 처음으로 만들어 예의(例義)를 간략하게 들어 보이고 명칭을 《훈민정음》이라 하였다. 물건의 형상을 본떠서 글자는 고전(古篆)을 모방하고, 소리에 인하여 음(音)은 칠조(七調)에 합하여 삼극(三極)의 뜻과 이기(二氣)의 정묘함이 구비 포괄되지 않은 것이 없어서, 28자로써 전환하여 다함이 없이 간략하면서도 요령이 있고 자세하면서도 통달하게 되었다. 그런 까닭으로 지혜로운 사람은 아침나절이 되기

316

전에 이를 이해하고, 어리석은 사람도 열흘 만에 배울 수 있게 된다. 이로써 글을 해석하면 그 뜻을 알 수가 있으며, 이로써 송사(訟事)를 청단(聽斷)하면 그 실정을 알아낼 수가 있게 된다. 자운(字韻)은 청탁(淸濁)을 능히 분별할 수가 있고, 악가(樂歌)는 율려(律呂)가 능히 화합할 수가 있으므로 사용하여 구비하지 않은 적이 없으며 어디를 가더라도 통하지 않는 곳이 없어서, 비록 바람소리와 학의 울음이든지, 닭울음소리나 개 짖는 소리까지도 모두 표현해 쓸 수가 있게 되었다. 마침내 해석을 상세히 하여 여러 사람들에게 이해하라고 명하시니, 이에 신이 집현전응교 최항, 부교리 박팽년과 신숙주, 수찬 성삼문, 돈녕부주부 강희안, 행집현전부수찬 이개·이선로 등과 더불어 삼가 모든 해석과 범례를 지어 그 경개(梗槪)를 서술하여, 이를 본 사람으로 하여금 스승이 없어도 스스로 깨닫게 되는 것이다. 그 연원의 정밀한 뜻의 오묘한 것은 신 등이 능히 발휘할 수 없는 바이다. 삼가 생각하옵건대, 우리 전하께서는 하늘에서 낳으신 성인으로서 제도와 시설이 백대(百代)의 제왕보다 뛰어나시어, 정음의 제작은 전대의 것을 본받은 바도 없이 자연적으로 이루어졌으니, 그 지극한 이치가 있지 않은 곳이 없으므로 인간 행위의 사심(私心)으로 된 것이 아니다. 대체로 동방에 나라가 있은 지가 오래되지 않은 것이 아니나, 사람이 아직 알지 못하는 도리를 깨달아 이것을 실지로 시행하여 성공시키는 큰 지혜는 대개 오늘날에 기다리고 있을 것인저.”
하였다.

- **1450년(庚午)** 장영실 67세, 세종 54세, 문종 37세, 이천 75세

3월 30일(음력 2월 17일 임진일), 세종 이도가 영응대군 집 동별궁에서 사망하다.

- 세종은 비만, 고혈압, 뇌경색, 뇌출혈 등의 합병증으로 사망하였다. 시력이 매우 떨어진 것으로 볼 때 당뇨병을 앓았던 것으로 추정된다.
- 이후 장영실은 《조선왕조실록》 기록에서 사라진다.
- 묘는 충청남도 아산시 인주면 문방리에 있다.
- 장영실이 어린 시절을 보낸 동래현, 즉 부산에 장영실과학고등학교가 있으며, 부산대학교 교정에 장영실 동상이 있다.

《소설 장영실》은 최소한의 픽션만 넣고, 가능한 한 사실을 상상하며 정직하게 그렸다. 사료가 워낙 부족하여 자칫하면 본질을 놓치기 쉽기 때문에 《조선왕조실록》을 기초로 하여 사실 관계를 따라가는 데 초점을 맞추었다.